考試分數大躍進
累積實力
百萬考生見證
應考秘訣

根據日本國際交流基金考試相關概要

絶對合格
日檢必背閱讀

山田社日檢題庫小組・吉松由美・田中陽子・大山和佳子・林勝田 ◎合著

前言

preface

日語：您成功之旅的飛翔翅膀，閱讀：您終身成長的超能力！
解鎖日檢閱讀關卡，
巧妙以常見關鍵句＋啟動聯想關鍵引擎，
讓您的日檢能力爆表！
《精修關鍵句版 新制對應 絕對合格！日檢必背閱讀 N2》隆重推出朗讀版，
專業錄音，隨掃隨聽，
帶來閱讀和聽力的雙翼飛躍！

閱讀成績在日檢中佔有 1/3 的重要比例，
是最高性價比的投資；
在生活中無處不在，從傳單、信件、報名課程到日常應用，
是語言實戰中不可或缺的技能。

閱讀將成為您在日檢戰場的終極武器，
為您在日語世界中的探索解鎖！

本書為閱讀成績老是差強人意的您量身打造，
開啓日檢閱讀心法，只要找對方法，就能改變結果！
一舉過關斬將，得高分！

成績老不盡人意嗎？本書專為提升閱讀成績而設計，
打開日檢閱讀的秘密通道，只要掌握技巧，成績逆轉勝就在眼前！
考試中如猛虎下山，一舉攻克所有難題，直達高分終點。

事半功倍，啟動最強懶人學習模式：

★「題型分類」密集特訓，挑戰日檢每一關卡，無敵突破！
★ 左右頁「中日對照」解析，開啟高效解題新紀元！
★ 全方位加油站，涵蓋同級單字文法的詳解攻略 × 小知識及會話大補帖！
★「常用關鍵句＋關鍵字延伸」，學霸的高分筆記大公開！
★「專業日文朗讀」把聲音帶著走，打造閱讀與聽力的雙重練功房！
★「智慧解題」的大挑戰：洞察題意，秒破長篇難題！

為什麼每次日檢閱讀考試都像黑洞般吸走所有時間？

為什麼即使背熟了單字和文法，閱讀考試還是一頭霧水？

為什麼始終找不到那本完美的閱讀教材？

如果您也有這些困惑，放心了！

《沉浸式聽讀雙冠王 精修關鍵句版 新制對應 絕對合格！日檢必背閱讀N2》是您的學習救星！由日籍頂尖金牌教師精心打造，獲百萬考生熱烈推薦，並成為眾多學府的指定教材。不管距離考試有多久，這本書將為您全方位升級日檢實力，讓您從此告別準備不足的焦慮，時間緊迫的壓力！

本書【5大必背】提供的策略，讓任何考題都不在話下！

命中考點：名師傳授，精準擊中考試關鍵，一次考到理想分數

深諳出題秘密的老師，長年在日追蹤日檢趨勢，內容完整涵蓋「理解內容（短文）」、「理解內容（中文）」、「綜合理解」、「理解想法（長文）」、「釐整資訊」5大題型。從考點到出題模式，完美符合新制考試要求。透過練習各種「經過包裝」的題目，培養「透視題意的能力」，掌握公式、定理和脈絡，直達日檢成功之路。

徹底鎖定考試核心，不走冤枉路，準備日檢閱讀變得精準高效，合格不再依賴運氣！

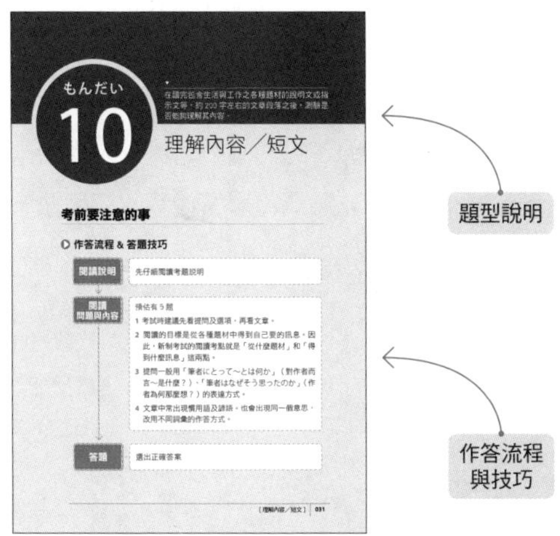

學霸解題秘籍：一點就通，您的私人教師幫您迎戰自學之路

單打獨鬥做題目？不再！本書每題附上深度分析，不只是答案背後的故事，更有錯誤選項的致命陷阱和最佳解題策略。我們一步步引導您跨越每個挑戰。

為了精益求精，我們精心挑選 N2「必背重點單字和文法」，「單字 × 文法 × 解題戰術」極速提升回答速度，3 倍強化應考力量！最短時間內衝刺，奪得優異成績單！

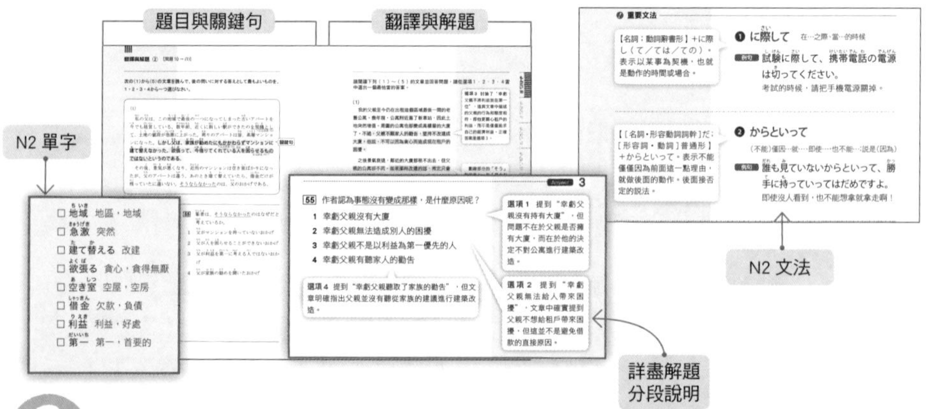

3 滋補增智：小知識萬花筒＋萬用句小專欄，樂學貼近道地日語

閱讀文章後的「小知識大補帖」，選取接近 N2 程度的各類話題，延伸單字、文法、生活及文化背景。多元豐富的內容，讓您在感嘆中親近日本文化，不知不覺深入日語核心。閱讀測驗像閱讀雜誌一般有趣，實力自然激增！

「萬用句小專欄」提供日本人日常生活中常用的字句，無論是學校、工作或日常，都能靈活運用。讓您不只閱讀能力激升，生活應用力也跟著飆高！嚴肅考題後，一劑繽紛趣味補充劑調節學習節奏，突破瓶頸，直達日檢高峰。

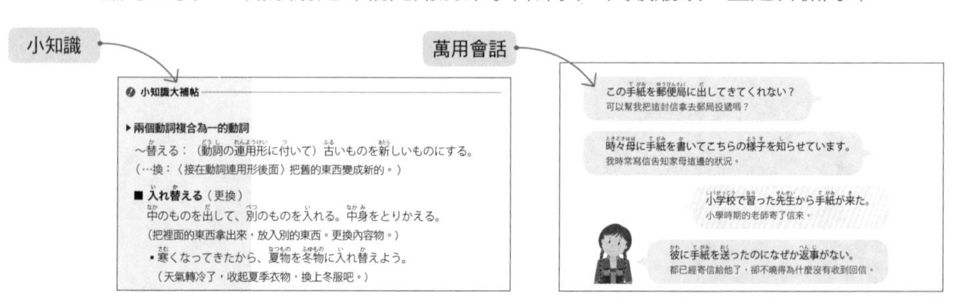

答題神器：常用關鍵句＋同級關鍵字，打造日檢閱讀精華大全

閱讀測驗的勝利秘笈在這裡！我們搜羅了 N2 閱讀中的精髓句型，利用關鍵字技巧將其分類，直擊核心資訊。利用聯想法，一氣呵成攻克相關句型。考場上從此鎮定自若，答題如魚得水！

單字量也是得分關鍵，我們整理了考試相關的同級關鍵詞字，讓您無需再翻字典，輕鬆建立豐富詞庫。學得輕鬆，記得牢固，應用自如。這兩大絕招將助您迅速成為日檢黑馬，大展身手。

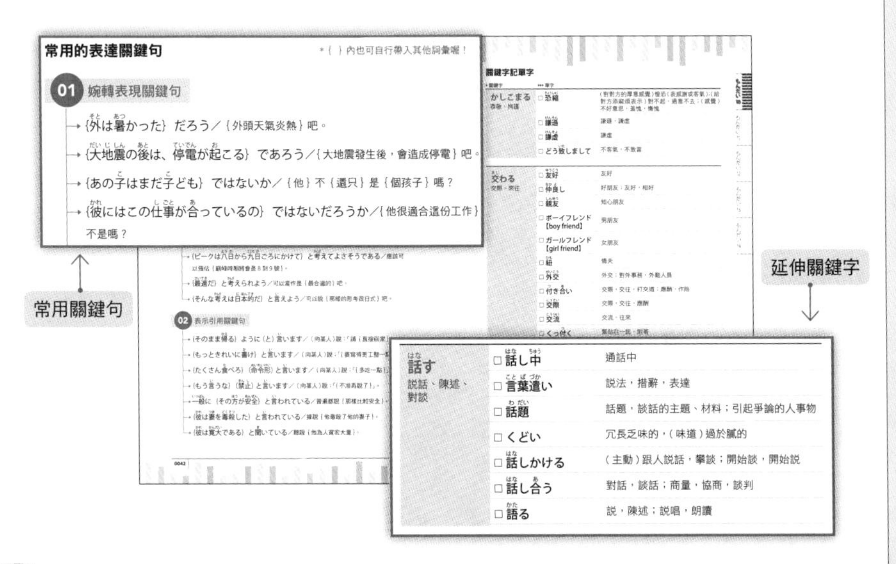

5 解題祕寶：洞悉出題法則奧秘，傳授速讀答題的神技

在激烈的考試戰場上，能夠迅速而準確地把握文章精髓，不僅能夠大幅節約時間，更是提升答題準確度的關鍵。為了幫助考生在這場智慧的較量中獲勝，我們深入剖析了日檢考試的出題規律，從中提煉出 8 大高頻考題類型，例如因果關係題、正誤判斷題等。我們不僅止於理論，更進一步開發了針對性的實戰練習題，讓學習者在實際應用中磨練出題洞察力。

本課程將使您在考試中搶分如採花，輕鬆積累分數至手軟，助您實現無壓力的高分夢想！

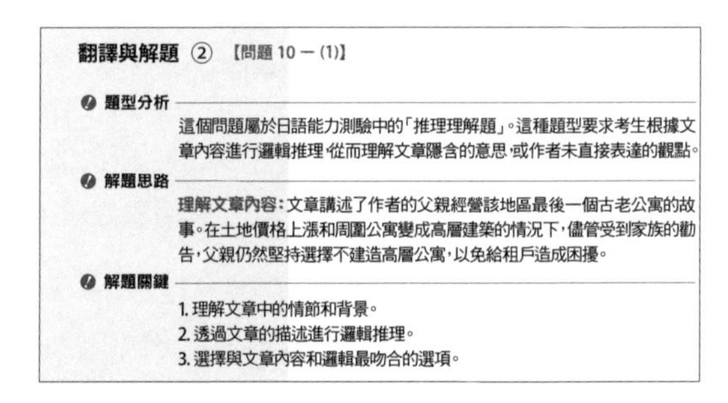

翻譯與解題 ② 【問題 10 －(1)】

題型分析

這個問題屬於日語能力測驗中的「推理理解題」。這種題型要求考生根據文章內容進行邏輯推理，從而理解文章隱含的意思，或作者未直接表達的觀點。

解題思路

理解文章內容：文章講述了作者的父親經營該地區最後一個古老公寓的故事。在土地價格上漲和周圍公寓變成高層建築的情況下，儘管受到家族的勸告，父親仍然堅持選擇不建造高層公寓，以免給租戶造成困擾。

解題關鍵

1. 理解文章中的情節和背景。
2. 透過文章的描述進行邏輯推理。
3. 選擇與文章內容和邏輯最吻合的選項。

本書【3大特色】內容精修，全新編排，讓您讀得舒適，學習更高效！閱讀拿高標，縮短日檢合格路，成為考證高手！

1 一目十行：「中日對照編排法」學習力翻倍，好學好吸收，開啟解題速度！

絕妙排版，令人愛不釋手。本書突破傳統編排，獨立模擬試題區，擬真設計，測驗時全神貫注無干擾。左頁日文原文與關鍵句提示，右頁精確翻譯與深入解析，訂正時一秒理解，不必再東翻西找！結合關鍵句提示＋精確翻譯＋深入分析，打造最高效解題節奏。考場上無往不利，學習效率飆升！

(3)

説教（注1）を効果的にしようと思うなら、短くすることを工夫しなくてはならない。**自分が絶対に言いたいことに焦点を絞る、繰り返し同じことを言わない、と心に決めておく。**そうすると、説教をされる側としては、また始まるぞ、どうせ長くなるのだろう、と思っているときに、ぱっと終わってしまうのでよい印象を受け、焦点の絞られた話にインパクト（注2）を受ける。もっとも、こうなると「説教」というものではなくなっている、と言うべきかもしれない。

（河合隼雄『こころの処方箋』新潮文庫による）

（注1）説教：教育、指導のために話して聞かせること
（注2）インパクト：印象

(3)

若想要説教（注1）具有效果，就不得不設法説得短一點。把焦點放在自己很想説的事物，下定決心不重複説一樣的東西。這樣的話，被説教的人正想説：「又開始了，肯定又會講很久」時，突然一下子就結束，因此有了好印象，並從抓到重點的一番話中受到衝擊影響（注2）。不過，我們或許應該説，如此一來「説教」就不是説教了。

（選自河合隼雄『心靈處方籤』新潮文庫）

（注1）説教：為了教育、指導而説話給人聽
（注2）衝擊影響：印象

Answer 1

57 作者在此最想表達的是什麼呢？

1 説教最好是只説出想傳達給對方的重點。
2 説教無關內容長短，重要的是要帶給對方衝擊影響。
3 説教必須讓被説教的人想説「又開始了」。
4 説教是為了帶給對方好印象的行為，力求竅門。

選項1 説到“只講真正想傳達的要點”，這與文章中的建議相符，即聚焦在自己絕對想説的內容上。正確答案是選項1。

選項2 提到「無論講話的長度如何，給對方留下深刻印象是重要的」。這雖然與文章提到的「留下印象」有關，但文章的主要觀點並不是説教的長度，而是內容的集中和精煉。

選項3 提到“讓被説教的人覺得‘又開始了’”，這是文章描述的一種現象，而不是作者想要傳達的主旨。

選項4 説到“為了給好印象而進行説教”，這只是文章中提到的一種效果，並非文章的主要論點。

雙劍合璧：「閱讀＋聽力」雙管齊下，為您打磨出兩把閃耀的勝利之劍！

為何限制自己只在一個領域進步？我們邀請日籍教師錄製精彩朗讀音檔，讓您的閱讀突破紙張的界限，融入日常的每個瞬間。刻意訓練讓您的閱讀與聽力無形中得到全面提升，聽熟了，聽力不再是噩夢，而是您的超能力！看多了，閱讀不僅是技能，更成為您的第六感。

線上音檔 → Track 01

次の（1）から（5）の文章を読んで、後の問いに対する答えとして最も良いものを1・2・3・4から一つ選びなさい。

3 實戰工具箱：書末詳列N2常考文法，用法分門別類，一掌解開學習迷霧！

書末貼心附上 N2 常考文法及例句，化作您的隨身工具書。常考文法以關鍵字統整，翻閱一個用法即展開相關用法寶庫，讓概念更明晰，不知不覺學習賽道上遙遙領先他人。精確攻克考試重點，讓您在日檢的世界裡，翱翔如鷹，輕鬆自如！

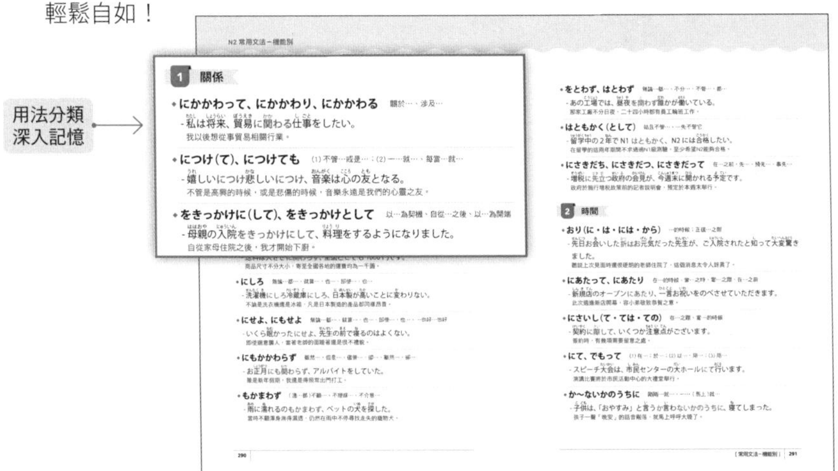

N2 常用文法－機能別

1 關係

- **にかかわって、にかかわり、にかかわる** 關於…、涉及…
  - 私は将来、貿易に関わる仕事をしたい。
  我以後想從事貿易相關行業。
- **につけ(て)、につけても** (1)不管…或是…；(2)一…就…、每當…就…
  - 嬉しいにつけ悲しいにつけ、音楽は心の友となる。
  不管是高興的時候，或是悲傷的時候，音樂永遠是我們的心靈之友。
- **をきっかけに(して)、をきっかけとして** 以…為契機、自從…之後、以…為開端
  - 母親の入院をきっかけにして、料理をするようになりました。
  自從家母住院之後，我才開始下廚。

商品尺寸不分大小，寄至全國各地的運費均為一千圓。

- **にしろ** 無論…都…、就算…，也…、即使…，也…
  - 洗濯機にしろ冷蔵庫にしろ、日本製が高いことに変わりない。
- **にせよ、にもせよ** 無論…都…、就算…，也…、即使…，也…、…也好…也好
  - いくら眠かったにせよ、先生の前で寝るのはよくない。
- **にもかかわらず** 雖然…，但是…、儘管…，卻…、雖然…，卻…
  - お正月にも関わらず、アルバイトをしていた。
- **もかまわず** （連…都）不顧…、不理睬…、不介意…
  - 雨に濡れるのもかまわず、ペットの犬を探した。

290

- **をとわず、はとわず** 無論…都…、不分…、不管…，都…
  - あの工場では、昼夜を問わず誰かが働いている。
  那家工廠不分日夜，二十四小時都有員工輪班工作。
- **はともかく(として)** 姑且不管…、…先不管它
  - 留学中の２年で N1 はともかく、N2 には合格したい。
- **にさきだち、にさきだつ、にさきだって** 在…之前，先…、預先…、事先…
  - 増税に先立つ政府の会見が、今週末に開かれる予定です。
  政府於施行增稅政策前的記者說明會，預定於本週末舉行。

2 時間

- **おり(に・は・には・から)** …的時候；正值…之際
  - 先日お会いした折はお元気だった先生が、ご入院されたと知って大変驚きました。
- **にあたって、にあたり** 在…的時候、當…之時、當…之際、在…之前
  - 新規店のオープンにあたり、一言お祝いをのべさせていただきます。
- **にさいし(て・ては・ての)** 在…之際、當…的時候
  - 契約に際して、いくつか注意点がございます。
- **にて、でもって** (1)在…；於…；(2)以…、用…；(3)用…
  - スピーチ大会は、市民センターの大ホールにて行います。
- **か〜ないかのうちに** 剛剛…就…、一…（馬上）就…
  - 子供は、「おやすみ」と言うか言わないかのうちに、寝てしまった。

【常用文法－機能別】 291

別自限為學習界的外行人，您只是還未找到那本能激發潛力的神奇教材！本書將成為學習進階的加速器，讓您的學習能力飆升至新高度，喚醒腦海中的聰明基因。這不僅是學習的躍進，更像是賦予您一顆全新、充滿才智的超級大腦，準備好打開全新的學習世界大門，迎接日檢的絕對合格！

目錄
contents

N2 題型分析

測驗科目（測驗時間）			試題內容				
			題型			小題題數＊	分析
語言知識、讀解（105分）	文字、語彙	1	漢字讀音	◇	5	測驗漢字語彙的讀音。
		2	假名漢字寫法	◇	5	測驗平假名語彙的漢字寫法。
		3	複合語彙	◇	5	測驗關於衍生語彙及複合語彙的知識。
		4	選擇文脈語彙	○	7	測驗根據文脈選擇適切語彙。
		5	替換類義詞	○	5	測驗根據試題的語彙或說法，選擇類義詞或類義說法。
		6	語彙用法	○	5	測驗試題的語彙在文句裡的用法。
	文法	7	文句的文法1（文法形式判斷）	○	12	測驗辨別哪種文法形式符合文句內容。
		8	文句的文法2（文句組構）	◆	5	測驗是否能夠組織文法正確且文義通順的句子。
		9	文章段落的文法	◆	5	測驗辨別該文句有無符合文脈。
	讀解＊	10	理解內容（短文）	○	5	於讀完包含生活與工作之各種題材的說明文或指示文等，約200字左右的文章段落之後，測驗是否能夠理解其內容。
		11	理解內容（中文）	○	9	於讀完包含內容較為平易的評論、解說、散文等，約500字左右的文章段落之後，測驗是否能夠理解其因果關係或理由、概要或作者的想法等等。
		12	綜合理解	◆	2	於讀完幾段文章（合計600字左右）之後，測驗是否能夠將之綜合比較並且理解其內容。
		13	理解想法（長文）	◇	3	於讀完論理展開較為明快的評論等，約900字左右的文章段落之後，測驗是否能夠掌握全文欲表達的想法或意見。

	讀解＊	14	釐整資訊	◆	2	測驗是否能夠從廣告、傳單、提供訊息的各類雜誌、商業文書等資訊題材（700字左右）中，找出所需的訊息。
聽解（50分）		1	課題理解	◇	5	於聽取完整的會話段落之後，測驗是否能夠理解其內容（於聽完解決問題所需的具體訊息之後，測驗是否能夠理解應當採取的下一個適切步驟）。
		2	要點理解	◇	6	於聽取完整的會話段落之後，測驗是否能夠理解其內容（依據剛才已聽過的提示，測驗是否能夠抓住應當聽取的重點）。
		3	概要理解	◇	5	於聽取完整的會話段落之後，測驗是否能夠理解其內容（測驗是否能夠從整段會話中理解說話者的用意與想法）。
		4	即時應答	◆	12	於聽完簡短的詢問之後，測驗是否能夠選擇適切的應答。
		5	綜合理解	◇	4	於聽完較長的會話段落之後，測驗是否能夠將之綜合比較並且理解其內容。

＊「小題題數」為每次測驗的約略題數，與實際測驗時的題數可能未盡相同。此外，亦有可能會變更小題題數。

＊有時在「讀解」科目中，同一段文章可能會有數道小題。

＊符號標示：「◆」舊制測驗沒有出現過的嶄新題型；「◇」沿襲舊制測驗的題型，但是更動部分形式；「○」與舊制測驗一樣的題型。

資料來源：《日本語能力試驗JLPT官方網站：分項成績・合格判定・合否結果通知》。2016年1月11日，取自：http://www.jlpt.jp/tw/guideline/results.html

読解問題の攻略法

題型解題訣竅

8 大題型

這不是一個有限的框架，而是奠定一個厚實的閱讀基礎！讓您在 8 大題型的基礎上套用、延伸或結合，靈活應用在各種題目或是閱讀資訊上。測驗前，先掌握 8 大題型，建構解題原則，提升閱讀力！讓您面對任何題目都能馬上掌握最關鍵的解題訣竅，大幅縮短考試時間，正確答題！

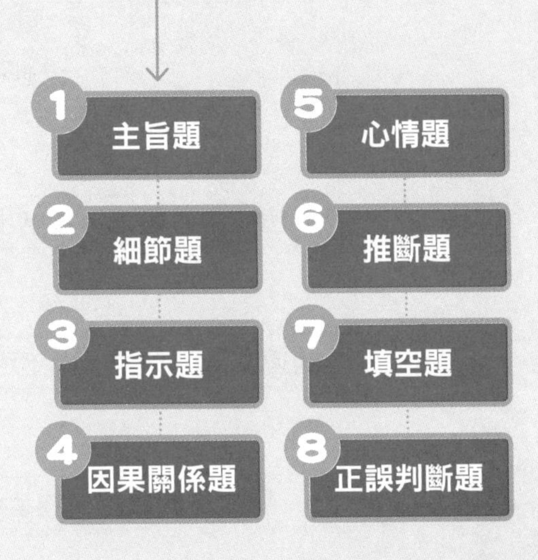

題型解題訣竅 - 8大題型

題型1 主旨題

主旨可以指作者寫作的意圖，作者要告訴我們的觀點、論點、看法。

掌握段落的要點

閱讀整篇文章，大致掌握文章寫了什麼

再次閱讀每一段落

匯集要點

掌握段落與段落之間的關連

從段落的連接上找	從位置上找	分析文章中的詳寫點，探尋文章的中心

根據中心段落，總結出主旨

關鍵文法、句型，確定正確答案

看文章的出處、作者信息

掌握段落的要點

1 閱讀整篇文章，**大致掌握文章寫了什麼**。

2 **再次閱讀每一段落**，那時要注意：

✓作者要傳達什麼訊息給讀者，作者寫了什麼。

✓看到述說意見時劃上單線。

✓看到重點意見時劃上雙線。

3 **匯集要點**。把劃上雙線的重點匯集起來，並進行取捨。

✓可以捨去的部分：開場白、比喻、引用、理由、修飾詞。

✓需要匯集的部分：不斷重複的事情、意思承接前一段的內容、意思跨到下一段落的內容。

掌握段落與段落之間的關連

為了便於把握文章之間的關係，再次閱讀每一段落時，**用一句話歸納一個段落的意思**。

抓住中心段落

- 中心段落是為了突出文章的中心思想，抓住它就能準確的概括作者要告訴我們的觀點、論點、看法了。
- **中心段落就是文章的主旨所在**。因此，找準了它就就特別重要了。

1 **從段落的連接上找出來**。

✓如果意見只集中在一個段落，那麼這一段落就是中心段落。

✓如果意見集中在多個段落，那麼最重要的意見是在哪一個段落，該段落就是中心段落。

2 **從位置上找出來**。

✓表示主旨的中心段落，一般是在文章的開頭或結尾。

✓**特別是最後一段落，往往都是主旨所在的地方。**

3 **分析文章中的詳寫點**，探尋文章的中心。

✓一般表現中心的材料，作者是會用筆墨詳加敘寫。

✓有時作者對真正要表現的中心用墨甚少，但對次要訊息卻很詳細，這時就要找出作者詳寫此人此事的意圖，發現這一意圖也就找到了文章的中心了。

根據中心段落，總結出主旨

- 找到中心段落，據此再加入其他段落的重要內容，並加以彙整。
- 用言簡意賅的**一句話概括出文章的主旨**。

關鍵文法、句型，確定正確答案

- 找到表達觀點的關鍵文法、句型，確定正確答案。
- 例如「～ではないか（不就是…嗎？）」就是「私は～と思っています（我是…的看法）」。

看文章的出處、作者信息

這類訊息跟主旨大都有內在的關連，可以幫助判斷文章的主旨，更能提高答題的準確性。

題型2

細節題

細節提是要看考生是否對文章的細節能理解和把握。

細節項目 4W2H

when	いつ（時間）[什麼時候發生的]	時間
where	どこ（場所、空間、場面）[在哪裡發生的]	場所
who	だれ（人物）[誰做的？誰有參予其中？]	人
what	なに（物・事）[是什麼？目的是什麼？做什麼工作？]	物
how much	どれくらい [做到什麼程度？數量如何？水平如何？費用多少？]	多少
how	どのように、どうやって（手段、樣子、程度）[怎麼做？如何提高？方法怎樣？怎麼發生的？]	手段

問題形式

- ～何をする～ ……（…做什麼…？）
- ～いつ～しますか ……（…什麼時候…做呢？）
- ～どんなことを～ ……（…什麼事情…？）
- ～どうすれば～ ……（…怎麼做…？）
- ～どうすると言っていますか ……（…說該怎麼做呢？）
- ～何だと述べていますか ……（…說的是下面的哪一個呢？）

答題方法

從關鍵詞、詞組給的提示去找答案。

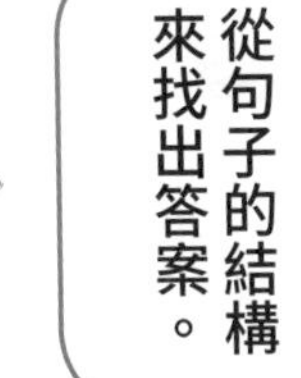

從文章的結構來找出答案。

從關鍵詞、詞組給的提示去找答案

1 答案可能在跟問題句相同、近似或相關的關鍵詞或詞組裡。

2 看到近似的關鍵詞或詞組，必須用心斟酌、仔細推敲。

3 題目如果是關於 4W2H，就要注意文章裡表示 4W2H 的詞。

從句子的結構來找出答案

1 **透過關鍵詞找到答案句**，再經過簡化句子結構，來推敲答案。

2 答案的主語是 **who(だれ→人)，what（なに→物)，how（どうやって→手段）**等問題時，從句子結構來找答案，是非常有效的方法。

3 文章中如果有較難的地方，可以做句子結構分析：

❶ √主語＋述語。
√主語＋補語＋述語。
√主語＋目的語＋述語。
√主語＋間接目的語＋直接目的語＋述語。

❷ √主題＋主語＋述語。
√主題＋主語＋補語＋述語。
√主題＋主語＋目的語＋述語。
√主題＋主語＋間接目的語＋直接目的語＋述語。

❸ **其他還有：修飾語、接續語、獨立語。**

√問題的關鍵詞不一定與原文一模一樣，而往往出現原文的同義釋義、反義詞、或者同義詞和近義詞。

√有時還要注意句子的言外之意。

√帶著問題閱讀原文，找到答案後再從選項中尋找出相應的內容，就可以順利解題。

從文章的結構來找出答案

1 **略讀整篇文章**，也就是先快速瀏覽各個段落，掌握每一段大概的內容與段落之間的脈絡，判斷文章結構，進而確實掌握細節。

2 看清楚題目，注意文章裡表示 4W2H 的關鍵詞。可以**試著問自己，4W2H 各是什麼**：發生了什麼事 (what)、在什麼地方發生 (where)、什麼時候發生 (when)、影響到誰或誰參與其中 (who)、如何發生 (how) 和發生的程度 (how much)，透過這些重要線索，就能迅速地找到答案。

3 例如題目問場所，就注意文章裡跟選項，表示場所的關鍵詞，就能迅速地找到答案。

指示題

表示コ・ソ・ア・ド及前後文所指。

單詞

詞組

指示的內容

長文

一個段落

指示詞的作用

1 用來表示文章或會話中出現的某個人、某句話或某個情報。也就是，替換前面出現過的詞。

2 指示詞是替換曾經敘述過的事物時
➡ **答案在指示詞之前。**

3 指示詞用來表示預告時 ➡ **答案在指示詞之後。**

答題方法

答案在指示詞之前

指示詞用在避免同樣的詞語重複出現的情況。因此，所指示的事物就從指示詞前面的文章開始找起，甚至更前面的文章。

※ **大部分的指示詞，所指的內容都在前面。**

答案在指示詞之後

有時文章或段落的開頭就是指示詞。例如：「こんな話を聞いた（聽過這麼一件事）」。

這時指示詞所指的內容就在後面。

這樣的指示詞起著「何を言うのだろう（想說什麼呢）」的作用，這是作者為了引起讀者的注意力而用的手法。

因果關係題是指從文章裡提到的人事物之間，因果聯繫來提問的題目。

常見的提問方式

- ～のはどうしてですか ……（…是為什麼呢？）
- ～なぜだと考えられますか ……（…可知是為什麼呢？）
- ～のはなぜですか ……（…是為什麼呢？）
- ～はどんな～からか ……（…是因為什麼樣的…呢？）
- ～なぜ～ませんか ……（…為什麼…不呢？）
- なぜ～ましたか ……（為什麼做…呢？）
- ～どんなことの理由か ……（…什麼事情為理由呢？）
- ～なんのために～か ……（…為了什麼…呢？）

答題方法

題目中經常會出現表示因果關係的詞語

▼

從關鍵詞、詞組、句子來判斷因果關係，確定正確答案

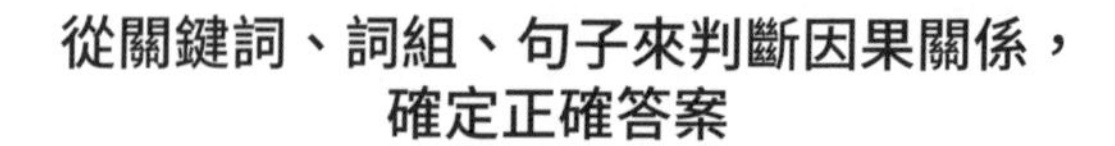

▼

以助詞「で（因為）」當線索，找出因果關係，確定正確答案

▼

從句子中去歸納出因果句，從結果句來找出原因句

▼

隱性的因果，也就是沒有明顯的因果關係關鍵詞時

題目中經常會出現表示因果關係的詞語

1 先仔細閱讀題目，根據關鍵詞等，再回原文中去找出它的對應詞。

2 確實掌握關鍵詞，或因果相關所在的段落內容。

3 注意原文中表示因果關係的詞語。

從關鍵詞、詞組、句子來判斷因果關係，確定正確答案

1 直接在文章裡抓住關鍵詞、詞組、句子，就可以選出正確答案。因為答案就在其前後。

2 N2 閱讀的因果關係題，有時也有直接的、明顯的在文章中出現關鍵詞、詞組及句子，來表示因果關係。

3 相關指標字詞：「から（因為）」、「からこそ（正因為）」、「ために（為了）」、「～は～という（就是因為…）」、「これは～からである（這是因為…）」。

4 先看題目是問什麼原因，再回到文章中相應的因果關係關鍵詞。

5 然後去文章裡面速讀找到因果關係關鍵句，再把句子簡化，最後判斷答案。

6 正確答案經常是原文詞句的改寫。因此，要對表示因果關係詞特別敏感。

以助詞「で（因為）」當線索，找出因果關係，確定正確答案

1 「で」在表示因果關係時，雖然語氣輕微、含糊，但還是可以作為因果關係句的線索詞。

2 利用仔細推敲「で」前後的文章，來判斷「で」是否為因果關係意思。

從句子中去歸納出因果句，從結果句來找出原因句

1 找出結果的接續詞：「それで（因此）」、「それゆえ（所以）」、「だから（因此）」、「ですから（因為）」、「したがって（因此，從而）」、「によって（由於）」、「というわけで（所以）」、「そういうわけで（這就是為什麼）」。

2 要能夠知道哪些地方預示著考點出沒，因此，看到提示結果的接續詞，就知道原因就在它們的附近。

隱性的因果，也就是沒有明顯的因果關係關鍵詞時

1 從文章內容進行分析、判斷。

2 看到表達原因說明情況意義的「のである」、「のです」，大都也可充分判斷為是有因果關係的邏輯在內。

3 找出題目的關鍵詞，再看前後文，答案句往往就在附近。

4 題目句如果有括號，一般是引用原句，也可以當作一種線索詞。例如：「半分しか使わない」のははなぜですか（為何「只使用一半」呢）。

題型5
心情題

注意對作者心情、態度的表達詞，例如：正面評價「よかった（太好了）」；負面評價「困った（糟糕）」、「しまった（完了，不好了）」等。

答題方法

什麼是人物的心情

▼

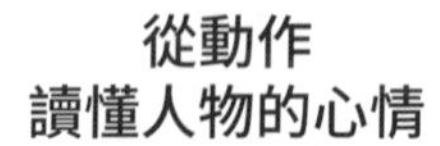

▼

從語言
讀懂人物的心情

▼

什麼是心情描寫

什麼是人物的心情

- 要讀懂人物的心情，必須深入理解、體會文章的內容。
- 心情就是心的想法，除了直接在字面上說明之外，是無法用肉眼看出來的。
- 怎麼讀懂人物的心情，可以從**動作**跟**語言**著手。

從動作讀懂人物的心情

- 從**態度、行動**著手。人物的心情，是透過態度來表現的。人物個性鮮明的態度、動作往往能傳神地體現出人物的心情。
- 從**表情**著手，人物的內心感情，最容易從表情透露出來。譬如，人物對正在進行的談話不滿意，就會有厭惡的表情；心平氣和的時候，就會有溫和安詳的表情。

從語言讀懂人物的心情

- 人物的語言最能反映了人物的內心世界。
- 從**形容聲音的文詞**去揣摩：當我們從臉部表情、動作、言辭都無法掌握對方心態時，往往可從一些與聲音有關的詞語去揣摩其喜怒哀樂等情緒變化。可以說，聲音是洞察人心的線索。

ゲラゲラ	大笑
✓ガンガン	生氣
しくしく	抽答的哭

- 從**說話口氣、措辭**去揣摩：從說話口氣，就可以揣摩人物的喜怒哀樂等情緒變化。

什麼是心情描寫

- 心情描寫就是將人物內心的喜、怒、哀、樂呈現出來。方法可分直接描寫跟間接描寫。

1 從直接描寫去揣摩。

✓直接描寫人物的想法、感受、打算等。是人物感情、情緒的自然流露。

✓直接描寫人物的心願或思想感情，如能詳細準確地描繪出來，就是人物內心的最好寫照。

2 從間接描寫去揣摩。

✓從人物如何看風景或事物等描寫，來刻畫人物的心情。

✓從人物如何行動等描寫，來刻畫人物的心情。

題型6
推斷題
細節推論、後續行為、結果推斷

推斷題又叫推理題

1. 以文章中的文字信息為依據，以具體事實為前提，來推論文章中的具體細節。

2. 主要根據字面意思，推斷後續內容及結果等深層信息的題目。

3. 需要考生在文中找到相關依據，還要根據已知的信息走一步推理的過程，才能得出答案。

推斷題跟細節題不同之處

細節題

答案一般可以在文章中找到。

推斷題

需要用到簡單的邏輯推理，更多是還需要排除法，甚至是計算的。

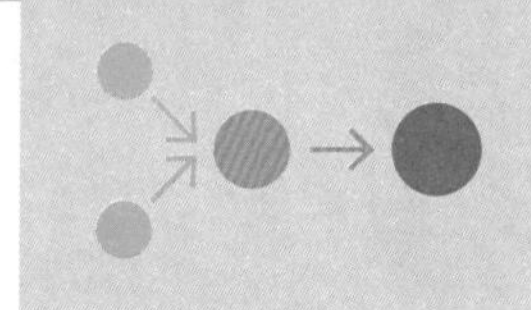

答題方法

推斷不是臆斷

必需基於文章的信息（事實依據）能夠推斷出來的。

必須利用相關部分的背景知識，甚至常識推理

只要說得不夠完善、含糊不清、故意誇大、隱瞞事實或無中生有，都不正確。而正確的答案看起來都讓人很舒服的。

捕捉語言線索，按圖索驥

與細節題不同的是，推理題在找到原文中對應點之後考察的是學生對於文中信息的總結概括，或者正反向推理的能力。

不需要推得太遠

但做題時也不需要推得太遠，基本上考察的還是對原文信息的概括和總結的能力。

填空題

顧名思義，就是在文章某處挖空，應該填入選項 1,2,3,4 哪個詞或哪一句話。
考法大多是句型搭配、接續詞跟意思判斷。

問題形式

- **「」に入れる文はどれですか**（「 」裡面應該填入以下哪一句）。
- **「」に入る言葉として最も適したものを選べてください**（請選出最適合填入「 」的選項）。
- **「」に入る言葉を次から選べてください**（請從中選出應填入「 」的選項）。

位　置

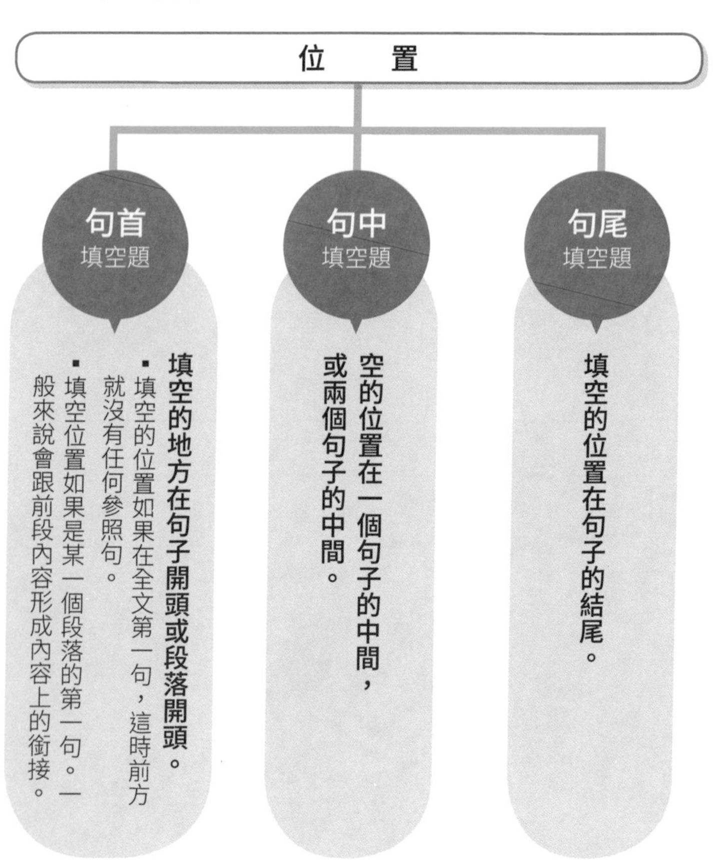

句首填空題

- 常見的填空考法有：句首句型搭配、句首接續詞。

訣竅

1 透過**句型推斷**，選擇搭配的句型。

2 **掌握前後句關係**，如果稍有模糊就容易造成語意的不清楚，進而不容易判斷出空格處接續詞的選擇。

3 注意**句子跟句子之間的邏輯關係、連貫關係**，並仔細比較，選擇接續詞。

4 **讀懂緊接著空格後面的意思**，大多是一句或兩句，並根據後面的文章意思找到答案，進行填空。

ポイント 注意邏輯關係接續詞，例如：順接、逆接、並列、添加、對比、選擇、說明、補足、轉換、因果、條件、程度、轉折、讓步、時間等。

順接

したがって（因此）、**ゆえに**（因此）、**それゆえに**（因而）、**それなら**（那麼）、**それでは**（那麼）、**そうすれば**（那樣的話）、**そうしなければ**（如果不是那樣的話）、**そうすると**（那樣的話）、**そうしないと**（不那樣的話）。

逆接

しかしながら（可是）、**だけど**（可是）、**けれども**（但是）、**それでも**（儘管如此）、**ものの**（但是）、**とはいうものの**（話是這麼說，但…）、**それなのに**（雖然那樣）、**にもかかわらず**（可是）、**それにもかかわらず**（儘管）。

並列、添加

および（以及）、**ならびに**（和）、**かつ**（且）、**最初に**（首先）、**次に**（接著）、**同様に**（同樣的）、**同じように**（一樣的）、**それにしても**（即使如此）、**それから**（接著）、**しかも**（而且）、**おまけに**（再加上）、**さらに**（更）、**そのうえ**（而且）、**加えて**（加上）、**その上で**（在這基礎上）。

對比、選擇

一方（另一方面）、**他方**（另一方向）、**逆に**（反而）、**反対に**（相反的）、**反面**（另一面）、**そのかわり**（另一方面）、**それより**（比起那個）、**それよりも**（比起那個）、**それよりは**（比起那個）、**確かに**（確實地）、**しかし**（但是）。

說明、補足

なぜなら（原因是）、**その理由は**（理由是）、**というのは**（因為）、**というのも**（就是）、**なぜかというと**（原因就是）、**どうしてかというと**（理由就是）、**なんでかというと**（原因就是）、**だって**（因為）、**なお**（還有）、**ただ**（只是）、**ただし**（但是）、**もっとも**（可是）、**ちなみに**（順帶一提）、**実は**（其實）、**そもそも**（原本）、**そのためには**（為此）、**それには**（為了）。

轉換

それでは（那麼）、**ところで**（那麼）、**さて**（那麼、且說）、**では**（那麼）、**ときに**（可是、我說）。

因果

ので（因為）、**のに**（因為）、**から**（因為）、**ために**（為了）、**そのために**（為了）、**それで**（因此）、**ように**（為了能）、**だから**（因此）。

條件

たら（要是）、**なら**（如果…的話）、**ば**（如果）、**と**（就要）、**すると**（這樣的話）、**では〈ては〉**（如果那樣）、**それでは**（要是那樣的話）。

轉折

しかし（可是）、**のに**（卻）、**が**（可是）、**でも**（但是）、**けれども**（不過）、**ただ**（只是）、**それなのに**（儘管那樣）。

讓步

でも〈ても〉（即使）、**とも**（儘管）。

時間

それから（之後）、**そして**（然後）。

句中填空題

▪ 常見的填空考法有：根據文法結構、句中句型搭配、句中意思判斷。

訣竅

a **找出句中語法結構、句型關係**來填空。

b **細讀前後句之間的句義、關係**，抓住文章所給的全部信息，準確理解文章意思，不能出現漏讀或誤讀。

c **根據前後句子之間的意思，可推出兩句間的邏輯關係，**加以判斷後，選出正確的接續詞、呼應形式等填空。

d **最好先掌握作者意圖**，而不能僅根據一般常識或看法。

句尾填空題

- 常見的填空考法有：句尾句型搭配、句尾意思判斷（根據上文的意思，判斷後句）。

訣竅

1 仔細地閱讀前文，就像用放大鏡，字斟句酌的瞭解文本，仔細地分析文章，理解句義。

2 **句尾空格判斷大多是利用句型結構關係，再據此推論填空後句。** 例如空格前是「あまり」，就到選項裡找否定意思的呼應形式「ない」；例如空格前是「たぶん」，就到選項裡找推測意思的呼應形式「だろう」等等。

呼應式解題法主要運用在句型搭配邏輯填空題中，解題步驟主要是：

第一步 閱讀選項，藉助關鍵詞或句之間關係，確定邏輯關係。

第二步 根據邏輯關係，尋找空格的呼應點，確定空格含義。

第三步 根據空格含義，辨析句型搭配的呼應形式得出答案。

3 也可以把自己覺得正確的答案，放入文章裡驗證是否符合邏輯，如果是的話，那就是正確答案了。

ポイント　常見的呼應形式

推測形式

たぶん～だろう（也許…吧）、**きっと～だろう**（一定是…吧）、**きっと～と思う**（我認為一定是…）。

否定形式

しか～ない（只有…）、**まだ～ない**（還沒…）、**あまり～ない**（不怎麼…）、**それほど～ない**（並不那麼…）。

過去形式

もう～た（已經…了）。

假定形式

もし～たら（如果…的話）。

題型8 正誤判斷題

正誤判斷題，要確實掌握不正確的敘述。又叫是非題。意思就是非黑即白的選擇，沒有折中的答案。

- 正誤判斷題做起題來總是讓人很糾結，因為考生經常無法快速找到每個選項對應的內容，因此難以判斷真假。
- 正誤判斷題要問的是選項跟文章所敘述或作者所提出的是否符合，還是不符合，或文章中沒有提到的資訊。
- 一般針對的是文章的主題、主旨或細節。

提問方式	問題形式
一正三誤 一誤三正	● 正しいものはどれですか（哪一項是正確的）。 ● 上と同じ意味の文を選びなさい（選出與上述相同的項目來）。 ● しなくてもよいことは、下のどれか（不進行也可以的是下面哪一項）。

答題方法

1 詳細閱讀並理解問題句

先注意問題是問正確選項，還是錯誤選項。

▼

2 確實掌握問題句

要注意在判斷正誤時，必須嚴格根據文章的意思來進行理解和推斷，不可以自己提前做假設，所有的答案都來自文章裡。

3 找出選項的關鍵詞並理解整個陳述的含意

利用關鍵詞，在文章中確定對應的句子，這就是答案的位置了。

根據答題所在的位置，再以不同方式解題

1 解答的材料都在某個句子裡。

✓答題時，先看選項，圈上關鍵詞並理解整個陳述的含意。找到答案句，認真仔細地閱讀並進行比較，選出答案。

✓仔細查看文章中的關鍵語所在句子中的含意，必要時應查看關鍵詞所在句子前後的含意，區分是與選項符合或不符合、相衝突或不相衝突。

2 解答的材料在某個段落裡。

✓如果 4 個選項的材料，都集中在某個段落裡，這時候眼睛就不用跑太遠，答題時從選項中的線索詞從原文中找到相關的句子，與選項進行比較進而確定答案。

✓建議平常背單字就要跟可以替換的單字或詞組一起背，答案一定跟文章裡的某個段落或是某一句話有類似意思或同意替換的。

✓文法跟句型也是一個很重要的線索，利用它來判斷答案所在相關句子，是肯定或否定的意思。

3 解答的材料在整篇文章裡。

✓也就是 4 個選項的材料分散在全篇文章裡，答題時要有耐心。

✓看選項，知道文章類型或內容。

✓先看選項，再回去找答案。一邊閱讀文章一邊找需要的答案，可以增加答題速度。

✓掌握段落的要點，用選項線索找關鍵字、句。

✓找關鍵字、句還是沒辦法得到答案，看整句、再看前後句，段落主題句。

✓有些問題，無法從字面上直接找到答案，需要透過推敲細節，來做出判斷。

✓如果遇到難以判斷的選項，可以留到後面解決，先處理容易判斷的選項。

在讀完包含生活與工作之各種題材的說明文或指示文等，約 200 字左右的文章段落之後，測驗是否能夠理解其內容。

理解內容／短文

考前要注意的事

作答流程 & 答題技巧

閱讀說明：先仔細閱讀考題說明

閱讀問題與內容：預估有 5 題

1 考試時建議先看提問及選項，再看文章。

2 閱讀的目標是從各種題材中得到自己要的訊息。因此，新制考試的閱讀考點就是「從什麼題材」和「得到什麼訊息」這兩點。

3 提問一般用「筆者にとって～とは何か」（對作者而言～是什麼？）、「筆者はなぜそう思ったのか」（作者為何那麼想？）的表達方式。

4 文章中常出現慣用語及諺語。也會出現同一個意思，改用不同詞彙的作答方式。

答題：選出正確答案

日本語能力試験 ①

Track 01

次の（1）から（5）の文章を読んで、後の問いに対する答えとして最も良いものを1・2・3・4から一つ選びなさい。

(1)

日本では、 伝統的に「謙譲（注1）の美徳」が重視される。たとえば、人に何か贈るのに「つまらないものですが」と言う。客に料理を出すに際しては「何もありませんが」と言う。しかし、こう言ったからといって謙虚な人だとは限らない。むしろ、「こういうときはこう言うものだ」という知識による言葉にすぎないことが多い。

このごろ、これらの言葉が聞かれなくなってきたのは、人々が表面的な謙譲を空虚（注2）だと感じるようになってきたからだろう。本心から出てこそ、こういう言葉は価値があるのだ。

（注1）謙譲：「謙虚」とほぼ同じ意味
（注2）空虚：中身がないこと

55 筆者は、「謙譲の美徳」をどのように考えているか。

1 「つまらないものですが」や「何もありませんが」といった言葉は空虚でくだらない。
2 このごろ、「謙譲の美徳」のある人が減りつつある。
3 日本人は「謙譲の美徳」を前ほど重視しなくなってきた。
4 謙虚な言葉は、謙虚な心から発せられたときにこそ意味がある。

Track 02

(2)

以下は、黄さんが仕事で出したメールの内容である。

本社　営業部
鈴木様

いつもお世話になっております。
このたびの台湾ご出張スケジュールは、以下のように考えております。

15日	午後3時	ご到着（私が空港までお迎えに参ります）台湾支店へ
16日	午前10時	工場見学
	午後	会議
	夜	歓迎会
17日	午前	台北市内観光（ご希望の場所がありましたらご連絡ください）
	午後2時	ご帰国（私が空港までお送りいたします）

お気づきの点がありましたら、どうぞご指摘ください。
私ども一同、心よりお待ち申し上げております。

台湾支店　総務部
黄永輝

56　このメールの内容について、正しいものはどれか。

1　鈴木さんは生産現場へは行かない。

2　黄さんは空港まで２往復する。

3　鈴木さんと黄さんは違う会社の人である。

4　スケジュールは黄さんが決める。

Track 03

(3)

説教（注１）を効果的にしようと思うなら、短くすることを工夫しなくてはならない。自分が絶対に言いたいことに焦点を絞る、繰り返し同じことを言わない、と心に決めておく。そうすると、説教をされる側としては、また始まるぞ、どうせ長くなるのだろう、と思っているときに、ぱっと終わってしまうのでよい印象を受け、焦点の絞られた話にインパクト（注２）を受ける。もっとも、こうなると「説教」というものではなくなっている、と言うべきかもしれない。

（河合隼雄『こころの処方箋』新潮文庫による）

（注１）説教：教育、指導のために話して聞かせること
（注２）インパクト：印象

57 筆者がここで最も言いたいことは何か。

1　説教は、本当に相手に伝えたい要点だけを話すほうがよい。

2　説教は、話の長さに関係なく、相手にインパクトを与えることが重要である。

3　説教は、説教をされる側に、また始まるぞ、と思わせなければいけない。

4　説教は、よい印象を与えるためにするものであり、工夫が求められる。

Track 04

(4)

最近では、めっきり手書きで書く機会が少なくなってきました。プライベート（注１）の約束や仕事の打ち合わせでも、もっぱら（注２）メールが使用されています。

しかし、逆に考えれば、手紙の価値は上がっているといえます。メール全盛時代にあえて（注３）手紙を利用することによって、他人と差をつける（注４）ことが可能なのです。とくにお礼状などは手紙を出すのが自然であり、非常に効果的なツール（注５）になります。

（川辺秀美『22歳からの国語力』講談社現代新書による）

（注１）プライベート：個人的な
（注２）もっぱら：ある一つのことに集中するようす
（注３）あえて：やりにくいことを特別にやるようす
（注４）差をつける：違いを生み出す
（注５）ツール：道具

58 筆者は、手紙を書くことをどのように考えているか。

1 手紙の価値が上がっているので、何でも手紙で出すべきだ。

2 メールを使うことができない人というマイナスの印象を与えることになる。

3 他人と差をつけるために、お礼状なども手紙ではなく、メールで出すほうがよい。

4 時と場合に応じて手紙を効果的に活用するべきだ。

Track 05

(5)

私たちが生きているのは「今、ここ」以外のなにものでもない。オーケストラの人たちも聴衆も、同じ時間と空間で息をしている。そこで起こることはいつも未知（注１）であり、起こったことは瞬く間（注２）に過ぎ去る。再び帰ってはこないし、戻ることはできない。ただ一度きり。それがライブ（注３）だ。

コンサートは、消えていく。その事実に呆然とする（注４）。どうしようもないと分かっていてもなお、悲しい。だが、その儚さ（注５）もまた音楽の本質の一つではないだろうか。それはＣＤが発明された後も変わらない。

（茂木健一郎『全ては音楽から生まれる』ＰＨＰ新書による）

（注１）未知：まだ知らないことや知られていないこと
（注２）瞬く間：一瞬
（注３）ライブ：音楽や劇などをその場でやること
（注４）呆然とする：ショックで何もできなくなる
（注５）儚さ：短い時間で消えて無くなること

59 筆者がここで最も言いたいことは何か。

1　ＣＤが発明されてから、誰でも好きなときに音楽を聴けるようになった。
2　オーケストラで演奏された音楽は再び聴くことはできない。
3　ライブの音楽は一度きりのものだが、それもまた音楽の本質である。
4　二度と聴くことができないライブには、悲しい思いだけが残る。

翻譯與解題 ① 【問題 10 — (1)】

次の(1)から(5)の文章を読んで、後の問いに対する答えとして最も良いものを1・2・3・4から一つ選びなさい。

(1)

日本では、伝統的に「謙譲(注1)の美徳」が重視される。たとえば、人に何か贈るのに「つまらないものですが」と言う。客に料理を出すに際しては（文法詳見 P40）「何もありませんが」と言う。しかし、こう言ったからといって（文法詳見 P40）謙虚な人だとは限らない（文法詳見 P40）。むしろ、「こういうときはこう言うものだ（文法詳見 P41）」という知識による言葉にすぎない（文法詳見 P40）ことが多い。

このごろ、これらの言葉が聞かれなくなってきたのは、人々が表面的な謙譲を空虚(注2)だと感じるようになってきたからだろう。**本心から出てこそ、こういう言葉は価値があるのだ。**〈關鍵句

(注1) 謙譲：「謙虚」とほぼ同じ意味

(注2) 空虚：中身がないこと

- □ 伝統 傳統
- □ 謙譲 謙讓，謙虛
- □ 美徳 美德
- □ 重視 重視，認為重要
- □ 謙虚 謙虛，謙遜
- □ むしろ 與其…倒不如
- □ 空虚 空虛；沒有價值
- □ 本心 真心
- □ 発する 發散，展現

55 筆者は、「謙譲の美徳」をどのように考えているか。

1 「つまらないものですが」や「何もありませんが」といった言葉は空虚でくだらない。

2 このごろ、「謙譲の美徳」のある人が減りつつある（文法詳見 P41）。

3 日本人は「謙譲の美徳」を前ほど重視しなくなってきた。

4 謙虚な言葉は、謙虚な心から発せられたときにこそ意味がある。

請閱讀下列（１）～（５）的文章並回答問題。請從選項１・２・３・４當中選出一個最恰當的答案。

(1)

在日本，傳統上很重視「謙讓（注１）的美德」。比如說，送東西給別人時會說「一點小禮不成敬意」。端菜給客人吃時會說「沒什麼好招待的」。不過，即使嘴巴上這麼説，也不能代表他就是謙虛的人。絕大部分的時候，這些話甚至只是從「這種時候就該這麼説」的知識而來的。

近來之所以越來越少聽到這些話，是因為人們逐漸覺得表面上的謙讓很空虛（注２）吧？唯有發自內心，這些言語才真正具有價值。

（注１）謙讓：意思幾乎等同於「謙虛」

（注２）空虛：沒有實際內容

像這種詢問看法、意見的題目，為了節省時間，建議用刪去法解題。

選項４ 強調了“真誠的心態”，這與文章中的核心觀點相符，即只有從真誠的心態出發，謙虛的話語才具有其真正的價值。正確答案是選項４。

Answer **4**

55 作者如何看待「謙讓的美德」呢？

1「一點小禮不成敬意」和「沒什麼好招待的」，這些話既空虛又沒意義。

2 近來，擁有「謙讓的美德」的人正在減少當中。

3 日本人越來越不像之前那樣重視「謙讓的美德」。

4 謙虛的言語只有當發自謙虛的心時才具有意義。

選項１ 提到的是“空虛和無聊”，這與文章中的“空虛”有所聯繫，但文章並未表明這些謙虛話語本身無聊和空虛，而是説人們的這種行為（僅僅口頭上的謙虛）變得空虛。

選項３ 提到了“重視程度的變化”，但文章中主要討論的是人們對於表面上謙虛的看法變化，並非謙虛美德本身的重視程度。

選項２ 提到了「謙譲の美徳」的人在減少，這與文章中的內容不符，文章並沒有提及這種美德的人是否減少，而是談到了人們對於這種美德表面化的態度變化。

翻譯與解題 ① 【問題 10 — (1)】

題型分析

這道題目是日語能力考試中「主旨把握類型」的一例。在這類問題中，考生需要掌握文章的主要思想或作者的關鍵立場。這種問題通常要求考生在若干選項中挑選出一個能最佳總結文章或段落核心內容的選項。

解題思路

理解文章主旨：首先需要理解整段的大意。這段文章主要講述了日本的「謙譲の美徳」（謙虛的美德），以及人們對於這種美德表面化的看法。

解題關鍵

1. 理解文章的主旨和核心觀點。
2. 仔細分析每個選項，排除與文章內容不符或與文章中心意思不一致的選項。
3. 選出最能代表文章中心思想的選項。

重要文法

【名詞；動詞辭書形】＋に際し（て／ては／ての）。表示以某事為契機，也就是動作的時間或場合。

❶ に際して 在…之際、當…的時候

例句 試験に際して、携帯電話の電源は切ってください。

考試的時候，請把手機電源關掉。

【［名詞・形容動詞詞幹］だ；［形容詞・動詞］普通形】＋からといって。表示不能僅僅因為前面這一點理由，就做後面的動作。後面接否定的説法。

❷ からといって

（不能）僅因…就…、即使…，也不能…；説是（因為）

例句 誰も見ていないからといって、勝手に持っていってはだめですよ。

即使沒人看到，也不能想拿就拿走啊！

【［名詞・形容詞・形容動詞・動詞］普通形】＋とは限らない。表示事情不是絕對如此，也是有例外或是其他可能性。

❸ とは限らない 也不一定…、未必…

例句 アメリカに住んでいたからといって、英語がうまいとは限らない。

雖説是曾住在美國，但英文也不一定流利。

❹ ものだ

以前…;…就是…;本來就該…、應該…

【形容動詞詞幹な；［形容詞・動詞］辭書形】＋ものだ。表示理所當然，一般社會習慣、風俗、常識、規範等理應如此。

例句 自分のことは自分でするものだ。
自己的事情應該自己做。

❺ つつある　正在…

【動詞ます形】＋つつある。接繼續動詞後面，表示某一動作或作用正向著某一方向持續發展。

例句 プロジェクトは、新しい段階に入りつつあります。
企劃正往新的階段進行中。

小知識大補帖

▶ 對義詞

增減

增　加	減　少
増大（增大）	減少（減少）
増加（增加）	減少（減少）
激増（激增）	激減（銳減）
急増（突然增加）	急減（突然減少）
倍増（倍增）	半減（減半）
増量（增量）	減量（減量）
増税（增稅）	減税（減稅）
増額（增額）	減額（減額）
加速（加速）	減速（減速）

其他「增減」動詞的介紹

增　加	減　少
足す（加上、增加）	引く（減去）
付け加える（添加）	削る（削減）
付け足す（追加）	削減（削去、減去）
増やす（增加）	減らす（減去）
追加（追加）	削除（消除）
	除く（刪除）
	取り除く（除去）

「增減」相關的「自動詞 vs 他動詞」

（が）自動詞	（を）他動詞
増える（增加）	増やす（使…增加）
加わる（加…）	加える（添加）
減る（減少）	減らす（使…減少）

常用的表達關鍵句

＊{ } 內也可自行帶入其他詞彙喔！

01 婉轉表現關鍵句

- {外は暑かった} だろう／{外頭天氣炎熱} 吧。
- {大地震の後は、停電が起こる} であろう／{大地震發生後，會造成停電} 吧。
- {あの子はまだ子ども} ではないか／{他} 不 {還只} 是 {個孩子} 嗎？
- {彼にはこの仕事が合っているの} ではないだろうか／{他很適合這份工作} 不是嗎？
- {皆の意見を聞いてから行動する方が妥当} ではあるまいか／難道不該{先詢問過大家意見再行動才比較妥當} 嗎？
- {最良} ではないかと考える／應該可以認定是 {最好的}。
- {悪影響が及びかねない} とも考えられる／也可以預想到 {可能會造成負面影響}。
- {ピークは八日から九日ごろにかけて} と考えてよさそうである／應該可以預估 {巔峰時期將會是 8 到 9 號}。
- {最適だ} と考えられよう／可以當作是 {最合適的} 吧。
- {そんな考えは日本的だ} と言えよう／可以說 {那樣的思考很日式} 吧。

02 表示引用關鍵句

- {そのまま帰る} ように（と）言います／（向某人）說：「請 {直接回家}」。
- {もっときれいに書け} と言います／（向某人）說：「{要寫得更工整一點}」。
- {たくさん食べろ} （命令形）と言います／（向某人）說：「{多吃一點}」。
- {もう言うな} （禁止）と言います／（向某人）說：「{不准再說了}」。
- 一般に {その方が安全} と言われている／普遍都說 {那樣比較安全}。
- {彼は妻を毒殺した} と言われている／據說 {他毒殺了他的妻子}。
- {彼は寛大である} と聞いている／聽說 {他為人寬宏大量}。

關鍵字記單字

▸關鍵字	▸▸▸單字	
かしこまる 恭敬、拘謹	□ 恐縮（きょうしゅく）	（對對方的厚意感覺）惶恐（表感謝或客氣）;（給對方添麻煩表示）對不起，過意不去；（感覺）不好意思，羞愧，慚愧
	□ 謙遜（けんそん）	謙遜，謙虛
	□ 謙虚（けんきょ）	謙虛
	□ どう致（いた）しまして	不客氣，不敢當
交（まじ）わる 交際、來往	□ 友好（ゆうこう）	友好
	□ 仲良（なかよ）し	好朋友；友好，相好
	□ 親友（しんゆう）	知心朋友
	□ ボーイフレンド【boy friend】	男朋友
	□ ガールフレンド【girl friend】	女朋友
	□ 紐（ひも）	情夫
	□ 外交（がいこう）	外交；對外事務，外勤人員
	□ 付（つ）き合（あ）い	交際，交往，打交道；應酬，作陪
	□ 交際（こうさい）	交際，交往，應酬
	□ 交流（こうりゅう）	交流，往來
	□ くっ付（つ）く	緊貼在一起，附著
話（はな）す 説話、陳述、對談	□ 話（はな）し中（ちゅう）	通話中
	□ 言葉遣（ことばづか）い	説法，措辭，表達
	□ 話題（わだい）	話題，談話的主題、材料；引起爭論的人事物
	□ くどい	冗長乏味的，（味道）過於膩的
	□ 話（はな）しかける	（主動）跟人説話，攀談；開始談，開始説
	□ 話（はな）し合（あ）う	對話，談話；商量，協商，談判
	□ 語（かた）る	説，陳述；説唱，朗讀

(2)

以下は、黄さんが仕事で出したメールの内容である。

本社　営業部
鈴木様

いつもお世話になっております。
└文法詳見 P46

このたびの台湾ご出張スケジュールは、以下のように考えております。

15日	午後３時	ご到着（**私が空港までお迎えに参ります**）台湾支店へ 〈關鍵句〉
16日	午前10時	工場見学
	午後	会議
	夜	歓迎会
17日	午前	台北市内観光（ご希望の場所がありましたらご連絡ください）
	午後２時	ご帰国（**私が空港までお送りいたします**） 〈關鍵句〉

お気づきの点がありましたら、どうぞご指摘ください。
私ども一同、心よりお待ち申し上げております。

台湾支店　総務部
黄永輝

- □ このたび　這次，這回
- □ 台北　ＮＨＫ發音為「たいほく」，但一般大眾唸法傾向於「タイペイ」
- □ お気づき（向對方表示禮貌恭敬）察覺
- □ 指摘　指正；揭示
- □ ども　（接於第一人稱後）表示自謙
- □ 一同　全體，大家
- □ 心より　衷心地
- □ 総務　總務
- □ 現場　現場

56　このメールの内容について、正しいものはどれか。

1　鈴木さんは生産現場へは行かない。

2　黄さんは空港まで２往復する。

3　鈴木さんと黄さんは違う会社の人である。

4　スケジュールは黄さんが決める。

(2)

以下是黃先生在工作上發送出去的電子郵件內文。

> 總公司　營業部
> 鈴木先生
>
> 一直以來都承蒙您的照顧了。
> 這次您到台灣出差的行程規劃如下。
>
> | | | |
> |---|---|---|
> | 5日 | 下午3點 | 抵達（我會到機場接您）前往台灣分店 |
> | 6日 | 上午10點 | 參觀工廠 |
> | | 下午 | 會議 |
> | | 晚上 | 歡迎會 |
> | 17日 | 上午 | 台北市內觀光（若您有想去的地點請聯絡我） |
> | | 下午2點 | 回國（我會送您到機場） |
>
> 若您有發現不妥之處，敬請指正。
> 我們全體衷心地歡迎您的到來。
>
> 台灣分公司　總務部
> 黃永輝

遇到「正しいものはどれか」或是「正しくないものはどれか」這種題型，建議用刪去法作答。先抓出4個選項的重點，再回到原文一一對照。

選項2 郵件中提到黃先生會在鈴木先生到達時去機場迎接，並在鈴木先生回國時送他到機場。這證明黃先生會進行兩次往返機場的行程，因此選項2是正確的。

Answer **2**

56 關於這封電子郵件的內容，下列何者正確？

1 鈴木先生不會去生產現場。

2 黃先生要來回機場兩次。

3 鈴木先生和黃先生是不同公司的人。

4 行程是由黃先生決定的。

選項1 郵件明確提到了「工場見学」（工廠參觀），説明鈴木先生會參觀生產現場。因此，選項1不正確。

選項3 從電子郵件的開頭稱謂可知鈴木先生是「本社　営業部」的人，而黃先生最後的署名可以看出他隸屬於「台湾支店　総務部」。「支店」隸屬於「本社」，可見這兩個人是同一間公司的員工，只是地區、層級和部門不同而已。所以選項3不正確。

選項4 雖然黃先生提出了行程計劃，但郵件中也提到「お気づきの点がありましたら、どうぞご指摘ください」，暗示鈴木先生有機會提出修改意見。這表明最終的行程可能是經過雙方協商確定的，因此選項4不一定準確。

翻譯與解題 ① 【問題 10－(2)】

題型分析

這個問題屬於「細節理解題」類型，考查考生對郵件內容的準確理解能力，特別是對具體資訊和細節的掌握。

解題思路

細節配對：逐一檢視每個選項與郵件內容的匹配程度，尋找直接的證據支持或反駁。

邏輯推理：部分選項可能需要透過邏輯推理來驗證，尤其是當選項的描述在原文中沒有直接提及時。

重要文法

【動詞て形】＋おる。是「ている」的鄭重語或自謙語。

❶ ておる　正在…、…著

例句　またあなたにお会いできるのを楽しみにしております。
盼望著能見到你。

小知識大補帖

▶ **電子郵件通知信常用表達句**

開頭與結束	常用表達
通知的表達	～の件で、お知らせします。 （關於…事宜，謹此通知。）
	～の件で、ご連絡いたします。 （關於…事宜，謹此聯絡。）
	～の件は、次のように決まりました。 （關於…事宜，謹做出以下決定。）
	～のお知らせです。 （…事宜通知。）
	～することになりました。 （謹訂為…。）

諮詢處	ご不明な点は、山田まで。 （如有不明之處，請與山田聯繫。）
	何かありましたら、山田まで。 （如需幫忙之處，請與山田聯繫。）
	本件に関するお問い合わせは山田まで。 （洽詢本案相關事宜，請與山田聯繫。）
	何かご質問がありましたら、山田までメールでお願いします。 （如有任何疑問，請以郵件與山田聯繫。）
	この件についてのお問い合わせは山田まで。 （諮詢本案相關事宜，請與山田聯繫。）
通知的結束語	まずは、お知らせまで。 （暫先敬知如上。）
	取り急ぎ、ご連絡まで。 （草率書此，聯絡如上。）
	それでは当日お会いできることを楽しみにしております。 （那麼，期待當天與您會面。）
	では、25日に。 （那麼，25日見。）
	では、また。 （那麼，再會。）
	以上、よろしくお願い申し上げます。 （以上，敬請惠賜指教。）

常用的表達關鍵句

＊｛ ｝內也可自行帶入其他詞彙喔！

01 表示引用關鍵句

- ｛ふたり｝は次のように述べる／｛他們兩人的｝說法如下。
- ｛今度｝は次のとおりに述べる／｛這回｝將陳述如下。
- ｛使用したりすること｝は｛ない｝と述べている／｛他｝說｛自己不會使用｝。
- ｛攻撃を行ったこと｝は次のことを明らかにした／｛發動攻擊一事｝顯示了如下的事端。
- ｛著者｝の結論はこうである／｛作者｝的結論如下。
- ｛小林太市郎氏｝の解釈はこうである／｛小林太市郎先生｝的解釋如下。
- ｛もう少し他人｝の説を引用する／｛多｝引用｛一些他人｝的學說。
- ｛『広辞苑』｝によると｛目的｝という｛言葉の定義は｝／根據｛《廣辭苑》的註解，「目的」一詞的定義是…｝。
- ｛当地の事情に詳しいもの｝によると｛よくある手法｝とのことである／聽｛熟知當地事物的人｝說，這是｛極為慣用的手法｝。
- ｛現時点｝の情報では、次のようである／據｛此時此刻｝的消息，事實如下。

02 表示提議關鍵句

- 次を提言する／提議如下。
- 次を提言したい／我想提議的見解如下。
- 次を提案する／提議如下。
- 次を提案したい／我想提出的方案如下。
- 以上を提案する／做上述提議。
- 以上が私の提案である／以上是我的提議。
- 提案する内容は次の通りである／我的提案內容如下。
- 提案する内容は以上に述べた通りである／我的提議，如上所述。

關鍵字記單字

▸關鍵字	▸▸▸單字	
出かける（で） 外出、出門	□ 出張（しゅっちょう）	因公前往，出差
	□ 出勤（しゅっきん）	上班，出勤
	□ 外出（がいしゅつ）	出門，外出
	□ 発車（はっしゃ）	發車，開車
	□ 行方（ゆくえ）	去向，目的地；下落，行蹤；前途，將來
	□ 旅（たび）	旅行，遠行
	□ 発（はつ）	(交通工具等)開出，出發；(信、電報等)發出；(助數詞用法)(計算子彈數量)發，顆
	□ 出かける（で）	出門，出去，到…去；剛要走，要出去；剛要…
	□ どっと	(人、物)湧來，雲集；(許多人)一齊(突然發聲)，哄堂；(突然)病重，病倒

▸關鍵字	▸▸▸單字	
訪れる（おとず） 拜訪、問候	□ 訪問（ほうもん）	訪問，拜訪
	□ 再訪（さいほう）	再訪，重遊
	□ ご無沙汰（ぶさた）	久疏問候，久未拜訪，久不奉函

▸關鍵字	▸▸▸單字	
学ぶ（まな） 學習	□ 学習（がくしゅう）	學習
	□ 実習（じっしゅう）	實習
	□ 研修（けんしゅう）	進修，培訓
	□ 見学（けんがく）	參觀
	□ 自習（じしゅう）	自習，自學
	□ 学問（がくもん）	學業，學問；科學，學術；見識，知識
	□ 弟子（でし）	弟子，徒弟，門生，學徒
	□ 解答（かいとう）	解答
	□ 問い（と）	問，詢問，提問；問題
	□ 齧る（かじ）	一知半解，略懂；咬，啃
	□ 学ぶ（まな）	學習；掌握，體會

翻譯與解題 ① 【問題 10－(3)】

(3)

説教（注1）を効果的にしようと思うなら、短くすることを工夫しなくてはならない。**自分が絶対に言いたいことに焦点を絞る、繰り返し同じことを言わない、と心に決めておく。**〈關鍵句〉そうすると、説教をされる側としては、また始まるぞ、どうせ長くなるのだろう、と思っているときに、ぱっと終わってしまうのでよい印象を受け、焦点の絞られた話にインパクト（注2）を受ける。もっとも、こうなると「説教」というものではなくなっている、と言うべきかもしれない。

└文法詳見 P52

（河合隼雄『こころの処方箋』新潮文庫による）

（注1）説教：教育、指導のために話して聞かせること
（注2）インパクト：印象

- □ 説教　説教；教誨
- □ 焦点　焦點；中心
- □ 絞る　集中；擰擠
- □ 繰り返し　重覆，反覆
- □ どうせ　反正，終歸
- □ インパクト【impact】衝擊，強烈影響
- □ もっとも　不過；話雖如此
- □ 指導　指導，教導
- □ 要点　重點，要點

57　筆者がここで最も言いたいことは何か。

1　説教は、本当に相手に伝えたい要点だけを話すほうがよい。

2　説教は、話の長さに関係なく、相手にインパクトを与えることが重要である。

3　説教は、説教をされる側に、また始まるぞ、と思わせなければいけない。

4　説教は、よい印象を与えるためにするものであり、工夫が求められる。

(3)

若想要說教（注１）具有效果，就不得不設法說得短一點。把焦點放在自己很想說的事物，下定決心不重複說一樣的東西。這樣的話，被說教的人正想說：「又開始了，肯定又會講很久」時，突然一下子就結束，因此有了好印象，並從抓到重點的一番話中受到衝擊影響（注２）。不過，我們或許應該說，如此一來「說教」就不是說教了。

（選自河合隼雄『心靈處方籤』新潮文庫）

（注１）說教：為了教育、指導而說話給人聽
（注２）衝擊影響：印象

選項１ 說到"只講真正想傳達的要點"，這與文章中的建議相符，即聚焦在自己絕對想說的內容上。正確答案是選項１。

Answer **1**

57 作者在此最想表達的是什麼呢？

1 說教最好是只說出想傳達給對方的重點。
2 說教無關內容長短，重要的是要帶給對方衝擊影響。
3 說教必須讓被說教的人想說「又開始了」。
4 說教是為了帶給對方好印象的行為，力求竅門。

選項２ 提到"無論講話的長度如何，給對方留下深刻印像是重要的"。這雖然與文章提到的"留下印象"有關，但文章的主要觀點並不是說教的長度，而是內容的集中和精煉。

選項３ 提到"讓被說教的人覺得'又開始了'"，這是文章描述的一種現象，而不是作者想要傳達的主旨。

選項４ 說到"為了給好印象而進行說教"，這只是文章中提到的一種效果，並非文章的主要論點。

翻譯與解題 ① 【問題 10 — (3)】

題型分析

這個問題屬於日語能力測驗中的「主題理解題」。這種題型要求考生理解並掌握文章的核心思想或作者的主要觀點。這題目要求考生從提供的選項中選擇一個最能概括文章或段落主旨的答案。

解題思路

理解文章主旨：文章討論了有效進行「説教」（講道理或教育）的方法，強調了重點是要集中在自己絕對想說的內容上，避免重複同一事項，以此來給聽者留下更深刻的印象。

解題關鍵

1. 把握文章的核心思想。
2. 對所有選項進行詳細分析，淘汰那些與文章主題不吻合或與中心觀點相違背的選項。
3. 挑選出最佳反映文章主旨的答案選項。

重要文法

【動詞辭書形】＋べき。表示那樣做是應該的、正確的。常用在勸告、禁止及命令的場合。

❶ べき　必須…、應當…

例句 女性社員（じょせいしゃいん）も、男性社員（だんせいしゃいん）と同様（どうよう）に扱（あつか）うべきだ。

女職員跟男職員應該平等對待。

小知識大補帖

▶ 和心有關的慣用句

慣　用　句	意思、意義
心（こころ）が乱（みだ）れる	心亂如麻
心（こころ）に浮（う）かぶ	想起
心（こころ）に描（えが）く	描繪在心；想像
心（こころ）に刻（きざ）む	銘記在心
心（こころ）に留（と）める	記在心上
心（こころ）に残（のこ）る	難以忘懷
心（こころ）にもない	不是真心的
心行（こころゆ）くまで	盡情地

心(こころ)を痛(いた)める	痛心
心(こころ)を入(い)れ替(か)える	洗心革面
心(こころ)を動(うご)かす	使…感動
心(こころ)を打(う)つ	打動人心
心(こころ)を移(うつ)す	變心
心(こころ)を躍(おど)らせる	心情雀躍
心(こころ)を鬼(おに)にする	狠著心
心(こころ)を傾(かたむ)ける	全神貫注
心(こころ)を砕(くだ)く	十分擔心；嘔心瀝血
心(こころ)を込(こ)める	誠心
心(こころ)を騒(さわ)がす	擾亂心靈
心(こころ)を澄(す)ます	心無雜念；冷靜思考
心(こころ)を尽(つ)くす	盡心
心(こころ)を残(のこ)す	留戀
心(こころ)を引(ひ)かれる	引人入迷
心(こころ)を乱(みだ)す	心煩意亂
心(こころ)を許(ゆる)す	由衷地信賴
心(こころ)を寄(よ)せる	寄予愛慕

常用的表達關鍵句

＊{ } 內也可自行帶入其他詞彙喔！

01 表示禁止關鍵句

- {私の邪魔をする} な／不要 {來煩我}。
- {つまらぬ事で喧嘩} をするな／不要 {為些雞毛蒜皮的事吵架}。
- {差別} はいけない／不可以有 {差別待遇}。
- {ここで遊ん} ではいけません／不許 {在這裡玩耍}。
- {携帯電話を使っ} てはならない／不可以 {使用手機}。
- {そんなことぐらいで泣く} ものではない／沒必要 {為了那點小事而哭哭啼啼的}。
- {人を見た目で判断する} べきではない／不應該 {以貌取人}。
- {恩を忘れる} べからず／不要 {忘恩}。
- {君の喫煙} を禁じる／禁止 {你抽菸}。
- {私語} を禁ずる／禁止 {竊竊私語}。
- {館内の写真や映像の撮影} は禁じられている／ {在館內拍照、攝影等行為} 是被禁止的。
- {タバコを吸うの} を禁止する／禁止 {吸菸}。
- {ここは自転車の乗り入れ} は禁止されている／ {在這個區域騎乘腳踏車} 是被禁止的。

02 表示選擇性動作關鍵句

- {1度行っ} てみます／嘗試 {去一次} 看看。
- {彼氏に電話をかけ} ようとした／正要 {打通電話給男朋友}。
- {部屋を掃除し} ておきます／預先 {把房間打掃} 好。
- {この本はもう読ん} でしまいました／ {這本書已} 全都 {看完} 了。

關鍵字記單字

▸關鍵字	▸▸▸單字	
説く（とく） 説明、講述、宣揚	□ 説（せつ）	意見，論點，見解；學説；述説
	□ 解説（かいせつ）	解説，説明
	□ 社説（しゃせつ）	新聞、雜誌等刊載該公司的主張；社論
	□ 概論（がいろん）	概論
	□ 注（ちゅう）	註解，注釋；註釋
教える（おしえる） 教授、指導	□ 教授（きょうじゅ）	教授；講授，教
	□ 准教授（じゅんきょうじゅ）	（大學的）副教授
	□ 助教（じょきょう）	助理教員；代理教員
	□ 助手（じょしゅ）	（大學）助教；助手，幫手
	□ 体育（たいいく）	體育；體育課
	□ ゼミ【seminar之略】	（跟著大學裡教授的指導）課堂討論；研究小組，研究班
	□ 科目（かもく）	科目，項目；（學校的）學科，課程
	□ 学科（がっか）	科系
	□ 見本（みほん）	榜樣，典型；樣品，貨樣
	□ 課程（かてい）	課程
	□ コーチ【coach】	教練，技術指導；教練員
	□ スクール【school】	學校；學派
	□ キャンパス【campus】	（大學）校園，校內
	□ 校（こう）	學校
	□ 校舎（こうしゃ）	校舍
	□ 訓練（くんれん）	訓練
	□ 指導（しどう）	指導；領導，教導
	□ 揉む（もむ）	（被動式型態）錘鍊，受磨練

翻譯與解題 ① 【問題 10 ー (4)】

(4)

最近では、めっきり手書きで書く機会が少なくなってきました。プライベート（注1）の約束や仕事の打ち合わせでも、もっぱら（注2）メールが使用されています。

しかし、逆に考えれば、手紙の価値は上がっているといえます。メール全盛時代にあえて（注3）手紙を利用することによって、他人と差をつける（注4）ことが可能なのです。**とくにお礼状などは手紙を出すのが自然であり、非常に効果的なツール（注5）になります。** ＜關鍵句

（川辺秀美『22歳からの国語力』講談社現代新書による）

（注1）プライベート：個人的な
（注2）もっぱら：ある一つのことに集中するようす
（注3）あえて：やりにくいことを特別にやるようす
（注4）差をつける：違いを生み出す
（注5）ツール：道具

- □ めっきり 明顯地，顯著地
- □ 手書き 手寫
- □ プライベート【private】私人的，非公開的
- □ 打ち合わせ 事先商量
- □ もっぱら 主要
- □ 全盛 全盛，極盛
- □ あえて 反倒
- □ 礼状 謝函
- □ ツール【tool】 工具
- □ マイナス【minus】 負面

58 筆者は、手紙を書くことをどのように考えているか。

1 手紙の価値が上がっているので、何でも手紙で出すべきだ。

2 メールを使うことができない人というマイナスの印象を与えることになる。

3 他人と差をつけるために、お礼状なども手紙ではなく、メールで出すほうがよい。

4 時と場合に応じて手紙を効果的に活用するべきだ。

(4)

最近手寫的機會明顯地減少。不管是在私人（注1）邀約還是洽公，主要（注2）都是使用電子郵件。

然而，換個角度想，我們可以說書信的價值提高了。在電子郵件的全盛期當中反倒（注3）使用書信，藉此可以和他人分出高下（注4）。特別是謝函等等，用書信寄出才顯得自然，也成為非常有效果的工具（注5）。

（選自川邊秀美『從22歲開始的國語能力』講談社現代新書）

（注1）私人：個人的
（注2）主要：集中於某件事物的樣子
（注3）反倒：特別去處理難做事物的樣子
（注4）分出高下：產生差別
（注5）工具：道具

選項4 討論了"根據時間和場合有效利用親筆寫信"，這與文章強調的親筆寫信在特定情況下的特殊價值相符。正確答案是選項4。

Answer 4

58 作者如何看待寫信這件事呢？

1 書信的價值提高，所以任何信件應該都要用書信寄出。
2 會給人「不會使用電子郵件的人」這種負面印象。
3 為了和他人分出高下，謝函等也最好不要用書信，而是用電子郵件寄出。
4 應該要順應情況和場合來有效地活用書信。

選項1 提到"應該用親筆寫信發送所有內容"，但文章並未建議對所有情況都使用親筆寫信，而是強調了其特定場合的價值。

選項2 提到"使用親筆寫信會給人負面印象"，這與文章的論點相反，文章實際上強調了親筆寫信的正面價值。

選項3 說到"為了與他人區分開來，應該用電子郵件而不是親筆寫信發送感謝信"，這與文章強調的親筆寫信的獨特效果相反。

翻譯與解題 ① 【問題 10 — (4)】

題型分析

這個問題同樣屬於日語能力測驗中的「主題理解題」。這類題型要求考生理解文章的核心思想或作者的主要觀點，並從提供的選項中選擇一個最能概括文章或段落主旨的答案。

解題思路

理解文章主題：文章討論了在電子郵件普及的時代，親筆寫信的獨特價值和作用。作者提到，在電子郵件全盛時代，使用親筆寫信可以在某些情況下產生獨特的效果，特別是在感謝信等場合。

解題關鍵

1. 掌握文章的主旨。
2. 細致考察各個選項，剔除那些不與文章內涵相匹配或偏離文章主要觀點的選項。
3. 選出能最精準體現文章核心理念的答案。

小知識大補帖

▶ 電子郵件的寫法

主　題	各　種　說　法
主旨	商品Bの企画案について。 （關於商品B之企畫案。）
	忘年会のご案内。 （尾牙內容說明。）
	人事異動のお知らせ。 （人事異動通知。）
	本日より出社いたしました。 （從今天開始上班。）
	納品が遅れて申し訳ございません。 （延遲出貨，萬分抱歉。）
致送單位	株式会社○○　○○部　御中 （○○股份有限公司　○○部　鈞鑒）
	株式会社○○　○○部　○○課　○○　○○様 （敬致　○○股份有限公司　○○部　○○課　○○　○○先生／小姐）

開頭語	お忙(いそが)しいところ、失礼(しつれい)いたします。 （正值忙碌之時，非常抱歉。）
	初(はじ)めてご連絡(れんらく)させていただきます。 （初次與　台端聯繫。）
	突然(とつぜん)のメールで恐(おそ)れ入(い)ります。 （冒昧致信，尚乞海涵。）
	いつもお世話(せわ)になっております。 （平素惠蒙多方關照。）
	平素(へいそ)より弊社商品(へいしゃしょうひん)をご愛顧(あいこ)いただきありがとうございます。 （平素惠蒙愛顧敝公司商品，敬表衷心感謝。）
結束語之一般性商務寒暄	では、失礼(しつれい)いたします。 （恕不多寫。）
	まずは納期遅延(のうきちえん)の承諾(しょうだく)まで。 （予以同意延遲交貨。）
	では、よろしくお願(ねが)いいたします。 （萬事拜託。）
	長文(ちょうぶん)メールにて、失礼(しつれい)いたします。 （函文冗長，十分抱歉。）
	最後(さいご)に、貴社(きしゃ)の一層(いっそう)のご発展(はってん)を祈念(きねん)いたしております。 （最後，衷心盼望　貴公司日益興隆。）
要求對方回覆及立即回覆	お返事(へんじ)をお待(ま)ちしております。 （靜待佳音。）
	取(と)り急(いそ)ぎ、お返事(へんじ)まで。 （速急回覆如上。）
	取(と)り急(いそ)ぎ、ご報告(ほうこく)のみにて失礼(しつれい)いたします。 （速急稟告，恕略縟節。）
	まずは取(と)り急(いそ)ぎお詫(わ)びまで。 （臨書倉促，竭誠致歉。）

常用的表達關鍵句

＊{ } 內也可自行帶入其他詞彙喔！

01 轉換話題關鍵句

- しかし／但是、不過
- ところで／話又說回來、另外
- それはそうと／此外、另外、附帶說一句、順便說一句
- それはそれとして／這是一件事，另外…
- ときに／此外
- はともかくとして／姑且不談、先不說…
- とにかく／總之
- 一方／另一方面

02 表示評價關鍵句

- {本論文} の意義はきわめて大きい／{本篇論文（探討）的內容}可謂意義重大。
- {今の仕事} に意義を見出すことができる／可以找到{現在做的這份工作}的意義。
- {そういう点から本書} の価値はきわめて大きい／{從這點來看，這本書}有著極高的價值。
- {自分のつくるシステム} に価値を見出すことができる／在{自己建立的系統中}可以找到其價值。
- {従業員の方} には高い評価を与えることができる／可以給{工作人員們}很高的評價。
- {君の努力} は評価できる／{你的努力}值得肯定。
- {想像を超えて世界中のバイヤーから} 注目される／{得到全世界的買家超乎想像的}關注。
- {これらの結果が} 注目されよう／{這樣的結果}會引起關注吧。

關鍵字記單字

▸關鍵字	▸▸▸單字	
書く（か） 書寫、寫信	□ 清書（せいしょ）	謄寫清楚，抄寫清楚
	□ 投書（とうしょ）	投書，信訪，匿名投書；（向報紙、雜誌）投稿
	□ 下書き（したがき）	試寫；草稿，底稿；打草稿；試畫，畫輪廓
	□ 横書き（よこがき）	橫寫
	□ 縦書き（たてがき）	直寫
	□ シャープペンシル【(和) sharp + pencil】	自動鉛筆
	□ 墨（すみ）	墨；墨汁，墨水；墨狀物
	□ 筆（ふで）	毛筆；（用毛筆）寫的字，畫的畫；（接數詞）表蘸筆次數
	□ 書道（しょどう）	書法
	□ 文字（もじ）	字跡，文字，漢字；文章，學問
	□ 五十音（ごじゅうおん）	五十音
	□ 部首（ぶしゅ）	（漢字的）部首
	□ 丸（まる）	句點；圓形，球狀；完全
	□ 偏（へん）	漢字的（左）偏旁；偏，偏頗
	□ 冠（かんむり）	字頭，字蓋；冠，冠冕
	□ 年賀状（ねんがじょう）	賀年卡
	□ 点々（てんてん）	點點，數個點；分散在；（液體）點點地，滴滴地往下落

▸關鍵字	▸▸▸單字	
記す（しる） 記下、做記號、簽名	□ 筆記（ひっき）	筆記；記筆記
	□ メモ【memo】	筆記；備忘錄，便條；紀錄
	□ 記入（きにゅう）	填寫，寫入，記上
	□ 通帳（つうちょう）	（存款、賒帳等的）折子，帳簿
	□ 署名（しょめい）	署名，簽名；簽的名字
	□ 刻む（きざむ）	銘記，牢記；切碎；雕刻；分成段

翻譯與解題 ① 【問題 10 － (5)】

(5)

私たちが生きているのは「今、ここ」以外のなにものでもない。オーケストラの人たちも聴衆も、同じ時間と空間で息をしている。そこで起こることはいつも未知（注1）であり、起こったことは瞬く間（注2）に過ぎ去る。再び帰ってはこないし、戻ることはできない。**ただ一度きり。それがライブ（注3）だ。** 〈關鍵句〉

└文法詳見 P64

コンサートは、消えていく。その事実に呆然とする（注4）。どうしようもないと分かっていてもなお、悲しい。**だが、その儚さ（注5）もまた音楽の本質の一つではないだろうか。** 〈關鍵句〉 それはＣＤが発明された後も変わらない。

（茂木健一郎『全ては音楽から生まれる』ＰＨＰ新書による）

（注1）未知：まだ知らないことや知られていないこと
（注2）瞬く間：一瞬
（注3）ライブ：音楽や劇などをその場でやること
（注4）呆然とする：ショックで何もできなくなる
（注5）儚さ：短い時間で消えて無くなること

□ オーケストラ【orchestra】交響樂團
□ 聴衆　聽眾，聽者
□ 息をしている　呼吸
□ 未知　未知，尚未知道
□ 瞬く間　轉眼間，瞬間
□ 過ぎ去る　過去，消逝
□ 再び　再度，再次
□ 呆然と　呆然，茫然
□ なお　還，仍然
□ 儚さ　虛幻無常
□ 本質　本質
□ ショック【shock】打擊

59 筆者がここで最も言いたいことは何か。

1　ＣＤが発明されてから、誰でも好きなときに音楽を聴けるようになった。

2　オーケストラで演奏された音楽は再び聴くことはできない。

3　ライブの音楽は一度きりのものだが、それもまた音楽の本質である。

4　二度と聴くことができないライブには、悲しい思いだけが残る。

(5)

我們活在「此時此刻、此處」，除此之外無他。交響樂團的人們和聽眾都在同一個時間和空間中呼吸。在那裡會發生的總是未知（注１），而已發生的事在轉眼間（注２）就已成過往。不會再回來，也無法回去。僅有一次。這就是現場演出（注３）。

音樂會會消失而去。我對於這個事實感到呆然（注４）。就算知道束手無策，也只是徒增傷悲。不過，這種虛幻無常（注５）不也是音樂的本質之一嗎？這點在ＣＤ發明後也沒有改變。

（選自茂木健一郎『全都由音樂而生』PHP 新書）

（注 1）未知：尚未知道或是不被人知道的事物
（注 2）轉眼間：瞬間
（注 3）現場演出：音樂或戲劇當場表演
（注 4）呆然：受到打擊什麼也做不了
（注 5）虛幻無常：短時間就消失殆盡

！ 在抓取文章重點時，除了看首尾兩段，「找出反覆出現的字詞」也是很重要的技巧。正是因為它很重要，所以作者才會一直提起。尤其是解釋事物、表達己見的論說文。重點的用詞會再三地出現。

選項３ 討論了“現場音樂是一次性的，但這也是音樂的本質之一”，這與文章強調的現場音樂的獨特性和一次性完全吻合。正確答案是選項３。

Answer **3**

59 作者在此最想表達的是什麼呢？

1 自從ＣＤ發明後，誰都變得可以在喜歡的時間聽音樂。
2 交響樂團所演奏的音樂無法再次聽到。
3 現場演奏的音樂雖然是僅有一次的東西，但這也是音樂的本質。
4 再也不能聽到的現場演出，只留下悲傷的感受。

選項１ 提到“CD的發明使人們可以隨時聽音樂”，雖然是事實，但虛幻無常仍是音樂的本質之一，因此並不是文章的主要論點。

選項２ 說到“在管弦樂隊演奏的音樂無法再次聆聽”，這只是文章提到的一個現象，而不是作者最想表達的核心意思。

選項４ 提到“無法再次聆聽的現場音樂只留下傷感”，這只是文章中所述情感反應的一部分，而不是作者的主要論點。

翻譯與解題 ① 【問題 10 ー (5)】

題型分析

這道題目亦是日語能力考試裡「主旨理解題」的範疇。該類型問題讓考生需把握文章的中心理念或作家的核心論述，並要從給出的選項裡挑選一個最佳反映文章或段落主旨的答案。

解題思路

理解文章主旨：文章主要講述了「ライブ」（現場演奏）的特殊性和音樂的本質，強調了現場音樂表演的一次性和獨特價值。

解題關鍵

1. 捕捉文章的精髓。
2. 精確評估每一個選擇，淘汰那些不符合文章實質或與核心主旨相悖的選項。
3. 挑選那個最符合文章中心意旨的選項。

重要文法

【名詞】＋きり。接在名詞後面，表示限定。也就是只有這些的範圍，除此之外沒有其它。

❶ きり 只有…

例句 今度は二人きりで、会いましょう。

下次就我們兩人出來見面吧！

小知識大補帖

▶ 和「聞く」相關的單字

慣用語詞	意思、意義
聞き入る （傾聽，專心聽）	耳を澄ましてじっと聞く。 （專注地傾聽。）
聞きかじる （學得毛皮）	物事の一部分や表面だけを、聞いて知る。 （只聽懂事物的一小部分或皮毛。）
聞きつける （得知）	聞いて、そのことを知る。 （聽到而得知某事。）
聞き届ける （批准）	要求や願いなどを聞いて承知する。 （答應請求或希望。）
聞きほれる （聽得入迷）	うっとりとして聞く。 （陶醉地聽。）

小耳(こみみ)にはさむ （偶然聽到）	ほんの少(すこ)し聞(き)く。 （只聽到一些。）
地獄耳(じごくみみ) （善於聽他人隱私）	人(ひと)の噂(うわさ)などを、何(なん)でも知(し)っていること （對於他人的八卦瞭若指掌）
空耳(そらみみ) （聽錯）	実際(じっさい)には声(こえ)や物音(ものおと)がしないのに、聞(き)こえたように感(かん)じること （實際上明明沒有聲音或聲響，卻覺得好像聽到聲音）
初耳(はつみみ) （前所未聞）	初(はじ)めて聞(き)くこと （第一次聽到）
耳(みみ)が痛(いた)い （刺耳）	自分(じぶん)のまちがいや弱点(じゃくてん)を指摘(してき)されて、聞(き)くのがつらい。 （聽別人指出自己的錯誤或弱點，而覺得不舒服。）
耳(みみ)が早(はや)い （耳朵靈）	世間(せけん)の噂(うわさ)などを、人(ひと)より早(はや)く聞(き)いて知(し)っている。 （比別人還要早一步聽到謠傳等。）
耳(みみ)にする （聽到）	聞(き)くつもりもなく、耳(みみ)に入(はい)ってくる。 （無意中聽到什麼。）
耳(みみ)にたこができる （聽膩了）	同(おな)じことを何度(なんど)も聞(き)かされ、嫌(いや)になる。 （多次聽到同樣的話，感到厭煩。）
耳(みみ)を疑(うたが)う （懷疑自己的耳朵）	思(おも)いがけないことを聞(き)いて、聞(き)き間違(まちが)いかと思(おも)う。 （聽到意想不到的事，以為自己是不是聽錯了。）
耳(みみ)を貸(か)す （聽取）	人(ひと)の話(はなし)を聞(き)く。 （聽別人説話。）
耳(みみ)を傾(かたむ)ける （傾聽）	熱心(ねっしん)に話(はなし)を聞(き)く。 （熱心傾聽對方的話。）
耳(みみ)を澄(す)ます （靜聽）	神経(しんけい)を集中(しゅうちゅう)して聞(き)く。 （全神貫注地注意聽。）

常用的表達關鍵句

＊{ } 內也可自行帶入其他詞彙喔！

01 表示假設關鍵句

- 次のように考えられはしないだろうか／以下的假設可能無法成立吧。
- 次の仮説を立てることが出来る／可以做以下的假設。
- 次が成り立つかもしれない／或許以下的假設可以成立。
- 以上がここで立てられる仮説である／以上是我們作出的假設。
- 以上のように考えることが出来ないだろうか／也許可以如上作出假設。
- {もう少し議論してから進めるべき} ではないだろうか／{應該先討論一下再推進} 不是嗎？
- {歯磨き粉が原因} ではないかと考えた／我們設想 {牙膏} 可能就是 {問題的成因}。
- {別の仮説} が成り立つかもしれない／或許可以成立 {其他假設}。
- {ここ} から立てられる仮説は次のものである／根據 {這點} 成立的假設具體如下。
- {それが引き金になる} というのがここで立てられる仮説である／我們在這裡提出的假定就是 {那是引發事件的導火線}。

02 下結論的關鍵句

- {日本の将来は安泰} と考える／{日本的未來} 估計會 {安泰祥和}。
- {最良} ではないかと考える／可以認定是 {最好的} 吧。
- {圧力が始まった} とも考えられる／也可想成是 {壓力的開端}。
- {ほぼ失敗だった} と考えてよさそうである／可以說是 {幾乎都失敗了} 吧。
- {当を得た処置} と考えられよう／可以算是 {處理得當} 吧。
- {以上} のような考え方も可能です／如 {上} 的想法也不是不可能的。
- {行き届いた計画だ} と言えよう／可說是 {完美的計畫} 吧。
- {皆嘘だ} と言わざるを得ない／只能說 {滿篇謊言}。

關鍵字記單字

▸關鍵字	▸▸▸單字	
短い（みじか） 短的、短暫的	□ 瞬間（しゅんかん）	瞬間，剎那間，剎那；當時，…的同時
	□ 短（たん）	短；不足，缺點
	□ 短期（たんき）	短期
	□ 直（じき）	直接；（距離）很近，就在眼前；（時間）立即，馬上
	□ 間も無く（まもなく）	馬上，一會兒，不久
	□ やがて	不久，馬上；幾乎，大約；歸根究柢，亦即，就是
	□ たちまち	轉眼間，一瞬間，很快，立刻；忽然，突然

▸關鍵字	▸▸▸單字	
過ぎる（す） 過去、逝去、離去、經過	□ 過程（かてい）	過程
	□ 過去（かこ）	過去，往昔；（佛）前生，前世
	□ 時（とき）	時間；（某個）時候；時期，時節，季節；情況；時機，機會
	□ 時刻（じこく）	時刻，時候，時間
	□ 間（ま）	間隔，空隙；間歇；機會，時機；（音樂）節拍間歇
	□ 時期（じき）	時期，時候；期間；季節
	□ 四季（しき）	四季
	□ 年代（ねんだい）	年代；年齡層；時代
	□ 今（こん）	現在；今天；今年
	□ 年月（ねんげつ）	年月，光陰，時間
	□ 月日（つきひ）	歲月，時光；日月，日期；日與月
	□ 去る（さ）	離開；經過，結束；（空間、時間）距離；消除，去掉
	□ 経る（へ）	（時間、空間、事物）經過，通過
	□ 潰れる（つぶ）	錯過，耗費，白白浪費；壓壞，壓碎；坍塌，倒塌；倒產，破產；磨損，磨鈍；（耳）聾，（眼）瞎
	□ 既に（すで）	已經，業已；即將，正值，恰好

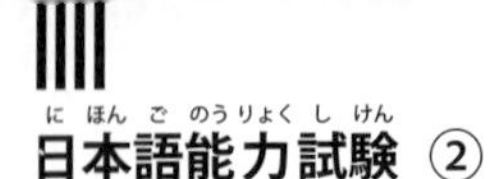

日本語能力試験 ②

Track 06

次の（1）から（5）の文章を読んで、後の問いに対する答えとして最もよいものを、1・2・3・4から一つ選びなさい。

(1)

私の父は、この地域で最後の一つになってしまった古いアパートを今でも経営している。数年前、近くに新しい駅ができたのを契機として、土地の値段が急激に上がった。周りのアパートは皆、高層マンションになった。しかし父は、家族が勧めたにもかかわらずマンションに建て替えなかった。欲張って、今借りてくれている人を困らせるものではないというのである。

その後、景気が悪くなり、近所のマンションは空き室ばかりになったが、父のアパートは違う。あのとき建て替えていたら、借金だけが残っていたに違いない。そうならなかったのは、父のおかげである。

55　筆者は、そうならなかったのはなぜだと考えているか。

1　父がマンションを持っていないおかげ

2　父が人を困らせることができないおかげ

3　父が利益を第一に考える人ではないおかげ

4　父が家族の勧めを聞いたおかげ

Track 07

(2)

以下は、あるレストランが出したメールの内容である。

> お客様各位
> 　いつもご利用いただきましてありがとうございます。
>
> 　さて、当店では日頃のご愛顧に感謝いたしまして、今月末まで下記の通りキャンペーンを実施いたします。
>
> 　1）ご夕食のお客様、毎日先着50名様に、特製デザート（500円相当）を無料サービスいたします。
> 　2）お支払いがお一人で3,000円以上のお客様全員に、次回からお使いいただける「10%割引券」をプレゼントいたします（6か月間有効）。
>
> ※上記の3,000円には、無料サービスの特製デザートの金額は含みません。
>
> 　ご来店をお待ちしております。

56 このレストランのキャンペーンについて正しいものはどれか。

1 「10%割引券」は今月末までしか使えない。

2 夕ご飯を食べれば必ず特製デザートがもらえるとは限らない。

3 二人で飲食した合計金額がちょうど3,000円だったので、二人とも一枚ずつ「10%割引券」をもらえる。

4 一人で2,500円のステーキを注文して特製デザートをもらえば、必ず「10%割引券」を一枚もらえる。

Track 08

(3)

「正しい」日本語とは、アナウンサーが話すようなきれいな日本語を言うのではありません。現実に言葉を使って何かを伝えようとするとき、むしろうまく伝わらないことのほうが多いのではないでしょうか。語学の教科書に出てくる会話のようにスムーズ（注１）に流れるほうが珍しいと思います。とすると、豊かな表現やコミュニケーションをするためには、多少文章や発音がギクシャク（注２）しても、誠意を持って相手に伝えようという気持ちのこもった日本語が「正しい」日本語ではないでしょうか。

（浅倉美波他『日本語教師必携ハート&テクニック』アルクによる）

（注１）スムーズ：物事が順調に進むようす
（注２）ギクシャク：物事が順調に進まないようす

57 「正しい」日本語とは、アナウンサーが話すようなきれいな日本語を言うのではありませんとあるが、なぜか。

1　きれいな日本語では、本当に言いたいことが伝わらないから
2　自分の考えを相手に分かってほしいというまっすぐな心が大事だから
3　表現を豊かにするためには、ギクシャクした話し方をする必要があるから
4　教科書のようなスムーズな会話では、誠意が伝わらないから

Track 09

(4)

コロッケというものはつくづくエライ！と思うのだ。といっても、気取った蟹クリームコロッケなんかじゃなくて、例の、お肉屋さんで売っている、あの小判形（注１）のイモコロッケのほうである。（中略）すなわち三十年前にはコロッケは五円と相場（注２）が決まっていたのだ。それが今日でもおおむね（注３）一個五、六十円、安いものだ。しかもコロッケは昔から今までちっとも風味が変わらない。（中略）それにまた、肉屋さんたちが申し合わせ（注４）をしてるんじゃないかと思うくらい、これはどの店でも味にさしたる違いがない（注５）。だから、どこでも安心して食べられるというところもまたまたエライ。

（林望『音の晩餐』集英社文庫による）

（注１）小判形：江戸時代の金貨の形。楕円形
（注２）相場：値段、価格
（注３）おおむね：だいたい
（注４）申し合わせ：話し合って決めること
（注５）さしたる…ない：それほど…ない

58 筆者が、コロッケというものはつくづくエライ！と思う理由として、正しいものはどれか。

1 今でも三十年前と同じ値段で売っているから
2 食べたときの感じが、今でも昔と同じだから
3 肉屋さんたちが、どの店でも同じ味になるように決めているから
4 店によって味に特色があっておいしいから

Track 10

(5)

　そもそも、「ことばの乱れ（注1）」という発想が言語学にはない。あるのは変化だけである。ことばはいつの時代でも変わっていく。それを現象として注目はするが、正しいとか正しくないとか評価して、人を啓蒙（注2）したり、批判することは考えていない。心情的に新しい語や表現を嫌う言語学者もいるだろうが、立場としては中立でなければならない。正しいか正しくないかなんて、どんな基準をもとにきめたらいいのかわからない。

（黒田龍之助『はじめての言語学』講談社現代新書による）

（注1）乱れ：整っていないこと。混乱
（注2）啓蒙：人々に正しい知識を与え、指導すること

59 筆者の考える言語学者の立場とはどのようなものか。

1　言葉の変化に常に関心を持ち、人々に正しい言葉を使うよう指導する。
2　正しい言葉を守るために、時代に則した新しい基準を作っていく。
3　新しい語や表現は、全て正しいものとして受け入れる。
4　時代につれて変わっていく言葉を、批判することなく、ただ関心を持って見守る。

翻譯與解題 ② 【問題 10 －(1)】

次の（1）から（5）の文章を読んで、後の問いに対する答えとして最もよいものを、1・2・3・4から一つ選びなさい。

(1)

私の父は、この地域で最後の一つになってしまった古いアパートを今でも経営している。数年前、近くに新しい駅ができたのを契機として、土地の値段が急激に上がった。周りのアパートは皆、高層マンションになった。**しかし父は、家族が勧めたにもかかわらずマンションに建て替えなかった。欲張って、今借りてくれている人を困らせるものではないというのである。**

文法詳見 P76
文法詳見 P76
文法詳見 P76

關鍵句

その後、景気が悪くなり、近所のマンションは空き室ばかりになったが、父のアパートは違う。あのとき建て替えていたら、借金だけが残っていたに違いない。そうならなかったのは、父のおかげである。

□ 地域 地區，地域
□ 急激 突然
□ 建て替える 改建
□ 欲張る 貪心，貪得無厭
□ 空き室 空屋，空房
□ 借金 欠款，負債
□ 利益 利益，好處
□ 第一 第一，首要的

55 筆者は、そうならなかったのはなぜだと考えているか。

1 父がマンションを持っていないおかげ
2 父が人を困らせることができないおかげ
3 父が利益を第一に考える人ではないおかげ
4 父が家族の勧めを聞いたおかげ

請閱讀下列（１）～（５）的文章並回答問題。請從選項１・２・３・４當中選出一個最恰當的答案。

(1)

我的父親至今仍在出租這個區域最後一間的老舊公寓。幾年前，公寓附近蓋了新車站，因此土地突然增值。周圍的公寓也都變成高樓層的大廈了。不過，父親不顧家人的勸告，堅持不改建成大廈。他説，不可以因為貪心而造成現在租戶的困擾。

之後景氣衰退，鄰近的大廈都租不出去，但父親的公寓卻不同。如果那時改建的話，肯定只會留下滿屁股債。事態沒有變成那樣，全是託父親之福。

選項３ 討論了“幸虧父親不將利益放在第一位”，這與文章中描述的父親的行為和態度相符，即他更關心租戶的利益，而不是僅僅追求自己的經濟利益。正確答案是選項３。

劃線部分的「そう」指的是上一句「借金だけが残っていた」，所以「そうならなかった」指的是「不用背債」。和欠債有關的是「あのとき建て替えていたら」，所以可以推知沒有欠錢是因為當初沒有改建。

Answer **3**

55 作者認為事態沒有變成那樣，是什麼原因呢？

1 幸虧父親沒有大廈
2 幸虧父親無法造成別人的困擾
3 幸虧父親不是以利益為第一優先的人
4 幸虧父親有聽家人的勸告

選項１ 提到“幸虧父親沒有持有大廈”，但問題不在於父親是否擁有大廈，而在於他的決定不對公寓進行建築改造。

選項２ 提到“幸虧父親無法給人帶來困擾”，文章中確實提到父親不想給租戶帶來困擾，但這並不是避免借款的直接原因。

選項４ 提到“幸虧父親聽取了家族的勸告”，但文章明確指出父親並沒有聽從家族的建議進行建築改造。

翻譯與解題 ② 【問題 10 — (1)】

題型分析

這個問題屬於日語能力測驗中的「推理理解題」。這種題型要求考生根據文章內容進行邏輯推理，從而理解文章隱含的意思，或作者未直接表達的觀點。

解題思路

理解文章內容：文章講述了作者的父親經營該地區最後一個古老公寓的故事。在土地價格上漲和周圍公寓變成高層建築的情況下，儘管受到家族的勸告，父親仍然堅持選擇不建造高層公寓，以免給租戶造成困擾。

解題關鍵

1. 理解文章中的情節和背景。
2. 透過文章的描述進行邏輯推理。
3. 選擇與文章內容和邏輯最吻合的選項。

重要文法

【名詞；[動詞辭書形・動詞た形]の】＋を契機として、を契機に（して）。表示某事產生或發生的原因、動機、機會、轉折點。

❶ を契機（けいき）として

趁著…、自從…之後、以…為動機

例句 退職（たいしょく）を契機（けいき）として、もっとゆとりのある生活（せいかつ）を送（おく）ろうと思（おも）います。

我打算在退休以後，過更為悠閒的生活。

【名詞；形容動詞詞幹；[形容詞・動詞]普通形】＋にもかかわらず。表示逆接。後項事情常是跟前項相反或相矛盾的事態。

❷ にもかかわらず

雖然…，但是…、儘管…，卻…、雖然…，卻…

例句 努力（どりょく）したにもかかわらず、ぜんぜん効果（こうか）が上（あ）がらない。

儘管努力了，效果還是完全沒有提升。

【形容動詞詞幹な；[形容詞・動詞]辭書形】＋ものではない。用在勸告別人的時候，表示勸阻、禁止。

❸ ものではない 不要…、就該…、應該…。

例句 人（ひと）の悪口（わるくち）を言（い）うものではない。

不要說別人的壞話。

小知識大補帖

▶兩個動詞複合為一的動詞

～替える：（動詞の連用形に付いて）古いものを新しいものにする。

（…換：〈接在動詞連用形後面〉把舊的東西變成新的。）

■ **入れ替える**（更換）

中のものを出して、別のものを入れる。中身をとりかえる。

（把裡面的東西拿出來，放入別的東西。更換內容物。）

- 寒くなってきたから、夏物を冬物に入れ替えよう。

（天氣轉冷了，收起夏季衣物，換上冬服吧。）

■ **取り替える**（互換；更換）

1.互いに替える。2.新しいものと交換する。（1.互相交換。2.與新的東西交換。）

- 友達と本を取り替える。（跟朋友交換書籍。）

■ **張り替える**（重新糊上（紙、布等）；重新換上（罩、套等））

張ってあった古いものを取り除いて、新しいものを張る。

（取下覆蓋的舊物，貼上、套上新的東西。）

- もうすぐお正月だから、障子を張り替えて気分を一新したい。

（由於快要過年了，所以想把拉門重新糊過，讓心情煥然一新。）

▶近義詞

窮する、困り果てる

■ **窮する**（困窘，苦於）

どうしてよいかわからない状態にあって、追い詰められている様子を表す。また、金や物がはなはだしく不足する。文語的。（用以表示處於不知該如何是好的狀態，被逼到死路的樣子。或是金錢或物質十分不足。文章用語。）

- 金に窮して盗みを働く。（受貧窮所苦而以盜為業。）

■ **困り果てる**（束手無策）

これ以上困ることはあり得ないというほどに困る。

（苦惱到再也沒有比現況還更一籌莫展的地步。）

- 赤ん坊が泣いて困り果てる。（嬰兒哭鬧不休，真叫人束手無策。）

常用的表達關鍵句

＊｛ ｝內也可自行帶入其他詞彙喔！

01 作出判斷關鍵句

→｛優勢｝である・だ・です／是｛優勢｝。

02 表示斷定關鍵句

→｛彼にはそれが出来る｝と確信する／堅信｛他一定做得到｝。

→｛農村住民の貧しさ｝がはっきりと分かる／清楚知道｛農村居民的貧困｝。

→｛私はこの書類は正しくない｝と言わざるを得ない／｛我｝不得不說｛這份文件並不正確｝。

→｛経済は、今なお不況である｝と言って間違いない／可以肯定的說｛現在經濟依然不景氣｝。

03 提示結論關鍵句

→｛彼は、お母さんがアメリカ人だから、英語が上手な｝わけだ／｛他母親是美國人｝所以｛英文才這麼好啊｝。

→｛こんな漢字の多い本をあの子が読む｝わけはない／｛這種漢字如此多的書籍，那孩子｝當然不｛會看｝。

→｛つまり、会議は延期だ｝ということだ／｛總之｝結果就是｛會議延期了｝。

→かくして、｛新しい結婚生活が始まった｝／就這樣｛開始了新婚生活｝。

→｛一番重要だ｝という結論に達する／可以引出｛這就是最重要的｝之結論。

→｛宇宙が膨張している｝という結論が得られる／可以得出｛宇宙正在膨脹｝的結論。

→｛取るべき行動｝は明らかである／｛該採取的行動｝已很明確。

→｛全ての意味に使えるの｝が分かる／知道｛可用於所有的意思上｝。

→｛それで彼の内に秘めた意志の強さ｝がうかがえる／｛由此｝可以看出｛他蘊藏在內部的強大意志｝。

→｛価格が適正｝と判断できる／可以斷定｛價格合理｝。

關鍵字記單字

▸關鍵字	▸▸▸單字	
見分（みわ）ける 判斷、辨別	□ 判断（はんだん）	判斷；推斷，推測；占卜
	□ 決断（けつだん）	果斷明確地做出決定，決斷
	□ 断定（だんてい）	斷定，判斷
借（か）りる 向他人借	□ 借金（しゃっきん）	借款，欠款，舉債
貸（か）す 借給、借出	□ 貸（か）し出（だ）し	（物品的）出借，出租；（金錢的）貸放，借出
	□ 貸間（かしま）	出租的房間
	□ 貸家（かしや）	出租的房子
	□ 金融（きんゆう）	金融，通融資金
	□ 貸（か）す	借出，出借；出租；提出策劃
建（た）てる 建設、建造	□ 建築（けんちく）	建築，建造
	□ 建設（けんせつ）	建設
	□ ビルディング【building】	建築物
	□ 構造（こうぞう）	構造，結構
	□ 家屋（かおく）	房屋，住房
	□ 灯台（とうだい）	燈塔
	□ 木材（もくざい）	木材，木料
	□ 材木（ざいもく）	木材，木料
	□ 煉瓦（れんが）	磚，紅磚
	□ 城（しろ）	城，城堡；（自己的）權力範圍，勢力範圍
	□ 塔（とう）	塔
	□ 屋（や）	（前接名詞，表示經營某家店或從事某種工作的人）店，鋪；（前接表示個性、特質）帶點輕蔑的稱呼；（寫作「舍」）表示堂號，房舍的雅號

(2)

以下は、あるレストランが出したメールの内容である。

> お客様各位
>
> いつもご利用いただきましてありがとうございます。
>
> さて、当店では日頃のご愛顧に感謝いたしまして、今月末まで下記の通りキャンペーンを実施いたします。
>
> 1）**ご夕食のお客様、毎日先着50名様に、特製デザート（500円相当）を無料サービスいたします。**
>
> 2）お支払いがお一人で3,000円以上のお客様全員に、次回からお使いいただける「10%割引券」をプレゼントいたします（6か月間有効）。
>
> ※上記の3,000円には、無料サービスの特製デザートの金額は含みません。
>
> ご来店をお待ちしております。

- □ 各位　各位，諸位
- □ 日頃　平日，平常
- □ 愛顧　光顧，惠顧
- □ キャンペーン【campaign】　活動
- □ 実施　實施，實行
- □ 先着　先來，先到達
- □ デザート【dessert】　甜點
- □ 相当　相當於，同等於
- □ 割引券　折價券
- □ 有効　有效

56　このレストランのキャンペーンについて正しいものはどれか。

1　「10%割引券」は今月末までしか使えない。

2　夕ご飯を食べれば必ず特製デザートがもらえるとは限らない。

3　二人で飲食した合計金額がちょうど3,000円だったので、二人とも一枚ずつ「10%割引券」をもらえる。

4　一人で2,500円のステーキを注文して特製デザートをもらえば、必ず「10%割引券」を一枚もらえる。

(2)

以下是某餐廳發送的電子郵件內文。

各位親愛的顧客

一直以來都承蒙您的光顧蒞臨。

本店為感謝各位平日的光顧，至本月月底將實施以下的優惠活動。

1）享用晚餐者，每日前50名顧客，將免費致贈特製甜點(價值500圓）。
2）消費金額為一人3,000圓以上的顧客，將致贈每人一張下回開始能使用的「９折優惠券」（使用期限為６個月）。

※上述的3,000圓不包含免費提供的特製甜點金額。

期待您的大駕光臨。

遇到「正しいものはどれか」、「正しくないものはどれか」這種題型就要用刪去法作答。先從選項中抓出關鍵字，再回到題目中找出對應的項目。

選項２ 正確反映了促銷活動的條件，特製甜點僅對每日晚餐時間先到的前50名顧客免費提供，因此不是每位晚餐顧客都能獲得。正確答案是選項２。

Answer **2**

56 關於這家餐廳的優惠活動，下列何者正確？

1「９折優待券」的使用只到這個月月底。

2 享用晚餐不一定就能得到特製甜點。

3 兩人用餐的合計金額剛好是 3,000 圓，兩個人各可以拿到一張「９折優待券」。

4 一個人點 2,500 圓的牛排，得到特製甜點，就一定可以拿到一張「９折優待券」。

選項１ 提到的「10%割引券」使用期限誤解了郵件中的説明，郵件明確指出折扣券有效期為６個月，所以選項１不正確。

選項３ 錯誤地假設了兩人合計消費3000圓，就能各獲得一張折扣券，而郵件中明確指出，需要每個人單獨消費達到3000圓，才符合條件。

選項４ 忽略了郵件中，對於獲得折扣券的消費金額計算，不包含免費提供的特製甜點的規定，因此該選項描述不正確。

翻譯與解題 ② 【問題 10 ─ (2)】

題型分析

這題屬於「詳細理解題」類型，主要考驗考生對郵件內容細節的理解能力，特別是對活動細則的精確把握。考生需要仔細閱讀郵件中提到的促銷活動條件，並根據這些條件判斷哪些情況是正確的。

解題思路

首先，理解郵件中提及的兩個促銷活動條件：一是針對晚餐時間前 50 名顧客提供的特製甜點免費服務；二是消費達到 3000 圓的顧客可獲得 10% 折扣券。接著，檢視每個選項是否符合郵件中的描述。

小知識大補帖

▶ 線上購物的詢問

件名	「らんらん」2023年(ねん)10月号(がつごう)ありますか。 （有 RANRANN 雜誌 2023 年 10 月號嗎？）
	注文(ちゅうもん)のキャンセル（取消訂單）
	品物(しなもの)がまだ届(とど)きません。（還沒有收到東西。）
	返品(へんぴん)希望(きぼう)（要求退貨）
稱呼對方	かとうブックセンター御中(おんちゅう)（加藤書店中心收）
	ネット・青山(あおやま)御中(おんちゅう)（青山網路收）
自我介紹	王志明(おうしめい)と申(もう)します。（我叫王志明。）
	『日本語(にほんご)の発音表記(はつおんひょうき)』を注文(ちゅうもん)したマリアと申(もう)します。 （我是訂購『日本語發音表記』的瑪麗亞。）
	先週(せんしゅう)、そちらのホームページでかばんを購入(こうにゅう)した小松由佳(こまつゆか)と申(もう)します。 （我是上禮拜在貴網站購買包包的小松由佳。）

內容	『らんらん』2023年10月号を探しています。御社の在庫にありますか。 （我想要找 RANRANN 雜誌 2023 年 10 月號，貴公司有庫存嗎？）
	2月3日に注文した『おいしい京都料理』につきまして、キャンセルしたいのですが、よろしいでしょうか。 （我在 2 月 3 號訂購了『美味的京都料理』，但我想要取消訂單，請問方便嗎？）
	2月3日に注文した商品が、2週間経ったのにまだ届きません。 （2 月 3 號訂購的商品過了兩個禮拜都還沒有收到。）
	色がホームページで見た印象と違っていましたので、返品したいと思います。 （因為顏色跟網頁上看到的感覺不一樣，所以我想退貨。）
	返品手順をお知らせいただけますか。 （請問可以告訴我退貨程序嗎？）
	注文番号はB 123-4567 です。 （訂單號碼為 B123-4567。）
結束語	ご回答いただければ幸いです。よろしくお願いいたします。 （希望能收到您的答覆。那就麻煩您了。）
	すみませんが、よろしくお願いします。 （不好意思，麻煩您了。）
	ご返答をよろしくお願いします。 （麻煩您答覆了。）
署名	王志明 e-mail:abc@mas.hinet.net
	マリア・ミュラー 電話番号：090-1234-5678 （瑪麗亞 ・ 穆拉 電話號碼：090-1234-5678）

常用的表達關鍵句

＊{ }內也可自行帶入其他詞彙喔！

01 轉換話題關鍵句

- さて／另外、言歸正傳
- では／那麼
- それでは／那麼
- なお／另外、還有

02 表示狀態關鍵句

- {雪が降っ}ています／正{下}著{雪}。
- {切手がはっ}てあります／{貼}著{郵票}。

03 表示狀態、樣子關鍵句

- {彼女はとてもうれし}そうです／{她}好像{很開心}的樣子。
- {窓を開けた}まま／{窗戶敞開}著。
- {彼女}は{足}が{きれいです}／{她}的{玉腿}是{美麗漂亮}的。
- {風がだんだん強くなっ}ていく／{風勢漸漸地強勁}起來。
- {女性が増え}てくる／{女生}變{多}。
- {雪}のようです／像{雪}一般。
- {若者}らしいです／好像{年輕人}。
- {彼の心は氷}みたいだ／{他的心}宛若{冰霜}。

04 表示感覺關鍵句

- {となりの部屋で変な匂い}がします／聞到{隔壁房間散發著異味}。
- {赤い顔}をしています／{臉紅}著。
- {私は彼の敵意}を感じる／{我}感覺到{他懷有敵意}。

關鍵字記單字

▸關鍵字	▸▸▸單字	
商う（あきな） 經商、買賣	□ 商業（しょうぎょう）	商業
	□ 売買（ばいばい）	買賣，交易
	□ 販売（はんばい）	販賣，出售
	□ 発売（はつばい）	賣，出售
	□ 特売（とくばい）	特賣；（公家機關不經投標）賣給特定的人
	□ 景気（けいき）	（事物的）活動狀態，活潑，精力旺盛；（經濟的）景氣
	□ 為替（かわせ）	匯款，匯兑
	□ 商人（しょうにん）	商人
	□ 美容院（びよういん）	美容院，美髮沙龍
	□ 洋品店（ようひんてん）	舶來品店，精品店，西裝店
	□ 薬局（やっきょく）	（醫院的）藥局；藥鋪，藥店
	□ 日用品（にちようひん）	日用品
	□ 品（しな）	商品，貨物；物品，東西；（物品的）質量，品質；品種，種類；情況，情形
	□ 株（かぶ）	股票；（職業等上）特權；擅長；地位；株，顆；（樹的）殘株
	□ マーケット【market】	商場，市場；（商品）銷售地區
	□ サービス【service】	售後服務；服務，接待，侍候；（商店）廉價出售，附帶贈品出售

営む（いとな） 經營、從事	□ 企業（きぎょう）	企業；籌辦事業
	□ 商社（しょうしゃ）	商社，貿易商行，貿易公司
	□ ママ【mama】	（酒店的）老闆娘；（兒童對母親的愛稱）媽媽
	□ 損得（そんとく）	損益，得失，利害
	□ 割引（わりびき）	（價錢）打折扣，減價；（對説話內容）打折；票據兑現
	□ 手頃（てごろ）	適合（自己的經濟能力、身份）；（大小輕重）合手，合適，相當

(3)

「正しい」日本語とは、アナウンサーが話すようなきれいな日本語を言うのではありません。文法詳見 P88 現実に言葉を使って何かを伝えようとするとき、むしろうまく伝わらないことのほうが多いのではないでしょうか。語学の教科書に出てくる会話のようにスムーズ（注1）に流れるほうが珍しいと思います。とすると、豊かな表現やコミュニケーションをするためには、多少文章や発音がギクシャク（注2）しても、**誠意を持って相手に伝えようという気持ちのこもった日本語が「正しい」日本語ではないでしょうか。** 關鍵句

（浅倉美波他『日本語教師必携ハート＆テクニック』アルクによる）

（注1）スムーズ：物事が順調に進むようす
（注2）ギクシャク：物事が順調に進まないようす

□ むしろ 反而

□ スムーズ【smooth】流暢，流利

□ コミュニケーション【communication】溝通

□ ギクシャク 不順，生硬

57 「正しい」日本語とは、アナウンサーが話すようなきれいな日本語を言うのではありませんとあるが、なぜか。

1 きれいな日本語では、本当に言いたいことが伝わらないから

2 自分の考えを相手に分かってほしいというまっすぐな心が大事だから

3 表現を豊かにするためには、ギクシャクした話し方をする必要があるから

4 教科書のようなスムーズな会話では、誠意が伝わらないから

(3)

所謂「正確的」日語，並不是指主播所說的那種漂亮的日語。在現實生活當中，想用言語來表達什麼的時候，比較常無法順利表達出來吧？我想，像語言教科書裡面的會話那般流暢（注1）的情況反而比較稀奇。這樣一來，為了能有豐富的表達方式或溝通，即使多少有些句子或發音上的不順（注2），只要能秉持誠意傳達給對方知道，這樣的日語不就是「正確的」日語嗎？

（選自淺倉美波等『日語教師必備的心＆技巧』ＡＬＣ）

（注 1）流暢：事物順利進行的樣子
（注 2）不順：事物無法順利進行的樣子

劃線部份的「とは」用來解釋事物，這裡用「とは」帶出整篇文章的重點「『正しい』日本語」。

這句話是解題關鍵。作者認為正確的日語應該要能秉持誠意傳達給對方知道，只要有這份誠意，就算有些許出錯也沒關係。

Answer 2

57 文章提到所謂「正確的」日語，並不是指主播所說的那種漂亮的日語，這是為什麼呢？

1 因為用漂亮的日語不能傳達出真正想說的事情
2 因為想讓對方明白自己的想法這種直率的心情才是重要的
3 因為為了讓表達方式更為豐富，用不順的說法是必要的
4 因為像教科書般的流暢會話無法傳達誠意

選項１ 提到“漂亮的日語無法傳達真正想說的話”，雖然文章提到現實中流暢的對話較為少見，但並未直接指出漂亮的日語無法傳達真正的意圖。

選項２ 討論“直接表達自己的想法和對方理解這種心態是重要的”，這與文章中的觀點相吻合，即正確的日語是包含有誠意的，嘗試傳達給對方的日語。

選項３ 說“為了豐富表達，需要說話時出現些許不順暢”，這雖然接近文章提到的一點，但並不是文章的主要論點。

選項４ 提到“教科書式的流暢對話無法傳達誠意”，文章中確實暗示了流暢對話在現實中較少見，但沒有直接說不能傳達誠意。

翻譯與解題 ② 【問題 10 －(3)】

題型分析

這個問題屬於日語能力測驗中的「主題理解題」。這種題型要求考生理解文章的核心思想或作者的主要觀點，並從提供的選項中選擇一個最能概括文章或段落主旨的答案。

解題思路

理解文章主旨：文章討論了什麼構成了「正しい」日本語的概念，指出並不是流暢或漂亮的日語就是正確的日語，而是更多關於是否能夠帶著誠意，有效地傳達信息給對方。

解題關鍵

1. 理解文章討論的是如何定義「正確的」日語使用，而不僅僅是語言的流暢性或美觀性。
2. 仔細分析每個選項，排除與文章內容不符或與文章中心意思不一致的選項。
3. 選擇最能代表文章中心思想的選項。

重要文法

【名詞】＋とは。提出主題，後項對這一主題進行定義或評論，或提出疑問。

❶ とは 所謂…

例句 週刊誌とは、毎週一回出る雑誌のことです。

所謂週刊就是每週發行一次的雜誌。

小知識大補帖

▶ 近義詞

■ **スムーズ**（順利；流暢）

物事が支障なく運ぶさま

（事情不受阻礙進展的樣子）

- 仕事はスムーズに運んだ。

（工作進行得很順利。）

■ **なめらか**（順利；流暢）

表面が平らで手ざわりのよいさま。また、つかえないで進むさま

（表面平順， 觸感很好的樣子。又指事情順暢無阻地進行的樣子）

- このカップルのダンスは動きの滑らかさに欠けている。

（這對夫妻的舞步欠缺流暢感。）

■ **円滑**（順利；圓滿）

物事に邪魔が入らず、すらすら運ぶこと

（事情無阻礙，順暢進行的樣子）

- 今回の改革が円滑に進んでいる。

（這次的改革順利地進行中。）

■ **表現誠意的各種說法**

- 山田さんの会議での発表ですが、堂々としていらして、同僚として鼻が高かったです。

（山田先生在會議的發表充滿自信，身為同事的我很引以為傲。）

- みんな、部長が戻ってこられる日を心待ちにしています。（お見舞いのとき）

（大家誠心等待部長早日康復歸來的日子。）（探病時）

- 君が作成した企画書は簡潔・明解でとてもよくかけているね。

（你製作的企劃書既簡潔又明瞭，寫得很好呢！）

- 君のいれてくれたお茶本当においしいね。茶道でもやっていたの。

（你替我泡的茶真是好喝啊。是不是學過茶道啊？）

- こんにちは、Aさん。風邪はもういいんですか。

（妳好，A小姐。感冒好了嗎？）

常用的表達關鍵句

＊｛　｝內也可自行帶入其他詞彙喔！

01 下定義關鍵句

- ｛ふるさと納税（のうぜい）｝とは／所謂的｛故鄉稅｝是指…。
- ｛接続詞（せつぞくし）｝というのは／所謂的｛連接詞｝是指…。
- ｛経験（けいけん）｝というものは／所謂｛經驗｝就是…。

02 提示句子主題關鍵句

- ｛クローン｝って／所謂｛生物複製｝指的就是…。
- ｛黒字（くろじ）｝とは｛収入（しゅうにゅう）が支出（ししゅつ）より多（おお）いことです｝／所謂的｛黑字｝即｛收入大於支出｝的意思。
- ｛高血圧（こうけつあつ）｝というのは｛血圧（けつあつ）が高（たか）いという病態（びょうたい）です｝／所謂｛高血壓｝，即｛血壓處於高水平的一種疾病｝。
- ｛詳細（しょうさい）｝については｛下記（かき）をご確認（かくにん）くださいませ｝／關於｛詳細說明敬請參閱下方｝。
- ｛私（わたし）はその事（こと）｝に関（かん）しては｛何（なに）も知（し）らない｝／關於｛那件事我一概不知｝。

03 表示評價關鍵句

- どちらかというと｛地味（じみ）な方（ほう）がいい｝／總的來說｛低調一點比較好｝。
- ｛この分野（ぶんや）の研究（けんきゅう）｝に示唆（しさ）を与（あた）えるものである／對｛這領域的研究｝有所啟發。
- ｛経営（けいえい）｝についての大（おお）きな示唆（しさ）を読（よ）み取（と）ることができる／可看到關於｛經營｝的一大啟發。
- ｛当時（とうじ）の衣食住（いしょくじゅう）の実態（じったい）を知（し）るうえなど｝の点（てん）できわめて興味深（きょうみぶか）い／我對於｛了解當時人們的食衣住｝方面深感興趣。
- ｛歴史的変遷（れきしてきへんせん）｝は興味（きょうみ）のある課題（かだい）である／｛歷史的演變｝是一個我很感興趣的課題。
- ｛物理（ぶつり）への応用（おうよう）という見地（けんち）から｝は興味深（きょうみぶか）い結論（けつろん）である／｛從物理上應用的觀點來看｝那是一個非常有趣的結論。

關鍵字記單字

▸關鍵字	▸▸▸單字	
正しい（ただしい） 正確的、合理的、端正的	□ 正（せい）	正確，正當；正直；（數）正號；更正，糾正；主要的；正的
	□ 合理（ごうり）	合理
	□ 事実（じじつ）	事實；（作副詞用）實際上
	□ 道徳（どうとく）	道德
	□ 本物（ほんもの）	真貨，真的東西
	□ 実物（じつぶつ）	實物，實在的東西，原物；（經）現貨
	□ 公正（こうせい）	公正，公允，不偏
	□ 本当（ほんとう）	真實，真心；實在，的確；真正；本來，正常
	□ 尤も（もっとも）	合理，正當，理所當有的；話雖如此，不過
	□ 実に（じつに）	確實，實在，的確；（驚訝或感慨時）實在是，非常，很
	□ まさに	真的，的確，確實
	□ ちゃんと	端正地，規矩地；按期，如期；整潔，整齊；完全，老早；的確，確鑿

▸關鍵字	▸▸▸單字	
悪い（わるい） 錯誤的、不好的、有害的	□ 巣（す）	賊窩，老巢；家庭；蜘蛛網；巢，窩，穴
	□ 不可（ふか）	不可，不行；（成績評定等級）不及格
	□ 不良（ふりょう）	壞，不良；（道德、品質）敗壞；流氓，小混混；不舒服，不適
	□ 不正（ふせい）	不正當，不正派，非法；壞行為，壞事
	□ 卑怯（ひきょう）	怯懦，卑怯；卑鄙，無恥
	□ 低下（ていか）	降低，低落；（力量、技術等）下降
	□ 不当（ふとう）	不正當，非法，無理

▸關鍵字	▸▸▸單字	
良い（よい） 好的	□ 改善（かいぜん）	改善，改良，改進
	□ 長短（ちょうたん）	優缺點，長處和短處；多和不足
	□ 特長（とくちょう）	專長
	□ 優れる（すぐれる）	（才能、價值等）出色，優越，傑出，精湛

翻譯與解題 ② 【問題 10 －(4)】

(4)

コロッケというものはつくづくエライ！と思うのだ。といっても、気取った蟹クリームコロッケなんか└文法詳見 P94じゃなくて、例の、お肉屋さんで売っている、あの小判形（注１）のイモコロッケのほうである。（中略）すなわち三十年前にはコロッケは五円と相場（注２）が決まっていたのだ。それが今日でもおおむね（注３）一個五、六十円、安いものだ。**しかもコロッケは昔から今までちっとも風味が変わらない。** ＜關鍵句（中略）それにまた、肉屋さんたちが申し合わせ（注４）をしてるんじゃないか└文法詳見 P94と思うくらい、これはどの店でも味にさしたる違いがない（注５）。だから、どこでも安心して食べられるというところもまたまたエライ。

（林望『音の晩餐』集英社文庫による）

（注１）小判形：江戸時代の金貨の形。楕円形
（注２）相場：値段、価格
（注３）おおむね：だいたい
（注４）申し合わせ：話し合って決めること
（注５）さしたる…ない：それほど…ない

- □ つくづく　深感，痛切地
- □ 気取る　裝模作樣
- □ 蟹　螃蟹
- □ イモ　芋頭、馬鈴薯、地瓜等根莖類的總稱，此指馬鈴薯
- □ すなわち　也就是說，換而言之
- □ 相場　市價
- □ おおむね　大概，大致上
- □ 風味　風味，滋味
- □ 申し合わせ　協定
- □ さしたる　那般的

58 筆者が、コロッケというものはつくづくエライ！と思う理由として、正しいものはどれか。

1 今でも三十年前と同じ値段で売っているから

2 食べたときの感じが、今でも昔と同じだから

3 肉屋さんたちが、どの店でも同じ味になるように決めているから

4 店によって味に特色があっておいしいから

(4)

可樂餅這東西真的是很了不起！我如此認為。話雖如此，我指的不是那種裝模作樣的蟹肉奶油可樂餅，而是傳統的，肉店會賣的那種小判形狀（注１）的薯泥可樂餅。（中略）也就是 30 年前可樂餅市價（注２）為 5 圓。而現在一個也大概（注３）是 5 、60 圓，實為便宜。而且可樂餅從以前到現在風味一點也沒改變。（中略）除此之外，幾乎是到了一種懷疑肉店老闆們不知是不是有什麼協定（注４）的地步，不管是哪家店鋪，味道絕對都沒有那般的（注５）不同。所以，不管在哪裡都可以放心享用這點更是了不起。

（選自林望『音之晚餐』集英社文庫）

（注 1）小判形狀：江戶時代的金幣形狀。橢圓形
（注 2）市價：價錢、價格
（注 3）大概：大致上
（注 4）協定：商量後決定
（注 5）沒有那般的：不到那樣程度的

為了節省時間可以用刪去法作答。先從選項抓出關鍵字，再回到原文對照、判斷對錯。

選項２ 討論了“吃的感覺，現在和過去相同”，這與文章中提到的「コロッケは昔から今までちっとも風味が変わらない」相吻合，即可樂餅從過去到現在味道未變。正確答案是選項２。

Answer **2**

58 作者認為可樂餅這東西真的是很了不起！的理由，下列何者正確？

1 因為現在的售價還是和 30 年前一樣
2 因為吃的時候的感覺，不管是現在還是過去都是一樣的
3 因為肉店老闆們有講好不管哪家店的味道都要一樣
4 因為依據店家的不同，味道也會有各有特色又美味

選項４ 提到“不同的店鋪味道各具特色且美味”，這與文章描述的情況相反，文章強調的是各家店鋪的味道並無太大差異。

選項１ 提到“現在和30年前的價格相同”，但文章指出了價格的變化，從30年前的５圓到現在的５、60圓，所以選項１不正確。

選項３ 提到“肉店老板們商定讓每家店的味道相同”，雖然文章提到各店味道的統一性，但並未明確指出是商定的結果，而是作為一種觀察結果描述。

翻譯與解題 ② 【問題 10 －(4)】

題型分析

這個問題屬於日語能力考試中的「細節理解題」。考生需要根據文章的具體內容，從幾個選項中選出最符合作者表達意圖或文章細節的答案。

解題思路

理解文章內容：文章讚揚了「コロッケ」（可樂餅）的穩定性和可靠性，特別是其價格和味道多年來的一致性，以及在不同的肉店中味道的統一性。

解題關鍵

1. 精確理解文章中提到的「コロッケ」的特點，尤其是價格和味道的穩定性。
2. 根據文章的具體描述，排除與文章內容不符的選項。
3. 選擇最能準確反映文章描述的選項。

重要文法

【名詞】＋なんか。表示從各種事物中例舉其一。

❶ なんか …等等、…那一類的、…什麼的

例句 食品なんか近くの店で買えばいいじゃない。

食品之類的，在附近的商店買就好了不是嗎？

【名詞；形容動詞詞幹；［形容詞・動詞］普通形】＋んじゃないかと思う。是「のではないだろうか」的口語形。表示意見跟主張。

❷ んじゃないかと思う

不…嗎、莫非是…

例句 それぐらいするんじゃないかと思う。

我想差不多要那個價錢吧！

小知識大補帖

▶和「吃」相關的單字

單字・慣用句等	意　思	例　句
つまみ食い （偷吃）	人に隠れてこっそりものを食べること （背著他人偷吃東西）	来客用の菓子をつまみ食いする。 （偷吃招待客人用的零食。）

味見 （試吃）	少し食べてみて、味の具合を確かめること （試吃一點點東西來確認味道）	ちょっとスープの味見をしてくれませんか。 （你能不能幫我喝喝看湯的味道呢？）
毒味・毒見 （試毒）	毒が入っていないかを調べるために食べること （為了調查是否有毒而吃）	毒味してからお膳を出す。 （試毒之後再上菜。）
間食 （正餐之間吃點心）	決まった食事と食事の間に物を食べること （在正餐與正餐之間吃東西）	やせたければ間食をやめることだ。 （如果想要減肥的話，就得戒掉吃點心的習慣。）
がつがつ （拚命地吃）	むやみにたくさん食べる様子 （肆無忌憚大吃的樣子）	弟はおなかをすかせて帰ってきたらしく、夕飯をがつがつ食べている。 （弟弟好像餓著肚子回家的樣子，現在正狼吞虎嚥地吃著晚餐。）
ぺろりと （很快地吃完）	あっという間に食べつくしてしまう様子 （一下子便吃個精光的樣子）	特大のケーキをぺろりと平げてしまった。 （居然一下子就把特大的蛋糕給吃完了。）
暴飲暴食 （暴飲暴食）	むやみに飲み食いをすること （肆無忌憚地吃喝）	暴飲暴食して体をこわした。 （暴飲暴食把身體搞壞了。）
箸が進む （食慾旺盛）	おいしくて、どんどん食べられる （覺得美味而不停地吃）	炭焼きの香りに食欲をそそられ、ついつい箸が進む。 （炭烤的香味讓我食慾大增，不禁一口接著一口。）

常用的表達關鍵句

＊｛ ｝內也可自行帶入其他詞彙喔！

01 表示說明關鍵句

- {疑惑がある} のです・のだ／是｛有疑慮｝的。
- {反響の大きさが想定外だった} のは {確か} です／｛回響超乎預期｝是｛確實的｝。

02 表示推測、預測關鍵句

- 確かに {彼は怖い人間} に違いない／可以肯定｛他｝是｛個令人毛骨悚然的人｝。
- {きっときれいな方} に違いありません／肯定是｛個漂亮的寶貝｝。
- {妊娠} の可能性がある／有｛懷孕｝的可能性。
- {慢性炎症の徴候} である可能性がある／可能是｛慢性發炎的前兆｝。
- {試験に落ちる} はずがありません／不可能｛考不上的｝。
- {それが立派だ} と想像する／想像｛那將會是極為宏偉壯闊的｝。
- {かつてこの二つの大陸が繋がっていたの} ではないかと想像することができる／可以想像｛兩個大陸板塊曾經相連在一起｝。
- {求めているのではない} かと想像できる／看樣子可以想像（他）｛應該非常渴望｝吧。

03 表示確認假設關鍵句

- 以上のことを確かめてみる必要がある／有必要確認上述事情。
- 以上の仮説を確かめてみたい／希望就上述假設作出確認。
- 以上の仮説が成り立つかもしれない／以上假設或許可以成立。
- 以上の仮説を検証してみたい／希望就上述假設作出驗證。
- {世の中にまだ通用するのか} ということを確かめてみたい／希望能確認｛在社會上是否還通用｝一事。
- {その橋が安全だ} ということを確かめてみる必要がある／有必要加以查實｛那座橋的安全性｝。

關鍵字記單字

▸關鍵字	▸▸▸單字	
引（ひ）かれる 被吸引	□ 魅力（みりょく）	魅力，吸引力
	□ 懐（なつ）かしい	懷念的，思慕的，令人懷念的；眷戀，親近的
	□ 恋（こい）しい	思慕的，眷戀的，懷戀的
	□ 可愛（かわい）らしい	可愛的，討人喜歡；小巧玲瓏
	□ 素敵（すてき）	絕妙的，極好的，極漂亮；很多
好（この）む 喜歡	□ 好（この）み	愛好，喜歡，願意
	□ 好（す）き嫌（きら）い	好惡，喜好和厭惡；挑肥揀瘦，挑剔
	□ 好（す）き好（ず）き	（各人）喜好不同，不同的喜好
	□ 好（この）む	愛好，喜歡，願意；挑選，希望；流行，時尚
	□ 気（き）に入（い）る	稱心如意，喜歡，寵愛
味（あじ）わう 品味、品嘗	□ 調味料（ちょうみりょう）	調味料，佐料
	□ 蜜（みつ）	蜜；花蜜；蜂蜜
	□ 食塩（しょくえん）	食鹽
	□ 果実（かじつ）	果實，水果
	□ 桃（もも）	桃子
	□ 菓子（かし）	點心，糕點，糖果
	□ 汁（しる）	湯；味噌湯；汁液，漿
	□ 喫茶（きっさ）	喝茶，喫茶，飲茶
	□ 酒場（さかば）	酒館，酒家，酒吧
	□ 塩辛（しおから）い	鹹的
	□ しゃぶる	（放入口中）含，吸吮
	□ 干（ほ）す	乾杯；把（池）水弄乾；曬乾
	□ さっぱり	（味道）清淡；整潔，俐落，瀟灑；（個性）直爽，坦率；（感覺）爽快，病癒

(5)

そもそも、「ことばの乱れ（注1）」という発想が言語学にはない。あるのは変化だけである。ことばはいつの時代でも変わっていく。**それを現象として注目はするが、正しいとか正しくないとか評価して、人を啓蒙（注2）したり、批判することは考えていない。心情的に新しい語や表現を嫌う言語学者もいるだろうが、立場としては中立でなければならない。**正しいか正しくないかなんて、どんな基準をもとにきめたらいいのかわからない。

關鍵句

（黒田龍之助『はじめての言語学』講談社現代新書による）

（注1）乱れ：整っていないこと。混乱
（注2）啓蒙：人々に正しい知識を与え、指導すること

- □ そもそも　話説回來；究竟
- □ 乱れ　紊亂，混亂
- □ 発想　想法，構思
- □ 言語学　語言學
- □ 現象　現象
- □ 注目　關注，注目
- □ 評価　評論
- □ 啓蒙　啟蒙
- □ 批判　批判，批評
- □ 心情的　心理層面
- □ 中立　中立
- □ 見守る　關注，關切

59 筆者の考える言語学者の立場とはどのようなものか。

1 言葉の変化に常に関心を持ち、人々に正しい言葉を使うよう指導する。

2 正しい言葉を守るために、時代に則した新しい基準を作っていく。

3 新しい語や表現は、全て正しいものとして受け入れる。

4 時代につれて変わっていく言葉を、批判することなく、ただ関心を持って見守る。

(5)

話說回來，語言學裡面本來就沒有「語言的紊亂（注1）」這種想法。有的只有變化。語言不管在哪個時代都會有所改變。我們會把這視為是一種現象而關注，但不會去評論對錯是非，也不會想啟蒙（注2）眾人，或是進行批判。雖然也有一些學者會在心裡討厭新的語詞或說法，不過還是必須保持中立的立場。正確或不正確什麼的，我們不知要用什麼基準來判斷才好。

（選自黑田龍之助『第一次的語言學』講談社現代新書）

（注 1）紊亂：不整齊的樣子。混亂
（注 2）啟蒙：給予人們正確的知識並進行指導

題目問「言語学者の立場」，文章中的「立場」在「心情的に新しい語や表現を嫌う言語学者もいるだろうが、立場としては中立でなければならない」。這句話表達語言學家必須抱持中立的立場。

這句話用了「〜たり〜たりする」這個句型。一般的寫法是「人を啓蒙したり、批判したりする」。雖然就像文章中說的“語言沒有所謂的對錯”，不過在考試時還是請用「〜たり〜たりする」這種寫法。

Answer **4**

59 作者認為的語言學家立場是什麼樣的立場呢？

1 對語言變化總是抱持關心，教導人們使用正確的語言。
2 為了保護正確的語言，不斷訂定因應時代的新基準。
3 將所有新語詞或說法都視為是正確的並接納。
4 不批評隨著時代變遷的語言，只是抱持關心並關注。

選項 1 提到“對語言變化持續關注，並指導人們使用正確的言語”，這與文章中的觀點相反，文章強調語言學家應保持中立，不從正誤角度評價語言變化。

選項 2 討論“為了保護正確的語言，根據時代制定新的標準”，這同樣與文章中語言學家應保持中立的觀點不符。

選項 3 提到“將所有新的詞彙和表達都接受為正確的”，雖然語言學家可能對新詞彙和表達有個人感情，但文章強調的是作為一個學科的立場應該是中立的，而不是無條件接受。

選項 4 討論“對隨時間變化的語言持批判性態度，僅僅保持關注”，這與文章描述的語言學家的態度一致，即關注語言的變化，但不進行批評。正確答案是選項 4

翻譯與解題 ② 【問題 10 — (5)】

題型分析

這個問題屬於日語能力考試中的「意見理解題」。考生需要根據文章內容，理解作者或文中人物的觀點、態度或立場，並從提供的選項中選擇一個最符合文章表達的觀點。

解題思路

理解文章內容：文章討論了言語的變化是一種自然現象，指出語言學家不應該從正誤的角度去評價語言的變化，而應該保持中立的立場，不進行批評。

解題關鍵

1. 理解文章中對語言學家應有的立場和態度的描述。
2. 根據文章的具體內容，排除與作者觀點不符的選項。
3. 選擇最能準確反映文章描述的語言學家立場的選項。

小知識大補帖

▶ **敬語的誤用**

1. 敬語只用在人身上

看到上司養的金魚：

(1) ×きれいな金魚（きんぎょ）でいらっしゃいますね。

（好漂亮的金魚喔！）

〇 きれいな金魚（きんぎょ）ですね。

（好漂亮的金魚喔！）

(2) ×どんなえさを召（め）し上（あ）がっているのですか。

（牠都享用什麼魚飼料呢？）

〇 どんなえさを与（あた）えていらっしゃるのですか。

（您都給牠吃什麼魚飼料呢？）

→ 用在金魚身上不需用敬語，上司的動作才需要用敬語。

2.「になります」的誤用

(1) ×アイスティーになります。

（變成冰紅茶。）

〇 アイスティーでございます。

（這是冰紅茶。）

(2) ×こちらは禁煙席（きんえんせき）になります。

（此處變為禁菸座位。）

○ こちらは禁煙席でございます。

（此處為禁菸座位。）

→「になります」表示變化。譬如「さなぎ→蝶」從「蛹」，變成「蝴蝶」；「係長→課長」表示身分的變化；「一文無しになる」從原來的狀態，變成別的狀態。

→ 因此，「アイスティー」原本就是「アイスティー」，所以不用「になります」，而是用「でございます」；另外「禁煙席」這句話，如果要表示平常是「喫煙席」，只有那個時候變成「禁煙席」，就可以用「になります」。比方説「こちらは 11：30 ～ 14：30 禁煙席になります」（這裡 11：30 到 14：30 改為禁煙區）。但是前面的例句並沒有説到什麼變化，就不太適合。如果平常都是「禁煙席」用「でございます」才對。

3.「（の）ほう」的誤用

(1) ×お弁当のほう、温めますか。

（便當這邊要加熱嗎？）

○ お弁当は温めますか。

（便當要加熱嗎？）

(2) ×お箸のほう、おつけしますか。

（需要這個筷子嗎？）

○ お箸はおつけしますか。

（需要筷子嗎？）

→「（の）ほう」表示比較，例如「AとB、どちらの方がいい？」用在比較兩者的時候；又例如「私はあきらめが悪いほうだ。」表示比較偏向某一性質的時候；還有「鳥が東のほうへ飛んで行った。」表示方向跟方位。

→ 如果有兩項「お弁当」跟「サンドイッチ」，要問「お弁当のほうを温めるかどうか」，就可以用「お弁当のほう」。如果只問單項的「お弁当」，就不需要用「のほう」。只要簡單的説「お弁当は温めますか」。「お箸」這句話也是。

常用的表達關鍵句

＊{ } 內也可自行帶入其他詞彙喔！

01 表示聽說關鍵句

→ {その花は何} という {名前ですか} ／{那種花} 叫 {什麼名字}？

→ {今年の冬はあまり寒くない} そうです／聽說 {今年冬天不怎麼冷}。

→ 一般に {後者だ} と言われている／一般常說 {是後者}。

→ {攻めていい} と言われています／人們說 {可以進攻}。

→ {ボーナスはある} と聞いている／聽說 {有紅利}。

→ {電気代は来月から値上がりする} ということです／據說 {電費下個月要開始調漲了}。

→ {午後から雪が降る} んだって／聽說 {下午會下雪}。

02 表示義務關鍵句

→ {コストを抑え} なければならない／不能不 {控制成本}。

→ {話さ} なくてはならない／不得不 {說話}。

→ {老人を尊敬せ} ねばならない／應該要 {尊敬長者}。

→ {もっと冒険す} べきである／應當 {多去冒險}。

→ {説明} する義務がある／有 {說明} 的義務。

→ {わざわざ説明を聞く} までもない／不必 {特地來聽說明}。

03 形成判斷關鍵句

→ {あなたは私を満足させる} ことができるだろうか／{你} 有辦法 {滿足我} 嗎？

→ {君の言うこと} は正しいだろうか／{你說的事} 究竟對不對呢？

→ 本当に {安全なの} だろうか／真的 {安全} 嗎？

→ {はたして彼の話} は本当だろうか／{他說的話到底} 是不是真的呢？

關鍵字記單字

▸關鍵字

基づく（もとづく）

根據、依照

▸▸▸單字

單字	解釋
□ 目安（めやす）	（大致的）目標，大致的推測，基準；標示
□ 元・旧・故（もと）	原，從前；原來
□ 元・基（もと）	起源，本源；基礎，根源；原料；原因；本店；出身；成本
□ 根（ね）	根底；根源，根據；天性，根本；（植物的）根
□ 基盤（きばん）	基礎，底座，底子；基岩
□ 物差し（ものさし）	尺；尺度，基準
□ 基準（きじゅん）	基礎，根基；規格，準則
□ 水準（すいじゅん）	水準，水平面；水平器；（地位、品質、價值等的）水平；（標示）高度
□ 標準（ひょうじゅん）	標準，水準，基準
□ 法則（ほうそく）	規律，定律；規定，規則
□ 原理（げんり）	原理；原則
□ 基礎（きそ）	基石，基礎，根基；地基
□ 種（たね）	原因，起因；素材，原料；（植物的）種子，果核；（動物的）品種
□ 材料（ざいりょう）	材料，原料；研究資料，數據
□ 原料（げんりょう）	原料
□ 資料（しりょう）	資料，材料
□ 文献（ぶんけん）	文獻，參考資料
□ 電子（でんし）	（理）電子
□ 寸法（すんぽう）	長短，尺寸；順序，步驟
□ 実物（じつぶつ）	實體，實物，原物；（經）現貨
□ 第一（だいいち）	首屈一指的，首要，最重要；第一，第一位，首先
□ 基づく（もとづく）	根據，按照；由…而來，因為，起因
□ 頼る（たよる）	依靠，依賴，仰仗；拄著；投靠，找門路
□ 因る（よる）	按照，根據；依靠，依賴；由於，因為；任憑，取決於

▶ 寄信

この手紙を郵便局に出してきてくれない？
可以幫我把這封信拿去郵局投遞嗎？

時々母に手紙を書いてこちらの様子を知らせています。
我時常寫信告知家母這邊的狀況。

小学校で習った先生から手紙が来た。
小學時期的老師寄了信來。

彼に手紙を送ったのになぜか返事がない。
都已經寄信給他了，卻不曉得為什麼沒有收到回信。

この手紙を送りたいんだけど郵便局まで行ってくれない。
我想要寄出這封信，幫我跑一趟郵局好嗎？

手紙の代わりにメールを送ります。
寄送電子郵件代替傳統書信。

住所か間違っていて手紙が届かなかった。
寫錯地址導致信件無法送達。

ポストにこの手紙を出してきてくれない。
幫我把這封信投到郵筒裡好嗎？

この手紙を受け取ったらすぐに返事をください。
收到這封信後請立刻回覆。

この手紙、台湾へ送りたいんですがいくらですか。
我想要把這封信寄到台灣，請問郵資是多少錢呢？

絶対に人の手紙を開けてはいけない。
絕對不可以擅自拆閱他人信件。

手紙に切手を貼るのを忘れて出しちゃった。
忘了貼郵票就把信寄出去了。

今は手紙よりメールの方が便利です。
這年頭與其寄信，不如寄電子郵件來得方便。

最近手紙を書くことが少なくなりました。
最近已經很少提筆寫信了。

お礼を書くならはがきよりも手紙にした方が丁寧です。
假如要寄謝函，與其寄明信片，不如寄書信來得有禮貌。

はがき10枚と80円切手を５枚ください。
麻煩給我 10 張明信片以及 5 張 80 元的郵票。

東京に着いたことをはがきで知らせた。
寄了明信片告知已經抵達東京。

封筒(ふうとう)に住所(じゅうしょ)と名前(なまえ)を書(か)いて切手(きって)を貼(は)らなくてはなりません。
一定要在信封上書寫姓名與地址，並貼妥郵票。

封筒(ふうとう)は重(おも)さや国(くに)によって料金(りょうきん)が変(か)わります。
信件根據其重量以及寄送國家，而有不同郵資。

はさみで封筒(ふうとう)を開(あ)けた。
拿剪刀剪開了信封。

在讀完包含內容較為平易的評論、解說、散文等，約 500 字左右的文章段落之後，測驗是否能夠理解其因果關係或理由、概要或作者的想法等等。

理解內容／中文

考前要注意的事

作答流程 & 答題技巧

閱讀說明：先仔細閱讀考題說明

閱讀問題與內容：

預估有 9 題

1 考試時建議先看提問及選項，再看文章。

2 文章以生活、工作、學習等為主題的，簡單的評論文、說明文及散文。

3 提問一般用造成某結果的理由「～原因は何だと述べているか」、文章中的某詞彙的意思「～とは何か」、作者的想法或文章內容「筆者が一番言いたいことはどんなことか」的表達方式。文章結構多為「開頭是主題、中間說明主題、最後是結論」。

4 選擇錯誤選項的「正しくないものどれか」也偶而會出現，要仔細看清提問喔！

答題：選出正確答案

日本語能力試験 ①

Track 11

次の（1）から（3）の文章を読んで、後の問いに対する答えとして最も良いものを、1・2・3・4から一つ選びなさい。

(1)

現代人の忙しさは尋常ではない。睡眠時間を削ってでもやらなくてはならない仕事もあるし、つきあいもある。睡眠時間が不足すると、翌朝からだはだるいし、頭もボーッとしてしまう。なんとかうまく忙しさに合わせて睡眠時間を振り分け（注1）られないものか。そうした忙しい社会人の中には「休日の寝だめ（注2）」でしのぐ（注3）人がいる。

明日からの忙しい日々に備えて、しっかりと寝だめをして睡眠時間を貯金し、忙しい平日をやり抜くための活力を養っておこうというのだ。（中略）

休日に睡眠不足を補うとはいっても、平日の睡眠時間よりもプラス２時間が上限と考えたほうがいい。

では、平日の睡眠不足はどうしたら解消できるのか。ベストは平均してきちんと睡眠時間を確保することだが、それができなければ、電車の中で仮眠したり、昼休みに仮眠したりするなどして補うことだ。細切れ（注4）の睡眠では眠った気がしないかもしれないが、休息にはしっかり役立っている。また、夜勤の場合は昼寝が有効だ。

要は、睡眠時間は一日単位で考えるべきだ。夜にしっかりと睡眠がとれなかった場合は、なるべく仮眠などで不足を補うようにして、翌日に持ちこさ(注5)ないこと。これが忙しい現代人の健康の秘訣である。

(日本博学倶楽部『世の中の「常識」ウソ・ホント「寝る子は育つ」は本当に育つ?!』PHP文庫による)

(注1)振り分ける：いくつかに分ける
(注2)寝だめ：寝ることをためる、つまり、時間のあるときにたくさん寝ること
(注3)しのぐ：乗り越えて進む、なんとか切り抜ける、我慢する
(注4)細切れ：細かく切られたもの
(注5)持ちこす：そのままの状態で次へ送る

60 「休日の寝だめ」でしのぐ人は、なぜそうしているのか。

1 前の週に睡眠時間が不足したから
2 睡眠時間を削るために仕事をしているから
3 体調が悪くて眠れないから
4 睡眠時間の不足が予期されるから

61 休日に「寝だめ」をする場合、どのようにする方がよいと言っているか。

1 多くても平日より2時間長く寝る程度にした方がよい。
2 休日には寝られるだけ寝ておいた方がよい。
3 平日は2時間ぐらい少なく寝る方がよい。
4 寝るための活力をしっかりと養っておいた方がよい。

62 筆者がここで勧めている睡眠不足の解消のしかたは、どのようなものか。

1 寝られなくても、できるだけ眠った気になるようにする。
2 寝られなかった場合、翌日の夜にしっかり睡眠をとるようにする。
3 短時間ずつでも、寝られるときに寝て、その日のうちに睡眠時間を補うようにする。
4 睡眠は一日単位で考えるべきなので、一日中寝る日と、一日中寝ない日を作る。

Track 12

(2)

誰でも逃げだしたくなるときがある。

ぎっしり詰まったスケジュールに、かわり映えのしない仕事。見慣れて背景の一部になってしまった家族や恋人。そして自分の周りを取り巻く都市の日ざしや風といった環境のすべて。何もかもうんざりし（注1）て、リセットし（注2）たくなるのだ。

ぼくの場合、それに一番いいのは旅行だった。もちろん観光はしない。けれど何もしない旅というのも退屈だ。そこで、いつか読もうと思って積んでおいた本の山から、何冊かを選んで旅の友にすることになる。

冬も終わりのその夜、僕は三泊四日の本を読む旅のために書籍を選別していた。くつろぎ（注3）にでかけるのだ。あまり硬派なものは望ましくない。かといって、内容のない薄っぺらな本は嫌だ。文章だって最低限ひっかからずに読めるくらいの洗練度がほしい。そうなると必然的にいろいろな種類の小説を残すことになる。

恋愛小説、時代小説、推理小説にＳＦ。翻訳もののミステリーにファンタジー。ぼくは旅先で旅について書かれたエッセイを読むのが好きなので、その手（注4）の本をさらに何冊か加えておく。（中略）ぼくは思うのだが、実際に読書をしている最中よりも、こうして本を選んでいるときのほうが、ずっと胸躍る（注5）のではないだろうか。それは旅行でも同じなのだ。旅の計画を立てているときの方が、旅の空のしたよりも幸福なのだ。

（石田衣良「あなたと、どこかへ。」文春文庫による）

（注1）うんざりする：物事に飽きていやになる
（注2）リセットする：元に戻す、始めからやり直す
（注3）くつろぐ：気持ちが落ち着いてゆったりする
（注4）その手：そのような種類
（注5）胸躍る：期待や喜びで興奮する、わくわくする

63 筆者はどんなときに旅行したくなるのか。

1 仕事が多すぎて、誰かに代わりにやってほしいとき
2 普段の生活や周囲の事物に飽きて、リセットしたくなったとき
3 仕事に疲れて、何もしたくなくなったとき
4 読みたいのに読んでいない本がたまってしまったとき

64 筆者の旅行のしかたについて、最も近いものはどれか。

1 観光に飽きれば、読書を楽しむ。
2 何もせず、退屈になれば読書を楽しむ。
3 たまった本を読み終われば、観光する。
4 日常生活から離れるために旅に出るのであり、観光はしない。

65 筆者は何をしているときに幸福を感じると述べているか。

1　本を読んでいるときや、旅行に出ているとき

2　恋愛小説、時代小説、推理小説、ＳＦなど、硬派でない本を読んでいるとき

3　本を選んだり、旅行の計画を立てたりしているとき

4　日々の様々なことを忘れて、読書をしているとき

Track 13

(3)

仕事の関係上、ロケ先で昼食をとることがある。ファミリーレストランなどでも、ランチタイムになると会社員や営業ドライバーが、昼食をとるため、限られた休み時間に長い列を作る。

そんな時間によく目にする（注1）のが食事を終えても熱心に、しかも楽しそうに話し込む子供連れ同士の主婦とおぼしき（注2）一団だ。私たちが席に着く前から座っていたのに、食事を済ませて店の外に出るまで席を離れる気配すらなかったりする。子供が飽きても、自分たちが飽きるまでは席を立つつもりがないのだろう。いろいろと語り合いたいこともあるのかもしれない。旦那（注3）や姑（注4）の愚痴（注5）を言ったりしてストレスを発散（注6）させたいのも分からないでもない。しかし、彼女たちがストレスを発散させている間、待たされ続ける人たちのストレスがたまっていく。

他のテーブルは次から次へと入れ替わっているのに、何も感じない、あるいは感じていても無視できる人が、子供を育てているとしたら。子供は間違いなく親のそんな姿を見て育つだろう。それでよいのか。親は、子供を良識を持った大人として社会に送り出す責任がある。

（『ランチタイムの心遣い』2009年２月７日付　産経新聞による）

（注１）目にする：実際に見る

（注２）とおぼしき：と思われる。のように見える

（注３）旦那：夫
（注４）姑：夫の母
（注５）愚痴：言ってもしかたがないことを言って悲しむこと
（注６）発散：外へ発して散らすこと。外部に散らばって出ること

66 そんな姿とは、どんな姿を指しているか。

1　レストランで食事を楽しむ姿
2　子育てをしている姿
3　周囲の状況に無関心な姿
4　ストレスを発散させている姿

67 筆者は何に対して、不満を述べているか。

1　食事が終わったにもかかわらず、席を立たずに話し込んでいる主婦
2　昼食を取るために長い列を作らなければならない状況
3　主婦が家の外でストレスを発散させること
4　親が話しているのに、すぐに飽きて待っていられない子供たち

68 筆者は子どもを育てる親には何が必要だと考えているか。

1　レストランで子供が飽きたら、食事の途中でも席を離れること
2　愚痴を言ってストレスを発散できる友だちを持つこと
3　子どもの見本となる行動をとること
4　旦那や姑に不満があっても、外では言わずに我慢すること

翻譯與解題 ① 【問題 11 －(1)】

次の(1)から(3)の文章を読んで、後の問いに対する答えとして最も良いものを、1・2・3・4から一つ選びなさい。

(1)

現代人の忙しさは尋常ではない。睡眠時間を削ってでもやらなくてはならない仕事もあるし、つきあいもある。睡眠時間が不足すると、翌朝からだはだるいし、頭もボーッとしてしまう。なんとかうまく忙しさに合わせて睡眠時間を振り分け（注1）られないものか。（文法詳見 P124）そうした忙しい社会人の中には「休日の寝だめ（注2）」でしのぐ（注3）人がいる。

明日からの忙しい日々に備えて、しっかりと寝だめをして睡眠時間を貯金し、忙しい平日をやり抜くための活力を養っておこうというのだ。（中略）　〔60題 關鍵句〕

休日に睡眠不足を補うとはいっても（文法詳見 P124）**、平日の睡眠時間よりもプラス2時間が上限と考えたほうがいい。**　〔61題 關鍵句〕

では、平日の睡眠不足はどうしたら解消できるのか。ベストは平均してきちんと睡眠時間を確保することだが（文法詳見 P124）、それができなければ、電車の中で仮眠したり、昼休みに仮眠したりするなどして補うことだ。細切れ（注4）の睡眠では眠った気がしないかもしれないが、休息にはしっかり役立っている。また、夜勤の場合は昼寝が有効だ。

要は、睡眠時間は一日単位で考えるべきだ。**夜にしっかりと睡眠がとれなかった場合は、なるべく仮眠などで不足を補うようにして**（文法詳見 P124）**、翌日に持ちこさ（注5）ないこと。**これが忙しい現代人の健康の秘訣である。　〔62題 關鍵句〕

（日本博学倶楽部『世の中の「常識」ウソ・ホント「寝る子は育つ」は本当に育つ?!』　ＰＨＰ文庫による）

（注1）振り分ける：いくつかに分ける
（注2）寝だめ：寝ることをためる、つまり、時間のあるときにたくさん寝ること
（注3）しのぐ：乗り越えて進む、なんとか切り抜ける、我慢する
（注4）細切れ：細かく切られたもの
（注5）持ちこす：そのままの状態で次へ送る

請閱讀下列（１）～（３）的文章並回答問題。請從選項１・２・３・４當中選出一個最恰當的答案。

(1)

現代人異常的忙。有必須削減睡眠時間也要做的工作，也有交際應酬。睡眠時間要是不足，隔天早上身體就會無力，腦子也會不太清楚。有沒有什麼辦法能夠巧妙地配合忙碌，分割（注１）睡眠時間呢？像這樣忙碌的社會人士當中，就有為「假日補眠（注２）」而忍（注３）的人。

點出現代人因忙碌而睡眠不足的問題，並提到有些人的解決方法是在假日補眠。

也就是說，為了應付明天開始的忙碌日子，好好地補眠，先儲存睡眠時間，培養能撐過忙碌平日的活力。(中略)

解釋假日補眠的意思，就是預先儲存睡眠時間來應付平日的忙碌。

雖說假日要彌補睡眠不足，但上限最好是比平日睡眠時間再多個２小時。

提醒讀者假日補眠最多比平時多睡兩個鐘頭即可。

那麼，平日的睡眠不足應該如何解除呢？最好的做法是確保平均且充足的睡眠時間，不過要是辦不到，也可以在電車中小睡，或是午休小睡片刻來彌補。細分（注４）的睡眠雖然可能會覺得沒什麼睡，但對於休息而言可是幫了大忙。此外，大夜班的話午睡是有效的。

提供讀者小睡片刻的方法來應付平日的睡眠不足。

總之，睡眠時間應以一日為單位來思考。晚上如果不能好好睡上一覺，那就要盡量透過小睡片刻來彌補不足，不要拖（注５）到隔天。這就是忙碌現代人的健康秘訣。

以「睡眠時間應以一日為單位來思考」來總結全文。

（選自日本博學俱樂部『世上的「常識」真的假的「睡覺的孩子長得大」是真的長得大？！』ＰＨＰ文庫）

(注１) 分割：分配成好幾份
(注２) 補眠：累積睡眠，也就是有空就大睡特睡
(注３) 忍：度過難關向前進、設法擺脫、忍耐
(注４) 細分：瑣碎分割的東西
(注５) 拖：保持狀態留待下次

翻譯與解題 ① 【問題 11 ー (1)】

Answer 4

60 「休日の寝だめ」でしのぐ人は、なぜそうしているのか。

1 前の週に睡眠時間が不足したから
2 睡眠時間を削るために仕事をしているから
3 体調が悪くて眠れないから
4 睡眠時間の不足が予期されるから

60 為「假日補眠」而忍的人，為什麼要這麼做呢？

1 因為上週睡眠時間不足
2 因為為了削減睡眠時間而工作
3 因為身體狀況不好睡不著
4 因為預想到睡眠時間會不足

選項 1 提到“因為前一週睡眠不足”，這雖然是常見原因，但文章中提到的是為了預備未來的忙碌，而不是補償過去的睡眠不足。

選項 2 討論“因為為了減少睡眠時間而工作”，這並不是文章中提到的「休日寝だめ」的原因。

選項 3 提到“因為身體狀況不好而無法入睡”，這個選項與文章中的情境不符，文章討論的是有意識地調整睡眠模式，而不是因為身體原因無法睡眠。

選項 4 討論“因為預期睡眠時間不足”，這正是文章中提到的原因，即人們通過休息日的睡眠儲備來，預備未來忙碌日子的能量。正確答案是選項 4。

解題攻略

解題關鍵在第２段：「明日からの忙しい日々に備えて、しっかりと寝だめをして睡眠時間を貯金し、忙しい平日をやり抜くための活力を養っておこうというのだ」（為了應付明天開始的忙碌日子，好好地補眠，先儲存睡眠時間，培養能撐過忙碌平日的活力）。這句話的主題雖然不明確，但依照文脈可以推測話題還是圍繞在之前提過的人事物上面，也就是上一段段尾提到的「『休日の寝だめ』でしのぐ人」（為「假日補眠」而忍的人）。這句話的重點就在「のだ」，「のだ」的功能之一是解釋説明，對應提問中的「なぜ」。由此可知補眠是為了要應付明天開始的忙碌日子，培養能撐過忙碌平日的活力。可見這個補眠是預先行為，正確答案是４。

「養っておこう」運用了「ておく」的句型，表示為了某種目的事先採取某個行為，所以補眠不是忙完才來大睡一場，而是在忙碌前就先睡飽。

題型分析

這個問題屬於日語能力考試中的「細節理解題」。考生需要依據文章內容，理解特定情況下人們的行為動機或原因，並從幾個選項中選出最符合文章描述的答案。

解題思路

理解文章內容：文章討論了現代人忙碌生活中的睡眠問題，特別是提到有些人會在休息日通過「寝だめ」（睡眠儲備）來準備應對未來忙碌的日子。

翻譯與解題 ① 【問題 11 －(1)】

Answer **1**

61 休日(きゅうじつ)に「寝(ね)だめ」をする場合(ばあい)、どのようにする方(ほう)がよいと言(い)っているか。

1 多(おお)くても平日(へいじつ)より２時間長(じかんなが)く寝(ね)る程度(ていど)にした方(ほう)がよい。
2 休日(きゅうじつ)には寝(ね)られるだけ寝(ね)ておいた方(ほう)がよい。
3 平日(へいじつ)は２時間(じかん)ぐらい少(すく)なく寝(ね)る方(ほう)がよい。
4 寝(ね)るための活力(かつりょく)をしっかりと養(やしな)っておいた方(ほう)がよい。

61 在假日「補眠」時，文章當中説應該怎麼做才好呢？

1 最多應該比平日多睡２小時就好了。
2 假日能睡多久就睡多久。
3 平日應該要少睡大概２個鐘頭比較好。
4 應該要好好地培養為了睡覺的活力。

選項１ 提到“即使在休息日，睡眠時間也應該僅比平日長2小時”，這與文章中的建議完全一致。正確答案是選項１。

選項２ 討論“休息日應該盡可能多睡”，這並不是文章建議的最佳做法。

選項３ 提到“平日應該比休息日少睡２小時”，這與文章的建議無關，文章沒有提到平日應該減少睡眠。

選項４ 討論“為了睡眠應該充分積累活力”，這雖然是健康生活的一般建議，但並不是文章針對「寝だめ」提出的具體建議。

解題攻略

文章當中提到假日補眠的情報在第３段：「休日に睡眠不足を補うとはいっても、平日の睡眠時間よりもプラス２時間が上限と考えたほうがいい」（雖說假日要彌補睡眠不足，但上限最好是比平日睡眠時間再多個２小時）。這邊使用「ほうがいい」這個句型，給讀者建議或忠告，表示假日補眠的時間上限是多於平日兩個鐘頭，也就是選項１說的：「多くても平日より２時間長く寝る程度にした方がよい」（最多應該比平日多睡２小時就好了）。

！ 這一題問的是「休日に寝だめをする」（在假日補眠）的理想方法。

題型分析

這個問題屬於日語能力考試中的「情報理解題」。考生需要根據文章的具體內容，理解和把握特定建議或指導原則，並從提供的選項中選擇一個最符合文章建議的答案。

解題思路

理解文章內容：文章討論了在休息日進行「寝だめ」（睡眠儲備）的建議，特別是提到了與平日相比，休息日的睡眠時間不應超過平日睡眠時間加上２小時的上限。

翻譯與解題 ① 【問題 11 －(1)】

Answer **3**

62 筆者がここで勧めている睡眠不足の解消のしかたは、どのようなものか。

1 寝られなくても、できるだけ眠った気になるようにする。
2 寝られなかった場合、翌日の夜にしっかり睡眠をとるようにする。
3 短時間ずつでも、寝られるときに寝て、その日のうちに睡眠時間を補うようにする。
4 睡眠は一日単位で考えるべきなので、一日中寝る日と、一日中寝ない日を作る。

62 作者在此建議大家解除睡眠不足的方法，是什麼樣的方法呢？

1 即使睡不著，也要盡可能感覺到已經睡過。
2 睡不著時，要在隔天晚上好好地睡上一覺。
3 即使每次都是短時間，也要在能睡的時候睡覺，在當天就補足睡眠時間。
4 睡眠應以一日為單位來思考，所以要有睡一整天和一整天都不睡的時候。

選項 1 提到“即使無法入睡，也要盡可能感覺到已經睡過”，這並不符合文章提出的具體建議。

選項 2 討論“如果前一晚睡不好，應在下一晚儘量補充睡眠”，這雖然是一般性建議，但文章更強調通過日間的短暫睡眠來補充。

選項 3 提到“即使是短時間，也應在能睡時睡覺，儘量在當天補足睡眠時間”，這正好反映了文章的建議，即通過小睡片刻來解決睡眠不足的問題。正確答案是選項 3。

選項 4 討論“應該制定睡一整天和一整天不睡的日子”，這與文章的建議不符，文章並沒有提倡這種極端的睡眠模式。

解題攻略

作者在第４段提到：「ベストは平均してきちんと睡眠時間を確保することだが、それができなければ、電車の中で仮眠したり、昼休みに仮眠したりするなどして補うことだ」（最好的做法是確保平均且充足的睡眠時間，不過要是辦不到，也可以在電車中小睡，或是午休小睡片刻來彌補）。另外第５段也提到「夜にしっかりと睡眠がとれなかった場合は、なるべく仮眠などで不足を補うようにして、翌日に持ちこさないこと」（晚上如果不能好好睡上一覺，那就要盡量透過小睡片刻來彌補不足，不要拖到隔天），這兩句都對應選項３，即使時間很短，也要在當天能睡的時候補眠。因此正確答案是３。

題型分析

這個問題屬於日語能力考試中的「情報理解題」。考生需要從文章內容中提取作者對解決某一問題的建議或方法，並從給定的選項中選擇一個最符合文章建議的答案。

解題思路

理解文章內容：文章討論了現代人面臨的睡眠不足問題，並提供了關於如何解決睡眠不足的建議，特別是強調了在不能保證連續充分睡眠時，應該通過短時間的睡眠來補充。

□ 尋常（じんじょう） 普通，尋常
□ 削る（けずる） 削減，去除
□ だるい 無力的，懶倦的
□ ボーッとする 模糊不清
□ なんとか 想辦法，設法
□ 振り分ける（ふりわける） 分割，分配
□ 寝だめ（ねだめ） 補眠
□ しのぐ 忍耐；克服
□ 備える（そなえる） 為應付，對應某事而事先準備
□ やり抜く（やりぬく） 撐過
□ 養う（やしなう） 培養
□ 補う（おぎなう） 彌補，填補
□ 解消（かいしょう） 解除
□ ベスト【best】 最好，最佳
□ 仮眠（かみん） 小睡片刻
□ 細切れ（こまぎれ） 細分
□ 夜勤（やきん） 夜班
□ 要は（ようは） 總之，簡單而言

翻譯與解題 ① 【問題 11 － (1)】

□ 持ちこす 拖，遺留待完成

□ 秘訣 秘訣，訣竅

□ 勧める 建議

重要文法

【形容動詞詞幹な；[形容詞・動詞]辭書形】＋ものか。後接否定表示願望，一般為現實上難以實現的願望。後面常接「かなあ」。

❶ ものか 真希望…

例句 何とかできないものかなあ。

能否想想辦法呢。

表示承認前項的說法，但同時在後項做部分的修正，或限制的內容，說明實際上程度沒有那麼嚴重。

❷ とはいっても 雖說…，但…

例句 貯金があるとはいっても、10万円ほどですよ。

雖說有存款，但也只有 10 萬圓而已。

【動詞辭書形；動詞否定形】＋ことだ。表示一種間接的忠告或命令。

❸ ことだ 就得…、要…、應當…、最好…

例句 成功するためには、懸命に努力することだ。

要成功，就應當竭盡全力。

【動詞辭書形；動詞否定形】＋ようにする。表示說話人自己將前項的行為，或狀況當作目標而努力。

❹ ようにする 爭取做到…、設法使…

例句 人の悪口を言わないようにしましょう。

努力做到不去說別人的壞話吧！

小知識大補帖

▶各式各樣的副詞、副詞句

	副詞、副詞句
價值判斷	運悪く（運氣不好地）、あいにく（不湊巧）、幸いにも（幸運地）、不幸にして（不幸地）
	うれしいことに（好消息是…）、妙なことに（奇妙的是…）、驚いたことに（驚訝的是…）
	不思議なもので（不可思議的是…）、残念ながら（很可惜…）、当然のことながら（理所當然地）
	お気の毒ですが（真遺憾…）、信じがたいことだが（雖然難以置信，但…）
真假判斷	おそらく（恐怕）、たぶん（大概）、もちろん（當然）、むろん（當然）、きっと（一定）、必ず（一定）
	さぞ（想必）、確か（也許）、確かに（的確）、明らかに（顯然）、思うに（在我看來…）、考えるに（這樣看來…）
	疑いもなく（無疑地）、ひょっとして（萬一）、もしかすると（也許）、一見（乍看之下）
	私の見るところ（據我推測）、私の知る限り（就我所知）
發話行為	ついでながら（順道一提）、ちなみに（順道一提）、要するに（總而言之）、例えば（比方說）
	率直に言って（坦白說）、本当のところ（事實上）、つまりは（也就是說）、いわば（可以說是）
	言ってみれば（換句話說）、どちらかと言えば（如果真的要說…）、話は違いますが（是說）
	ちょっとおうかがいしますが（請教一下…）、恐れ入りますが（不好意思…）
	ものは相談だが（我有事想跟你商量…）、改めて言うまでもなく（無須再三重複…）
範圍指定	建て前としては（理論上）、表向きは（表面上）、名目上は（名義上）、根本的には（徹底地）
	基本的には（基本上）、理想を言えば（就理想而言）、理屈を言えば（就道理而言）、原理上（原理上）
	定義上（定義上）

常用的表達關鍵句

＊｛ ｝內也可自行帶入其他詞彙喔！

01 表示當然關鍵句

→｛人は労働に対する報酬を得るの｝が当然である／｛人透過勞動來換取報酬｝是理所當然的。

→｛私は家に帰ら｝なければならない／｛我｝必須｛回家一趟｝。

→｛来月、また来｝なくてはならない／｛下個月還是｝非｛來一趟｝不可。

→当然｛正しい｝はずである／理應是｛對｝的。

→｛彼は、事務所の鍵を持っている｝はずである／｛他｝按理應當｛持有辦公室的鑰匙｝。

→｛一生懸命勉強したのだから、合格する｝にきまっている／｛因為盡了全力的學習｝不用說自然是會｛合格｝的。

→｛この寮は 12 時に閉まる｝ことになっている／｛這間宿舍｝規定｛在 12 點關閉大門｝。

→｛実にすばらしい｝ものである／那｛真的｝是｛令人驚豔｝。

→｛災害に役立つ｝ものである／應當可以｛在災害中派上用場｝。

→｛子どもは家でゲームばかりする｝ものではない／｛小朋友｝不該｛老是在家裡打電動｝。

→｛命に関わる｝ものではない／不會｛危及性命｝。

→｛留意｝べきである／應當｛留意｝。

→｛規則が定められる｝べきものである／｛規則｝應當｛要被制定下來｝。

→｛児童は将来の社会を担う｝べきものである／｛兒童｝應當｛肩負未來的社會責任｝。

→｛君は彼を軽蔑する｝べきではない／｛你｝不應該｛輕視他｝。

→｛明日は遅刻し｝てはならない／｛明天｝不可以｛遲到｝。

→｛近づい｝てはいけない／不可以｛靠近｝。

關鍵字記單字

▸關鍵字	▸▸▸單字	
眠る（ねむる） 睡眠、就寝	□ シーツ【sheet】	床單
	□ 寝間着（ねまき）	睡衣
	□ 寝台（しんだい）	床，床鋪，（火車）臥鋪
	□ 昼寝（ひるね）	午睡
	□ 睡眠（すいみん）	睡眠，休眠，停止活動
	□ 静まる（しずまる）	變平靜；平靜，平息；減弱；平靜的（存在）
休む（やすむ） 休息、休假	□ 定休日（ていきゅうび）	（商店、機關等）定期公休日
	□ 祝日（しゅくじつ）	（政府規定的）節日
	□ 休暇（きゅうか）	（節日、假日以外的）休假
	□ 冬休み（ふゆやすみ）	寒假
	□ 休講（きゅうこう）	停課
	□ 休校（きゅうこう）	停課
	□ 休業（きゅうぎょう）	停工，歇業
	□ 休診（きゅうしん）	停診
くつろぐ 放輕鬆、愜意的休息	□ 気分転換（きぶんてんかん）	轉換心情
	□ 気楽（きらく）	輕鬆，安閒，無所顧慮
	□ 休息（きゅうそく）	休息
	□ 一休み（ひとやすみ）	休息一會兒
	□ 休養（きゅうよう）	休養
	□ 楽天的（らくてんてき）	樂觀的
	□ 腰掛ける（こしかける）	坐下
	□ ゆったり	寬敞舒適
	□ ゆっくり	慢慢地，不著急的，從容地；安適的，舒適的；充分的，充裕的

翻譯與解題 ① 【問題 11 ー (2)】

(2)

誰でも逃げだしたくなるときがある。

ぎっしり詰まったスケジュールに、かわり映えのしない仕事。見慣れて背景の一部になってしまった家族や恋人。そして自分の周りを取り巻く都市の日ざしや風といった環境のすべて。何もかもうんざりし（注１）て、リセットし（注２）たくなるのだ。

63 題 關鍵句

ぼくの場合、それに一番いいのは旅行だった。もちろん観光はしない。けれど何もしない旅というのも退屈だ。そこで、いつか読もうと思って積んでおいた本の山から、何冊かを選んで旅の友にすることになる。

64 題 關鍵句

冬も終わりのその夜、僕は三泊四日の本を読む旅のために書籍を選別していた。くつろぎ（注３）にでかけるのだ。あまり硬派なものは望ましくない。かといって、内容のない薄っぺらな本は嫌だ。文章だって最低限ひっかからずに読めるくらいの洗練度がほしい。そうなると必然的にいろいろな種類の小説を残すことになる。

恋愛小説、時代小説、推理小説にＳＦ。翻訳もののミステリーにファンタジー。ぼくは旅先で旅について書かれたエッセイを読むのが好きなので、その手（注４）の本をさらに何冊か加えておく。（中略）ぼくは思うのだが、**実際に読書をしている最中よりも、こうして本を選んでいるときのほうが、ずっと胸躍る（注５）のではないだろうか。それは旅行でも同じなのだ。旅の計画を立てているときの方が、旅の空のしたよりも幸福なのだ。**

65 題 關鍵句

文法詳見 P137

（石田衣良「あなたと、どこかへ。」文春文庫による）

（注１）うんざりする：物事に飽きていやになる
（注２）リセットする：元に戻す、始めからやり直す
（注３）くつろぐ：気持ちが落ち着いてゆったりする
（注４）その手：そのような種類
（注５）胸躍る：期待や喜びで興奮する、わくわくする

(2)

誰都有想要逃跑的時候。

擠得滿滿的行程，再加上一成不變的工作。看慣了、儼然成為背景的家人或情人，以及包圍自己的都市陽光、風這些環境的全部。所有的一切都讓人心煩（注1），想要重置（注2）。

如果是我，最好的辦法是旅行。當然不是去觀光的。不過什麼也不做的旅遊也很無聊。因此，我會從想說改天再看而堆積如山的書堆當中，選出幾本當我的旅伴。

冬季將結束的那個晚上，我為了4天3夜的讀書之旅而挑選書籍。我是為了放鬆（注3）才出門的，最好不要帶很生硬的書。雖說如此，我也不想看沒有內容的膚淺書籍。文章也是，希望至少有讀來流暢的洗鍊。如此一來，勢必會留下許多種類的小說。

戀愛小說、時代小說、推理小說和科幻小說。翻譯的懸疑小說再加上奇幻小說。我在旅途中喜歡閱讀關於旅行的散文，這種（注4）書再多帶個幾本。（中略）我覺得，比起實際在讀書的當中，像這樣選書的時候反而更讓人情緒高漲（注5）吧？而旅行也是一樣的。計劃旅行的時候，比身處旅途的天空下還更為幸福。

（選自石田衣良「和你，去某處。」文春文庫）

（注1）心煩：對事物感到厭煩
（注2）重置：回到原本，重新從頭開始
（注3）放鬆：心情沉澱閒適
（注4）這種：這樣的種類
（注5）情緒高漲：因期待或喜悅而激動、興奮

破題點出每個人都有想逃跑的時候。

承接上段舉出各種心煩的人事物。

話題轉到作者身上。作者在心煩時會選擇旅行，並提到自己的旅行方式是帶幾本書。

承接上段，說明作者選書的條件。

結論。作者認為行前準備比旅行當中還更令人興奮。

Answer **2**

63 筆者はどんなときに旅行したくなるのか。

1 仕事が多すぎて、誰かに代わりにやってほしいとき

2 普段の生活や周囲の事物に飽きて、リセットしたくなったとき

3 仕事に疲れて、何もしたくなくなったとき

4 読みたいのに読んでいない本がたまってしまったとき

└文法詳見 P137

63 作者在什麼時候會想要旅行呢？

1 工作過多，希望有人可以接手幫自己做的時候

2 對於平常的生活或周邊事物感到厭倦的時候

3 疲於工作，什麼也不想做的時候

4 累積一堆想讀卻還沒讀的書的時候

選項1 提到“工作太多，希望別人可以替自己做”，這並不是文章中提到想去旅行的原因。

選項2 討論“對日常生活和周圍的事物感到厭倦，想要重置時”，這與文章中描述的情境完全吻合。正確答案是選項２。

選項3 提到“因為工作累了，什麼都不想做時”，雖然這也可能是旅行的一個原因，但文章更強調的是對現狀的整體厭倦和想要重置的心情。

選項4 討論“因為積累了很多還沒讀的書時”，這更多是旅行中的一個活動，而不是想要旅行的主要原因。

解題攻略

文章裡面如果出現「そ」開頭的指示詞，指的就是前面提到的人事物，「それ」就藏在第2段當中。第2段最後一句提到「何もかもうんざりして、リセットしたくなるのだ」（所有的一切都讓人心煩，想要重置），表示「ぎっしり詰まったスケジュール」（擠得滿滿的行程）、「かわり映えのしない仕事」（再加上一成不變的工作）、「見慣れて背景の一部になってしまった家族や恋人」（看慣了、儼然成為背景的家人或情人）、「自分の周りを取り巻く都市の日ざしや風といった環境」（以及包圍自己的都市陽光、風這些環境），這些全都讓人厭煩，想要重頭來過。由此可知第3段開頭的「それ」指的正是「リセットする」（重置），也就是說，當他對於週遭的事物感到厭煩、想要重置時，他就會選擇旅行這個方式。正確答案是2。

解題關鍵就在第3段開頭：「ぼくの場合、それに一番いいのは旅行だった」（如果是我，最好的辦法是旅行），表示作者在面對「それ」這個情況時覺得旅行是最好的方式。

「うんざりする」和「飽きる」是類義字，都有「厭倦」的意思，不過前者還帶有「生厭」的語意。

題型分析

這個問題屬於日語能力考試中的「細節理解題」。考生需要依據文章的具體內容來判斷作者在什麼情況下會選擇去旅行。

解題思路

理解文章內容：文章討論了作者在生活或工作感到厭煩、想要「リセット」（重置）時，會選擇旅行作為一種解決方式。

解題關鍵

1. 精確理解文章中作者描述的旅行動機。
2. 根據文章的具體內容，排除與作者情感狀態或動機不符的選項。
3. 選擇最能準確反映文章內容的選項。

翻譯與解題 ① 【問題 11 －(2)】

Answer 4

64 筆者の旅行のしかたについて、最も近いものはどれか。

1 観光に飽きれば、読書を楽しむ。

2 何もせず、退屈になれば読書を楽しむ。

└文法詳見 P137

3 たまった本を読み終われば、観光する。

4 日常生活から離れるために旅に出るのであり、観光はしない。

64 關於作者的旅行方式，最接近的選項是哪一個？

1 厭倦觀光的話就享受閱讀。

2 什麼也不做，如果感到無聊就享受閱讀。

3 把累積的書看完後就進行觀光。

4 旅行是為了離開日常生活，所以不觀光。

選項 1 提到“如果厭倦了觀光，就享受閱讀”，這與作者明確表示的“不進行觀光”原則不符。

選項 2 討論“什麼都不做，如果感到無聊就享受閱讀”，雖然作者提到了閱讀，但這個選項忽略了作者對旅行目的的描述。

選項 3 提到“如果讀完了累積的書，就去觀光”，這同樣與作者不進行觀光的原則相違背。

選項 4 討論“為了遠離日常生活而出行，並不進行觀光”，這最準確地反映了文章中作者描述的旅行方式。

解題攻略

作者在第3段提到：「もちろん観光はしない」（當然不是去觀光的）。而選項1提到「観光に飽きれば」（厭倦觀光的話），選項3提到「観光する」（進行觀光），兩個行程都有包含觀光這部分，所以選項1、3都是錯的。

接著作者又提到「何もしない旅というのも退屈だ」（什麼也不做的旅遊也很無聊），所以選項2「何もせず」（什麼也不做）是錯的。

正確答案是4。選項4除了「観光はしない」（不觀光）可以呼應第3段「もちろん観光はしない」（當然不是去觀光的），「日常生活から離れるために旅に出る」（旅行是為了離開日常生活）也可以呼應第1段～第3段的主旨「作者藉由旅行來逃離過慣的生活和看膩的事物」。

題型分析

這個問題屬於日語能力考試中的「情報理解題」。考生需要根據文章內容，理解作者對旅行方式的描述，並從提供的選項中選擇一個最符合文章描述的旅行方式。

解題思路

理解文章內容：文章描述了作者的旅行方式，特別強調了作者在旅行中不是為了觀光，而是為了遠離日常生活，並且提到了旅行中的讀書活動。

解題關鍵

1. 精確把握文章中作者對其旅行方式的描述。
2. 根據文章的具體內容，排除與作者旅行方式描述不符的選項。
3. 選擇最能準確反映作者旅行方式的選項。

Answer **3**

65 筆者は何をしているときに幸福を感じると述べているか。

1 本を読んでいるときや、旅行に出ているとき

2 恋愛小説、時代小説、推理小説、ＳＦなど、硬派でない本を読んでいるとき

3 本を選んだり、旅行の計画を立てたりしているとき

4 日々の様々なことを忘れて、読書をしているとき

---

65 作者表示自己在做什麼的時候能感到幸福呢？

1 看書的時候，或是旅行的時候

2 看戀愛小說、時代小說、推理小說、科幻小說等不生硬的書的時候

3 選書或是計劃旅行的時候

4 忘掉每天各種事情，閱讀的時候

選項 1 提到“在閱讀或旅行時”，這並不是文章強調的幸福感來源。

選項 2 討論“在閱讀非硬派書籍時”，雖然作者提及了閱讀各類書籍，但並未特別強調這一活動帶來的幸福感。

選項 3 提到“在選擇書籍或計劃旅行時”，這直接對應了文章中作者描述的幸福感來源。正確答案是選項 3。

選項 4 提到“忘記日常雜事，在閱讀時”，雖然閱讀可能帶來快樂，但文章更強調選擇書籍和計劃旅行的過程。

解題攻略

文章中提到「旅の計画を立てているときの方が、旅の空のしたよりも幸福なのだ」（計劃旅行的時候，比身處旅途的天空下還更為幸福）、「実際に読書をしている最中よりも、こうして本を選んでいるときのほうが、ずっと胸躍るのではないだろうか。それは旅行でも同じなのだ」（我覺得，比起實際在讀書的當中，像這樣選書的時候反而更讓人情緒高漲吧？而旅行也是一樣的）。由此可知作者在「本を選ぶ」（挑書）、「旅行の計画を立てる」（計劃旅行）這些時候會有幸福的感覺，因此正確答案是３。

選項１和選項３正好是相對的，所以從上面的敘述來看，選項１是錯的。

這一題問的是「筆者は何をしているときに幸福を感じる」（作者在做什麼的時候能感到幸福）。文章中，「幸福」兩字出現在全文最後。

雖然在第５段的開頭，作者有表明自己在旅行中會看「恋愛小説」、「時代小説」、「推理小説」、「ＳＦ」等書籍，但他沒有特別提到在看這些書時會感到幸福，而且就像先前說的，選書的過程比看書的過程還要情緒高漲，所以選項２也是不正確的。同理可證，將重點放在「読書をしているとき」的選項４也是不正確的。

題型分析

這個問題屬於日語能力考試中的「意見理解題」。考生需要理解文章中提及的作者在進行某些活動時感到幸福的具體時刻，並從給定的選項中選擇最符合的情境。

解題思路

理解文章內容：文章中，作者明確表達了在選擇書籍和計劃旅行時感到的幸福，而不是實際的閱讀或旅行過程。

解題關鍵

1. 精確理解文章中作者描述的幸福感來源，特別是與選擇和計劃相關的活動。
2. 根據文章的具體內容，排除與作者描述的幸福感不符的選項。
3. 選擇最能準確反映文章內容的選項。

翻譯與解題 ① 【問題 11 ー (2)】

- □ ぎっしり （擠得）滿滿的
- □ かわり映え （後面多接否定）改變，替換
- □ 見慣れる 看慣
- □ 取り巻く 包圍
- □ 日ざし 陽光
- □ 何もかも 所有，一切
- □ うんざりする 心煩，厭煩
- □ リセット【reset】 重置，重排
- □ 退屈 無聊，無趣
- □ 選別 挑選
- □ くつろぎ 放鬆
- □ 硬派 （內容）生硬嚴肅
- □ 望ましい 想要，希望
- □ かといって 雖說如此，即便如此
- □ 薄っぺら 膚淺
- □ 洗練 精煉，簡練俐落
- □ 必然的 勢必
- □ ミステリー【mystery】 懸疑小說，神祕小說
- □ ファンタジー【fantasy】 奇幻小說
- □ エッセイ【essay】 散文，隨筆
- □ 幸福 幸福
- □ 周囲 周邊，周圍

重要文法

【名詞；[形容詞・動詞] 普通形】＋（の）ではないだろうか。表示意見跟主張。是對某事能否發生的一種預測，有一定的肯定意味。

❶（の）ではないだろうか

我認為不是…嗎、我想…吧

例句 もしかして、知（し）らなかったのは私（わたし）だけではないだろうか。

該不會是只有我一個人不知道吧？

【[名詞・形容動詞] な；[動詞・形容詞] 普通形】＋のに。表示後項結果違反前項的期待，含有説話者驚訝、懷疑、不滿、惋惜等語氣。

❷ のに 明明…、卻…、但是…

例句 その服（ふく）、まだ着（き）られるのに捨（す）てるの。

那件衣服明明就還能穿，你要扔了嗎？

【動詞否定形（去ない）】＋ず（に）。表示以否定的狀態或方式來做後項的動作，或產生後項的結果。

❸ ず（に） 不…地、沒…地

例句 何（なん）にも食（た）べずに寝（ね）ました。

什麼都沒吃就睡了。

小知識大補帖

▶ 助數詞

事　　物	助　數　詞
映画（えいが）（電影）	一本（いっぽん）（一部）
絵画（かいが）（繪畫）	一点（いってん）（一件）、一枚（いちまい）（一幅）
紙（かみ）（紙）	一枚（いちまい）（一張）、一葉（いちよう）（ 一頁）
小説（しょうせつ）（小説）	一編（いっぺん）（一篇）

翻譯與解題 ① 【問題 11 － (2)】

書物（書籍）	一冊（一冊）、一巻（一卷）、一部（一部）
書類（文件）	一通（一封）、一部（一份）、一枚（一張）
新聞（報紙）	一部（一份）、一紙（一份）
イカ、タコ、カニ （烏賊、章魚、螃蟹）	一杯【死んで食用になったもの】（一隻） 一匹【生きているもの】（一隻）
遺体（遺體）	一体（一具）
エレベーター（電梯）	一基（一部）、一台（一台）
寄付（捐款）	一口（一筆）
キャベツ（高麗菜）	一玉（一粒）、一株（一顆）、一個（一個）
薬（藥）	飲み薬一回分 ･･･ 一服（一份） 粉薬 ･･･ 一包（一包） 錠剤 ･･･ 一錠（一顆）、一粒（一粒）
碁（対局） （圍棋〈對局〉）	一局（一局）、一番（一局）
口座（戶頭）	一口（一個）
ざるそば（竹籠蕎麥麵）	一枚（一份）
事件、事故 （事件、事故）	一件（一起）
銃（槍）	一挺（一把）、一丁（一把）
相撲の取組 （相撲的對賽組合）	一番（一組）
膳（吃飯時放飯菜的方盤）	一客（一個）
倉庫（倉庫）	一棟（一間）

大砲（大砲）	一門（一座）
電車（電車）	一両（一輛）
豆腐（豆腐）	一丁（一塊）
トンネル（隧道）	一本（一條）
涙（眼淚）	一滴（一滴）、一筋（一行）
人形（人偶）	一体（一隻）
海苔（海苔）	一枚（一片）
バイオリン（小提琴）	一挺（一把）
履物（鞋類的總稱）	一足【左右一組で】（一雙）
箸（筷子）	一膳（一雙）
花（花）	一輪（一株）、一本（一朵）
干物（魚乾）	一枚（一條）
船（船）	大きな船・・・一隻（一艘） 小さな船・・・一艘（一條）
めん（うどん、そばなど） （麵〈烏龍麵、蕎麥麵〉）	ゆでめん・・・一玉（一團） 乾麺・・・一束（一束）、一把（一捆）
料理（料理）	一品（一道） 一皿（一盤）、一人分（一人份）、一人前（一人份）
和歌（和歌）	一首（一首）

常用的表達關鍵句

＊｛ ｝內也可自行帶入其他詞彙喔！

01 表示決定關鍵句

→｛練習は午前から｝にします／決定｛在早上練習｝。

→｛今日からたばこをやめる｝ことにします・ないことにします／決定｛從今天起戒菸｝、決定｛從今天起｝不再｛戒菸｝。

→｛会議は11時から｝になります／｛會議｝定在｛11點開始｝。

→｛春に結婚する｝ことになりました／決定｛在春天結婚｝了。

→｛わたしは桜子と結婚する｝んだ／｛我｝決定｛要跟櫻子結婚｝。

02 婉轉下結論的關鍵句

→｛外は大雪｝ではないか／｛外頭｝應該｛正下著大雪｝。

→｛罰当たり｝ではなかろうか／估計是｛遭到報應｝了吧。

→｛旅行は無理｝だろう／｛旅行｝是｛去不成了｝吧。

→｛娘の花嫁姿はきれい｝であろう／｛女兒的新娘裝扮｝會｛很漂亮｝吧。

03 表示結論關鍵句

→以下に結論を述べる／可作如下結論。

→最後に再び結論を述べる／最後再做個總結。

→｛実験｝によって次の結論が得られる。／根據｛實驗｝可作如下結論。

→結論を述べると次のようになる／簡而言之，結論如下。

→次のように結論することが出来る／可作如下結論。

→次のように結論付けている／可作如下結論。

關鍵字記單字

▸關鍵字	▸▸▸單字	
逃（に）げる 逃跑、逃離	□ 発（はつ）	（交通工具等）開出，出發；（信、電報等）發出；（助數詞用法）（計算子彈數量）發，顆
	□ 解放（かいほう）	解放，解除，擺脱
	□ 逃（に）がす	放掉，放跑；使跑掉，沒抓住；錯過，丟失
読（よ）む 閱讀	□ 読（よ）み	唸，讀；訓讀；判斷，盤算；理解
	□ 訓（くん）	（日語漢字的）訓讀（音）
	□ 振（ふ）り仮（が）名（な）	（在漢字旁邊）標註假名
	□ 全集（ぜんしゅう）	全集
	□ 書籍（しょせき）	書籍
	□ 表紙（ひょうし）	封面，封皮，書皮
	□ 図書室（としょしつ）	閱覽室
	□ グラフ【graph】	圖表，圖解，座標圖；畫報
	□ 書斎（しょさい）	（個人家中的）書房，書齋
著（あらわ）す 著作、書寫	□ 題（だい）	題目，標題；問題；題辭
	□ 文（ぶん）	文學，文章；花紋；修飾外表，華麗；文字，字體；學問和藝術
	□ 筋（すじ）	文章的組織、脈絡；筋；血管；線，條；紋絡，條紋；素質，血統；條理，道理
	□ 文脈（ぶんみゃく）	文章的脈絡，上下文的一貫性，前後文的邏輯；（句子、文章的）表現手法
	□ 文体（ぶんたい）	（某時代特有的）文體；（某作家特有的）風格
	□ 物語（ものがたり）	傳説；故事，傳奇；（平安時代後散文式的文學作品）物語；談話，事件
	□ 執筆（しっぴつ）	執筆，書寫，撰稿
	□ 下書（したが）き	試寫；草稿，底稿；打草稿；試畫，畫輪廓
	□ 原稿（げんこう）	原稿
	□ 文芸（ぶんげい）	文藝，學術和藝術；（詩、小説、戲劇等）語言藝術

翻譯與解題 ① 【問題 11 －(3)】

(3)

仕事の関係上、ロケ先で昼食をとることがある。ファミリーレストランなどでも、ランチタイムになると会社員や営業ドライバーが、昼食をとるため、限られた休み時間に長い列を作る。

文法詳見 P150

そんな時間によく目にする（注1）のが食事を終えても熱心に、しかも楽しそうに話し込む子供連れ同士の主婦とおぼしき（注2）一団だ。**私たちが席に着く前から座っていたのに、食事を済ませて店の外に出るまで席を離れる気配すらなかったりする。**子供が飽きても、自分たちが飽きるまでは席を立つつもりがないのだろう。いろいろと語り合いたいこともあるのかもしれない。旦那（注3）や姑（注4）の愚痴（注5）を言ったりしてストレスを発散（注6）させたいのも分からないでもない。しかし、**彼女たちがストレスを発散させている間、待たされ続ける人たちのストレスがたまっていく。**

67 題關鍵句

文法詳見 P150

67 題關鍵句

他のテーブルは次から次へと入れ替わっているのに、何も感じない、あるいは感じていても無視できる人が、子供を育てているとしたら。子供は間違いなく親のそんな姿を見て育つだろう。それでよいのか。親は、子供を良識を持った大人として社会に送り出す責任がある。

66,68 題關鍵句

文法詳見 P150

（『ランチタイムの心遣い』2009年２月７日付　産経新聞による）

（注１）目にする：実際に見る
（注２）とおぼしき：と思われる。のように見える
（注３）旦那：夫
（注４）姑：夫の母
（注５）愚痴：言ってもしかたがないことを言って悲しむこと
（注６）発散：外へ発して散らすこと。外部に散らばって出ること

(3)

因為工作的關係，我有時會在外景地點吃中餐。即使是在家庭式餐廳，一到午餐時間，上班族或司機為了吃中餐，會在有限的午休時間排長長的隊伍。

作者提到自己在外吃中餐時，常常看到大排長龍的景象。

在這種時候，經常可以看到（注１）一群帶著小孩、疑似（注２）主婦的人，用完餐還很熱絡，甚至是愉快地只顧著聊天。她們雖然在我們入座前就已經坐在那邊了，但一直到我們用完餐要離開店家時她們都沒有要離席的意思。即使小孩厭煩了，但只要自己不厭煩的話就沒有要離席的打算吧？也許有很多想要聊天的話題。我不是不知道她們想針對丈夫（注３）或是婆婆（注４）發發牢騷（注５），發洩（注６）一下壓力。可是在她們發洩壓力的同時，那些等待已久的人們壓力也正節節升高。

承接上一段。有些帶小孩出來的主婦用完餐還繼續佔著位子聊天。

其他桌的客人一組換過一組，卻沒有任何感覺，或者是有了感覺卻無視於此，像這樣的人如果要養育小孩呢？小孩肯定會看著父母這種樣子而成長吧？這樣好嗎？父母有責任將小孩培養成有常識的大人送入社會。

結論。作者懷疑這種不顧他人感受的家長無法教育小孩。

（選自『午餐時間的體貼』2009 年 2 月 7 日產經新聞）

（注 1）看到：實際見到
（注 2）疑似：被認為是。看起來像是
（注 3）丈夫：先生
（注 4）婆婆：先生的母親
（注 5）牢騷：說些講了也無濟於事的話而傷心
（注 6）發洩：朝外面發散出去。分散到外部

Answer 3

66 そんな姿とは、どんな姿を指しているか。

1 レストランで食事を楽しむ姿
2 子育てをしている姿
3 周囲の状況に無関心な姿
4 ストレスを発散させている姿

66 這種樣子指的是什麼樣子呢？

1 在餐廳快樂用餐的樣子
2 養育小孩的樣子
3 對於周圍狀況漠不關心的樣子
4 發洩壓力的樣子

選項 1 提到“在餐廳享受用餐的姿態”，這並非文章批評的焦點。

選項 2 討論“正在育兒的姿態”，文章並未將這一行為直接聯繫到批評的焦點。

選項 3 提到“對周圍情況漠不關心的態度”，這正是文章批評的主要行為。

選項 4 討論“釋放壓力的姿態”，雖然文章提及了這一點，但更多是作為釋放壓力行為的背景，而不是被指責的主要行為。

解題攻略

劃線部份在第 3 段，原句是「子供は間違いなく親のそんな姿を見て育つだろう」（小孩肯定會看著父母這種樣子而成長吧）。如果文章當中出現「そ」開頭的指示詞，指的通常就是前面幾句所提過的人事物。所以要從前面找出針對父母描述的姿態或行為。

這一題考的是劃線部分的具體內容，不妨回到文章中找出劃線部分，解題線索通常就藏在上下文當中。

解題關鍵在第 3 段開頭：「他のテーブルは次から次へと入れ替わっているのに、何も感じない、あるいは感じていても無視できる人」（其他桌的客人一組換過一組，卻沒有任何感覺，或者是有了感覺卻無視於此），「そんな姿」就是指這種人的樣子：明明看到其他客人吃完東西就離開，自己卻無所謂，或是假裝沒看到。 4 個選項當中，只有選項 3 最接近這個敘述。所以正確答案是 3 。

「に無関心」意思是「對…漠不關心」、「對…沒興趣」，對應到「何も感じない」、「無視」。

選項 3 ，「周囲の状況」（周圍狀況）對應「他のテーブルは次から次へと入れ替わっている」（其他桌的客人一組換過一組）。

題型分析

這題屬「細節理解題」。考生需要從文章中提取具體信息，理解文章中提到的特定行為或態度，並選擇最符合的選項。

解題思路

理解文章內容：文章討論了一些在餐廳中長時間佔用座位、不顧周圍環境和他人需要等待的人的行為。

解題關鍵

1. 精確抓取文章中批評的主要行為，即一些人對餐廳內其他需要用餐的客人等待情況漠不關心的態度。
2. 根據文章的具體內容，排除與文章批評焦點不符的選項。
3. 選擇最能準確反映文章批評的行為或態度的選項。

翻譯與解題 ① 【問題 11－(3)】

Answer **1**

67 筆者は何に対して、不満を述べているか。

1 食事が終わったにもかかわらず、席を立たずに話し込んでいる主婦
└文法詳見 P150

2 昼食を取るために長い列を作らなければならない状況

3 主婦が家の外でストレスを発散させること

4 親が話しているのに、すぐに飽きて待っていられない子供たち

---

67 作者對於什麼表示不滿呢？

1 用完餐卻不離開座位，只顧著聊天的主婦

2 為了吃中餐而不得不大排長龍的情況

3 主婦在外面發洩壓力一事

4 父母在講話，卻一下子就不耐煩的小孩們

選項 1 直接對應文章中，對主婦群體在餐廳中，即使結束用餐也不離席，繼續交談的行為表示不滿。正確答案是選項 1。

選項 2 描述了為了用餐而形成的長隊等待情況，但文章中沒有直接表達對這種狀況的不滿。

選項 3 談及主婦在外釋放壓力的行為，儘管文章提到了這一點，但作者表達的不滿，更多集中在因此行為而影響到他人的部分。

選項 4 提到孩子們很快就感到厭煩，無法耐心等待，而這並非文章中作者不滿的焦點。

解題攻略

選項1對應文中「私たちが席に着く前から座っていたのに、食事を済ませて店の外に出るまで席を離れる気配すらなかったりする」（她們雖然在我們入座前就已經坐在那邊了，但一直到我們用完餐要離開店家時她們都沒有要離席的意思），由此可知作者對於主婦們的行為反感。這個「のに」帶出了意外、不服的語感。

第2段最後「彼女たちがストレスを発散させている間、待たされ続ける人たちのストレスがたまっていく」（可是在她們發洩壓力的同時，那些等待已久的人們壓力也正節節升高），帶有諷刺的感覺。所以作者很明顯地對於這些主婦感到不滿，正確答案是1。

建議先從4個選項抓出關鍵字，再回到原文對照作者是否有負面的看法。

「旦那や姑の愚痴を言ったりしてストレスを発散させたいのも分からないでもない」（我不是不知道她們想針對丈夫或是婆婆發發牢騷，發洩一下壓力）表示作者可以理解主婦們抒發壓力的行為，所以作者不滿的理由不是「抒發壓力」，而是「佔位」。所以正確答案是1，不是3。

題型分析

這個問題屬於日語能力考試中的「意見理解題」。考生需要從文章中理解作者的不滿或批判的對象，並選擇一個最符合文章內容的選項。

解題思路

理解文章內容：文章中作者表達了對某個特定群體在特定情境下行為的不滿。

解題關鍵

1. 精確把握文章中作者對哪一方面行為表示了不滿。
2. 根據文章的具體內容，排除與作者不滿焦點不符的選項。
3. 選擇最能準確反映作者不滿對象的選項。

翻譯與解題 ① 【問題 11 ー (3)】

Answer **3**

68 筆者は子どもを育てる親には何が必要だと考えているか。

1 レストランで子供が飽きたら、食事の途中でも席を離れること
2 愚痴を言ってストレスを発散できる友だちを持つこと
3 子どもの見本となる行動をとること
4 旦那や姑に不満があっても、外では言わずに我慢すること

68 作者認為對養育小孩的父母而言什麼是必須的呢？

1 在餐廳如果小孩厭煩了，即使是用餐到一半也要離席
2 要有能發牢騷發洩壓力的朋友
3 行為要能當孩子的榜樣
4 即使對丈夫或婆婆不滿，在外面也要噤口忍耐

選項 1 提到“如果孩子在餐廳感到無聊，即便飯未吃完也應該離席”，這並不是文章中討論的重點。

選項 2 談論“擁有可以讓自己釋放壓力的朋友”，雖然文章提到釋放壓力的重要性，但這不是作者強調的育兒建議。

選項 3 討論“以身作則的行為”，這直接對應了文章中提到的父母，應該怎樣表現來作為孩子的榜樣。正確答案是選項 3。

選項 4 提到“即使對丈夫或婆婆有不滿，在外也應保持沉默忍耐”，這是一個具體情境，但文章更廣泛地討論了，父母的行為對孩子成長的影響。

解題攻略

解題關鍵在「他のテーブルは次から次へと入れ替わっているのに、何も感じない、あるいは感じていても無視できる人が、子供を育てているとしたら。子供は間違いなく親のそんな姿を見て育つだろう。それでよいのか」（其他桌的客人一組換過一組，卻沒有任何感覺，或者是有了感覺卻無視於此，像這樣的人如果要養育小孩呢？小孩肯定會看著父母這種樣子而成長吧？這樣好嗎？）。作者認為小孩會看著父母的樣子長大，如果父母是對週遭事物毫不在乎的人，那對小孩來說是不好的。也就是說父母要以身作則，才能給小孩正面的影響。和這個想法最為接近的是選項３，父母的行為要能當小孩的榜樣。

這一題問的是作者對於子女教育的看法，答案就在第３段。

選項１、２、４的敘述都是文章中沒提到的觀點，所以都不正確。

題型分析

這個問題屬於日語能力考試中的「意見理解題」。考生需要從文章中理解作者對於育兒觀念的看法，並選擇一個最符合文章內容的選項。

解題思路

理解文章內容：文章中作者表達了對在公共場合如餐廳中不顧他人需要等待的家長的批評，強調了以身作則的重要性。

解題關鍵

1. 精確理解文章中作者對父母在公共場合行為的批評，以及對育兒的建議。
2. 根據文章的具體內容，排除與作者建議不符的選項。
3. 選擇最能準確反映作者育兒觀念的選項。

□ ロケ【location】　外景拍攝
□ 先（さき）　地點，場所
□ ファミリーレストラン【family restaurant】　家庭式餐廳
□ ランチタイム【lunchtime】　午餐時間
□ 営業（えいぎょう）ドライバー【営業driver】　為了業務而開車的人
□ 目（め）にする　看到，看見
□ 話（はな）し込（こ）む　只顧聊天，談得入神
□ ～連（づ）れ　（前接表示人的名詞）帶著，協同
□ 同士（どうし）　（表性質相同的人）們
□ おぼしい　疑似是，好像是（常用文語「…とおぼしき」形式）
□ 一団（いちだん）　一群，一批
□ 済（す）ませる　結束，完成
□ 気配（けはい）　情形，樣子
□ 飽（あ）きる　厭煩，厭倦

翻譯與解題 ① 【問題 11 — (3)】

- □ 語り合う 相談，對話
- □ 旦那 丈夫，先生
- □ 姑 婆婆，先生的母親
- □ 愚痴 牢騷，抱怨
- □ 発散 發洩（怒氣等）
- □ 無視 無視，忽視
- □ 良識 健全的思考，健全的判斷力
- □ 散らばる 分散
- □ 見本 榜樣，範本

重要文法

【名詞】＋上。表示「從這一觀點來看」的意思。相當於「…の方面では」。

❶ 上 從…來看、出於…、鑑於…上

例句 煙草は、健康上の害が大きいです。

香菸對健康會造成很大的傷害。

【動詞否定形】＋ないでもない。表示某種行為或認識有可能成立。語氣上不是很積極。

❷ ないでもない 也不是不…

例句 安くしてくれれば、買わないでもない。

如果能算便宜一點，也不是不買。

【名詞だ；形容動詞詞幹だ；［形容詞・動詞］普通形】＋としたら。表示順接的假定條件。在認清現況或得來的信息的前提條件下，據此條件進行判斷。

❸ としたら 如果…的話

例句 この制度を実施するとしたら、まずすべての人に知らせなければならない。

如果要實施這個制度，首先一定要通知大家。

【名詞；形容動詞詞幹；［形容詞・動詞］普通形】＋にもかかわらず。表示逆接。後項事情常是跟前項相反或相矛盾的事態。

❹ にもかかわらず 雖然…，但是…

例句 良い商品を揃えているにもかかわらず、売上が上がらない。。

儘管備齊了各種優良產品，銷售依然沒有提升。

小知識大補帖

▶情緒相關的單字

單　字	意　思
うきうき （樂不可支）	楽しそうなことを期待して、うれしさのあまり落ち着いていられない様子 （盼望愉快的事情到來，高興得平靜不下來的樣子）
わくわく （興奮）	期待または心配などで、心が落ち着かず胸が騒ぐ様子 （因為期待或擔憂的事情，興奮得無法平靜下來的樣子）
楽しい （愉快）	満ち足りていて、愉快な気持ちである。 （很滿足，心情很愉快。）
嬉しい （高興）	物事がうまくいって、満足できるようになり、明るく快い気持ちである。 （由於事情進展順利而感到滿意，快活愉悅的心理狀態。）
有頂天 （得意忘形）	うれしくなって、何もかも忘れてしまい、じっとしていられない様子。冷静でないという否定的な意味でも使う。 （高興得忘了一切，欣喜若狂的樣子。也用在不夠冷靜的負面意思。）
退屈（な） （無聊）	何もすることがなかったり、興味のあることがなくて、つまらない （無事可做，或是什麼都覺得沒意思，很無趣）
わびしい （寂寞）	ひっそりとして寂しかったり、見た感じがとても貧しかったりする様子 （幽靜寂寞的感覺，或是看起來顯得十分寒酸的樣子）
不機嫌（な） （不高興）	「機嫌がいい」の反対の意味で、楽しいことやいいことがなくて愉快でない様子 （跟「高興」的意思相反，因為沒有什麼高興的事或喜事，而心情不好的樣子）
むしゃくしゃ（と） （心情煩躁）	何か嫌なことや、腹の立つこととがあって、静かな気持ちでいられない様子。 （遇到討厭或叫人生氣的事，致使心情無法平靜的樣子）
かっと （突然發怒）	激しい怒りの気持ちが急に起こる様子 （突然大發脾氣的樣子）

常用的表達關鍵句

＊｛ ｝內也可自行帶入其他詞彙喔！

01 提出問題關鍵句

→ 問題となるのは ｛次の規定｝ である／有問題的是｛下面這條規定｝。

→ ｛最近 SNS では言葉による暴力｝ が問題になっている／｛最近社交網路上的言語暴力｝已成為問題。

→ ｛誰のものなのか｝ を問題として提起したい／我想把｛這到底是屬於誰的東西｝作為問題提出來。

→ ｛誤動作によって｝ 問題が起きる可能性がある／｛錯誤操作｝可能會引發問題。

02 表示提出疑問關鍵句

→ ｛生命とは｝ は何だろう／｛生命｝究竟是什麼？

→ ｛大切なの｝ は一体なんだろう／｛真正重要的｝究竟是什麼？

→ ｛気温｝ はどのように ｛決まるの｝ だろう／｛氣溫｝究竟是怎麼｛決定的｝呢？

→ ｛悟り｝ とはどんな ｛ことなん｝ だろう／到底是｛什麼｝是｛頓悟｝呢？

→ なぜ ｛戦争｝ は ｛起こるの｝ だろう／為什麼｛引發戰爭｝呢？

03 引起思考關鍵句

→ ｛選手を交換できるとすれば｝ 考えてみる価値はある／｛如果可以交換選手的話，就｝有考慮的價值。

→ ｛ある物事｝ を問題として取り上げてみよう／把｛某件事｝作為問題提出來吧。

→ ｛他の選択肢｝ を考えてみよう／考慮一下｛其他選項｝吧。

→ ｛自分｝ を考察してみよう／試著觀察、探究一下｛自己｝吧。

→ ｛この独自の製法｝ について明らかにしてみよう／試著弄清楚｛這獨自研發的製作方法｝吧。

→ ｛適用｝ について検討してみよう／就｛是否適用｝的問題討論一下吧。

關鍵字記單字

▸關鍵字	▸▸▸單字	
責(せ)める 責備、苛責	□ 苦情(くじょう)	不平，抱怨
	□ 責任感(せきにんかん)	責任感
	□ 非(ひ)	非，不是
	□ 罪(つみ)	(法律上的)犯罪;(宗教上的)罪惡，罪孽;(道德上的)罪責，罪過
	□ 絞(しぼ)る	扭，擠；引人(流淚)；拼命發出(高聲)，絞盡(腦汁)；剝削，勒索；拉開(幕)
	□ 突(つ)く	扎，刺，戳；撞，頂；支撐；冒著，不顧；沖，撲(鼻)；攻擊，打中
	□ 突(つ)っ込(こ)む	衝入，闖入；深入；塞進，插入；沒入；深入追究
	□ 迫(せま)る	強迫，逼迫；臨近，迫近；變狹窄，縮短；陷於困境，窘困
	□ 責(せ)める	責備，責問；苛責，折磨，摧殘；嚴加催討；馴服馬匹

育(そだ)つ 發育、成長	□ 双子(ふたご)	雙胞胎，孿生，雙生子
	□ 末(すえ)っ子(こ)	家中排行最小的孩子
	□ 坊(ぼっ)ちゃん	(對別人家男孩的稱呼)公子，令郎；少爺，不通事故的人，少爺作風的人
	□ 児童(じどう)	兒童
	□ 父母(ふぼ)	父母，雙親
	□ 青少年(せいしょうねん)	青少年
	□ 故郷(ふるさと)	老家，故鄉
	□ 幼稚園(ようちえん)	幼稚園
	□ 発育(はついく)	發育，成長
	□ 生長(せいちょう)	(植物、草木等)生長，發育
	□ 独立(どくりつ)	孤立，單獨存在；自立，獨立，不受他人援助
	□ 這(は)う	爬，爬行；(植物)攀纏，緊貼；(趴)下
	□ 肥(こ)える	肥，胖；土地肥沃；豐富；(識別力)提高，(鑑賞力)強
	□ 伸(の)び伸(の)び(と)	生長茂盛；輕鬆愉快

Track 14

次の（1）から（3）の文章を読んで、後の問いに対する答えとして最もよいものを、1・2・3・4から一つ選びなさい。

(1)

　仕事がら私は、たくさんの論文を読まなくてはならない。いろいろ読むと、こりゃわかりやすくてすごくうれしい論文だ！というものと、これは難しいとイライラする論文がある。たしかに、難しい言葉が連発される（注1）とたいへんだ。とくに、外国語の論文だと辞書をひかなくてはならないから、もっとたいへん。

　Comestiblesという単語に出くわす。わからんぞと辞書を引くと「食料品」とある。Foodと言わんかいオンドリャー！と思わず言いたくなる。

　でも、こういうのは①本当の「難しい論文」ではない。私にとって、本当に難しくて読みにくい論文というのは、構成がはっきりしない論文のことだ。こういう論文は高名な学者の書いたものの中にもある。ということは、彼らはわざとやっているのだろうか？②構成がなかなかつかめないとどうなるか。いま読んでいる箇所は筆者の主張なのだろうか、それとも筆者が叩こう（注2）としている相手の主張なのだろうか。そもそも筆者は、いくつの見解を検討しているんだろうか。ここで出てきた問題は、さっきの問題と同じ問題なのか違うのか。あああ、だんだん頭が混乱してきた。ムキー……と、こういうことになる。

読みづらいということは、難しい言葉で書かれていることではない。構成を見通すことができないということなのだ。キミたちや私が、その分野をリードする（注3）最高峰の学者だったら、どんなに読みづらい論文を書いても、みんな我慢して読んでくれるだろう。③でも、それは少数者の特権（注4）としておこう。

（戸田山和久『論文の教室　レポートから卒論まで』日本放送出版協会による）

（注1）連発される：連続して発される
（注2）叩く：打つ、ぶつということだが、ここでは批判するという意味
（注3）リードする：集団の先頭に立って進むこと
（注4）特権：特別な権利

60 筆者の考える①本当の「難しい論文」とは、どういうものか。

1 難しい外国語をたくさん使っているもの
2 多くの学者の考えを並べて比較しているもの
3 筆者の主張と、他の学者の主張に似ているところがあるもの
4 筆者の主張しようとしていることが何かを理解するのが困難なもの

61 ②構成がなかなかつかめないとあるが、その例として筆者が挙げていないのはどれか。

1 今読んでいる部分とさっき読んだ部分は、テーマが違うのかどうか分からない。

2 検討している見解が多すぎるために、筆者の見解がどれなのか分からない。

3 筆者がいくつの説を比べているのか分からない。

4 今読んでいる箇所に書かれているのが誰の意見なのか分からない。

62 ③でも、それは少数者の特権としておこうとあるが、ここで筆者が言いたいことは何か。

1 彼らは高名な学者だから、読みづらい論文を書くのは当然だ。

2 論文を書くのが苦手な学者は、早く有名になって特権を手に入れればよい。

3 自分たちは多くの人に読んでもらえるよう、読みやすい論文を書こう。

4 大部分の学者には、読みづらい論文を書いてもいい特権を与える必要はない。

Track 15

(2)

テレビでよく目撃（注1）する光景ですが、犯罪で捕まった人について、「どんな人でした？」とインタビューすると、必ずといっていいほど、「そんなふうにはみえなかった」とか「よく挨拶してくれて真面目でいい人だった」などといった返事がかえってきますよね。あるいは、「まさか、わが子が……」みたいな話も、よく聞かれるわけです。

これはまさに、この人間はこういう人なんだゾーというように、たったひとつの人格で他人のことをとらえている証拠（注2）です。固定化された先入観（注3）です。

でも、①それはまったくちがうんですよ。

実際には、どんな人間でもたくさんの人格、つまり②「役割」を演じて（注4）いるのです。だから役割理論と呼ぶんです。「演じる」というと少し違和感があるかもしれませんが、だれでもごく自然に、日常生活でいろんな人格を演じています。

たとえば、会社にいきますよね。そうすると、××係長とか○○責任者とかいった肩書きがあって、名刺があります。自分専用の椅子があって、机があって、期待されている役割というものがあります。

社会人として、その肩書きや役割に応じた人格というものがあるわけです。

だから、どんなに陽気な人でも、会社でいきなり裸踊りをはじめたりはしないですよね。

ところが、その人が自宅に帰って「ただいま」といった瞬間に、子供が「パパお帰りなちゃーい」とくるわけです。

すると今度は、会社における人格とはまったくべつで、パパとしての自分を演じはじめるんです。

（竹内薫『９９．９％は仮説　思いこみで判断しないための考え方』光文社新書による）

（注１）目撃：（その場で）実際にはっきり見ること
（注２）証拠：事実はこうだというための理由となるもの
（注３）先入観：思い込み
（注４）演じる：劇などの役を務める

63 ①それとは何か。

1　ふだん目にしている姿や様子だけが、その人のすべてだと思うこと
2　罪を犯す人は、表面上はみんな真面目に見えること
3　親に信用されている子どもほど、悪いことをしやすいこと
4　犯罪で捕まった人についてインタビューされた人は、必ず驚くこと

64 ②「役割」を演じているの例として正しいものはどれか。

1 自分も今日から課長になるのだから、これからはもう少し落ち着いて行動しなければいけないな。

2 自分でできるといって引き受けた仕事だから、絶対に完成させます。

3 はじめて主役を務めるのだから、今度の舞台は必ず成功させたい。

4 ゆうべの飲み会では、だんだん楽しくなってとうとう裸踊りをしてしまった。

65 この文章で筆者がいちばん言いたいことは何か。

1 犯罪者でもいい人の部分があるのは、驚くべきことではない。

2 私達は、この人はこういう人と思い込みがちだ。

3 人にはたくさんの面があり、その場に応じて使い分けている。

4 他人について、先入観を持つのはいけないことだ。

Track 16

(3)

私が小・中学生の頃（三十年ほど前の話です）、理科の授業では、観察ということが特に強調されていたように思います（あるいは今でもそうかも知れません）。事実をありのまま（注1）に見て記述せよ。先入観を捨てて観察すれば、自然の中にひそむ（注2）法則を見出す（注3）事ができるに違いない。観察を強調する背景には、このような思想があったように思われます。観察される出来事は、すべてある特定の時と場所で起こる一回起性（注4）の出来事です。このような一回起性の出来事をいくつも観察して、そこから共通の事実を見出す事を①「帰納」と呼びます。また共通の事実は通常、「法則」と呼ばれます。帰納により正しい法則を見出す事こそ、科学者のとるべき方法であると主張する思想的立場が帰納主義です。これはまた、観察、すなわち経験を重視する立場でもありますから、②そちらにウェートを置く（注5）ときは、経験主義とも呼ばれます。

あなたが、ある時、家の前を飛んでいるカラスをみたら黒かった、という経験をしたとします。また別のある時、お寺の屋根にとまっているカラスも黒かった、畑で悪さをしていたカラスも黒かった、というようないくつもの経験を重ねて、「カラスは黒い」という言明（注6）をしたとします。おおげさに言えば、あなたは③帰納主義的方法により法則を見出した事になります。

（池田清彦『構造主義科学論の冒険』講談社学術文庫による）

（注１）ありのまま：実際にあるとおり

（注２）ひそむ：隠れている

（注３）見出す：発見する

（注４）一回起性：一回だけ起こること

（注５）ウェートを置く：重視する

（注６）言明：言葉に出してはっきりと言うこと

66 ①「帰納」の説明として、正しいものはどれか。

1 いくつかの法則を比較して、どれが最も事実に近いかを見出すこと

2 いくつかの出来事を見比べて、どれにも当てはまる事実を見出すこと

3 特定の場所と時間で起こる出来事を一回だけ観察して、法則を見出すこと

4 自分が実際に見た出来事を、そのまま書き記すこと

67 ②そちらとは何か。

1 観察した結果から法則を見出すこと

2 科学者のとるべき方法を主張すること

3 科学者がいろいろなことを経験すること

4 繰り返し見たり、聞いたり、やってみたりすること

68 ③帰納主義的方法により法則を見出した例として近いものはどれか。

1　象は陸上で一番大きい動物だと図鑑に書いてあった。だから、今、動物園で見ている象も一番大きいに違いない。

2　日本人の平均寿命は約80歳だから、自分も80歳まで生きられるに違いない。

3　あるレストランについて100人にアンケートしたところ、全員がおいしいと答えたので、その店はおいしいに違いない。

4　「絶対おいしいご飯が炊ける方法」という本に書いてある通りにご飯を炊いてみたから、このご飯はおいしいに違いない。

翻譯與解題 ② 【問題 11－(1)】

次の（1）から（3）の文章を読んで、後の問いに対する答えとして最もよいものを、1・2・3・4から一つ選びなさい。

(1)

仕事がら私は、たくさんの論文を読まなくてはならない。いろいろ読むと、こりゃわかりやすくてすごくうれしい論文だ！というものと、これは難しいとイライラする論文がある。たしかに、難しい言葉が連発される（注1）とたいへんだ。とくに、外国語の論文だと辞書をひかなくてはならないから、もっとたいへん。

Comestiblesという単語に出くわす。わからんぞと辞書を引くと「食料品」とある。Foodと言わんかいオンドリャー！と思わず言いたくなる。

でも、こういうのは①本当の「難しい論文」ではない。**私にとって、本当に難しくて読みにくい論文というのは、構成がはっきりしない論文のことだ。**こういう論文は高名な学者の書いたものの中にもある。ということは、彼らはわざとやっているのだろうか？②構成がなかなかつかめないとどうなるか。**いま読んでいる箇所は筆者の主張なのだろうか、それとも筆者が叩こう（注2）としている相手の主張なのだろうか。そもそも筆者は、いくつの見解を検討しているんだろうか。ここで出てきた問題は、さっきの問題と同じ問題なのか違うのか。**あああ、だんだん頭が混乱してきた。ムキー……と、こういうことになる。

60題 關鍵句

61題 關鍵句

読みづらいということは、難しい言葉で書かれていることではない。構成を見通すことができないということなのだ。**キミたちや私が、その分野をリードする（注3）最高峰の学者だったら、どんなに読みづらい論文を書いても、みんな我慢して読んでくれるだろう。**③でも、それは少数者の特権（注4）としておこう。

62題 關鍵句

（戸田山和久『論文の教室　レポートから卒論まで』日本放送出版協会による）

（注1）連発される：連続して発される
（注2）叩く：打つ、ぶつということだが、ここでは批判するという意味
（注3）リードする：集団の先頭に立って進むこと
（注4）特権：特別な権利

請閱讀下列（1）～（3）的文章並回答問題。請從選項1・2・3・4當中選出一個最恰當的答案。

(1)

由於工作關係，我必須要看各式各樣的論文。看了許多下來，我發現有的論文會讓人覺得這淺顯易懂，是篇讓人開心的論文，也有論文讓人覺得這個好難，讀起來不耐煩。如果艱深用語不斷連發（注1），的確會讓人讀來辛苦。特別是讀外語論文一定要查字典，所以更加辛苦。

論文可以分成好讀的論文和難讀的論文。特別是用語艱深的外語論文讀來更辛苦。

我偶然看到 Comestibles 這個單字。不曉得意思，翻了字典才發現是「食品」。這讓我不自覺想吐出「為什麼不說 Food 呢你這傢伙！」。

承接上段，作者舉出用語艱深的外語論文的例子。

可是，這種不是①真正的「困難的論文」。對我而言，真正艱深難懂的論文是架構不明顯的論文。這種論文也會出現在著名的學者作品當中。這麼說起來，是他們刻意這樣寫的嗎？②不太能掌握架構會怎樣呢？現在在讀的地方是作者的主張？還是作者想針對對手的看法進行敲擊（注2）呢？話說回來作者到底是在探討幾個見解呢？這裡出現的問題，和剛剛的問題是一樣的還是不同的呢？啊啊啊，腦子漸漸地混亂起來。真火大…就會造成這樣的結果。

話題一轉，作者指出真正難懂的其實是架構不清的論文。

所謂的「不好讀」不是指用很難的字眼撰寫，而是指無法看透架構。如果你們和我都是引領（注3）該領域的頂尖學者，就算寫出來的論文再怎麼難讀，大家都還是會忍耐拜讀吧？③但要把它當成是少數人的特權（注4）喔。

結論。作者以打趣的方式暗示讀者要寫好懂的論文。

（選自戶田山和久『論文教室　從報告到畢業論文』日本放送出版協會）

（注1）連發：接連發出
（注2）敲擊：原意是打、敲，在這裡指的是攻擊
（注3）引領：身處集團的前列而前進
（注4）特權：特別的權利

翻譯與解題 ② 【問題 11 －(1)】

 **4**

60 筆者の考える①本当の「難しい論文」とは、どういうものか。

1 難しい外国語をたくさん使っているもの
2 多くの学者の考えを並べて比較しているもの
3 筆者の主張と、他の学者の主張に似ているところがあるもの
4 筆者の主張しようとしていることが何かを理解するのが困難なもの

文法詳見 P172

60 作者認為的①真正的「困難的論文」是什麼論文呢？

1 使用很多困難外語的論文
2 並列並比較許多學者想法的論文
3 作者的主張和其他學者的主張有相似之處的論文
4 難以理解作者想主張的事物為何的論文

選項 1 提到“使用了很多難懂的外國語”，這雖然是文章討論的一個方面，但作者明確表示這不是真正難懂的論文的特徵。

選項２和選項３ 描述的是論文內容的特點，但文章中作者的重點在於論文的結構和表達方式，而不是內容的並列比較的複雜性或相似性。

選項４ 直接對應文章中作者對真正難懂論文的描述，即難以理解作者想要表達的主張，這是因為文章結構不清晰。正確答案是選項４。

解題關鍵就在「私にとって、本当に難しくて読みにくい論文というのは、構成がはっきりしない論文のことだ」（對我而言，真正艱深難懂的論文是架構不明顯的論文）。接著舉出了幾個架構掌握不好的例子，說明這樣的論文只會讓讀者越讀越混亂。所以 4 是正確答案。

選項 2 雖然可以對應「そもそも筆者は、いくつの見解を検討しているんだろうか」（話說回來作者到底是在探討幾個見解呢），但這只是架構不明顯的論文帶來的其中一個壞處而已，作者並沒有說論文中如果出現許多學者想法就會很難懂。所以選項 2 是錯的。

選項 3 也是錯的。困難的論文是因為架構不明顯，讓人不懂哪個主張是哪個人的，並不是因為作者的主張很像其他學者的主張。

劃線部分在「でも、こういうのは本当の『難しい論文』ではない」（可是，這種不是真正的「困難的論文」）。這邊用「でも」和「ではない」否定「こういうの」，表示前面所說的都不是真正的困難論文。從「難しい言葉が連発される」（艱深用語不斷連發）、「とくに、外国語の論文」（特別是外語論文）可知「こういうの」是指使用很多艱深字眼，特別是用外語寫成的論文，而這樣的論文不是真正的困難論文。所以選項 1 是不正確的。

題型分析

這個問題屬於日語能力考試中的「理解判斷題」，特別是針對文章作者對於何為真正的「難以理解的論文」的看法的理解。

解題思路

理解文章核心，文章中作者明確區分了什麼樣的論文是真正難以理解的。作者認為真正難以理解的論文，不是使用了難懂的外國語或專業術語的論文，而是結構不清晰、難以把握作者主張的論文。

解題關鍵

1. 準確捕捉文章作者關於論文難易度的看法，特別是對結構清晰與否的重視。
2. 從提供的選項中找出最能反映文章作者觀點的選項。
3. 注意作者強調的是閱讀理解過程中的難點，而不僅僅是論文使用的語言或術語的難度。

Answer **2**

61 ②<u>構成がなかなかつかめない</u>とあるが、その例として筆者が挙げていないのはどれか。

1 今読んでいる部分とさっき読んだ部分は、テーマが違うのかどうか分からない。

2 検討している見解が多すぎるために、筆者の見解がどれなのか分からない。

3 筆者がいくつの説を比べているのか分からない。

4 今読んでいる箇所に書かれているのが誰の意見なのか分からない。

---

61 文中提到②<u>不太能掌握架構</u>，作者沒有舉出的例子為何？

1 不知道現在讀到的部分和剛剛讀過的部分，主題有沒有一樣。

2 因為探討的見解太多了，不知道作者的見解到底是哪一個。

3 不知道作者正在比較幾個學説。

4 不知道現在讀到的地方所寫的究竟是誰的意見。

選項 1 對應文章中提到的，讀者可能會不清楚目前閱讀的部分，與先前的部分是否涉及相同的主題。

選項 2 並沒有直接在文章中提到，文章強調的是構成上的不明確性，而不是明確指出「考察的觀點過多」這一點。正確答案為選項 2。

選項 3 對應文章中提到的，讀者可能不清楚作者在比較幾個不同的理論或觀點。

選項 4 直接對應文章中提到的情況，即不清楚當前閱讀部分的觀點，是作者的還是作者試圖批判的對象的觀點。

解題攻略

選項４對應文中「いま読んでいる箇所は筆者の主張なのだろうか、それとも筆者が叩こうとしている相手の主張なのだろうか」（現在在讀的地方是作者的主張？還是作者想針對對手的看法進行敲擊呢），這是文中有舉出的例子。

選項３對應「そもそも筆者は、いくつの見解を検討しているんだろうか」（話說回來作者到底是在探討幾個見解呢），這是文中有舉出的例子。

選項１對應「ここで出てきた問題は、さっきの問題と同じ問題なのか違うのか」（這裡出現的問題，和剛剛的問題是一樣的還是不同的呢），容易讓人搞不清楚問題究竟有沒有重複出現，這是文中有舉出的例子。

唯一沒有對應到本文的是選項２。文章中沒有提到「検討している見解が多すぎる」（探討的見解太多了），所以答案是選項２。

這一題考的是劃線部分，問的是劃線部分的舉例，並要小心題目問的是「作者沒有舉出的例子」。

題型分析

這個問題屬於「理解辨識題」類型，特別是針對文章中作者對於論文結構把握困難的範例的辨識。

解題思路

確認文章內容：文章討論了構成難以掌握的論文的例子，主要關注的是讀者在閱讀時可能遇到的困惑。注意題目要求為，文章中沒有提到的例子。

解題關鍵

1. 理解文章中作者提到的構成難以掌握的論文的各種情況。
2. 根據題目要求，辨識出文章中沒有提到的例子。
3. 注意細節，選項中的表述要與文章內容直接相關，未在文章中提及的內容即為答案。

翻譯與解題 ② 【問題 11 − (1)】

Answer **3**

62 ③でも、それは少数者の特権としておこうとあるが、ここで筆者が言いたいことは何か。

1 彼らは高名な学者だから、読みづらい論文を書くのは当然だ。

2 論文を書くのが苦手な学者は、早く有名になって特権を手に入れればよい。

3 自分たちは多くの人に読んでもらえるよう、読みやすい論文を書こう。

4 大部分の学者には、読みづらい論文を書いてもいい特権を与える必要はない。

---

62 文中提到③但要把它當成是少數人的特權喔，作者的這句話是想表示什麼呢？

1 他們是知名學者，所以寫難讀的論文也是理所當然的。

2 不擅長寫論文的學者只要盡快成名就能得到特權。

3 為了讓很多人讀我們的論文，來寫好讀的論文吧。

4 沒必要給大多數的學者可以寫難讀論文的特權。

選項１ 暗示知名學者寫難懂論文是正常的。這與文章主旨相悖，文章強調即使是知名學者，也應該寫出容易理解的論文。

選項２ 建議寫作能力不佳的學者，應該努力成名以獲得特權。這並未捕捉到文章強調的，應努力提高論文的可讀性。

選項３ 直接反映文章主旨，即所有學者都應努力寫出易於理解的論文，以便更多人閱讀。正確答案選項３。

選項４ 指出不應給大多數學者寫難懂論文的特權。這與文章觀點一致，但未完全覆蓋作者鼓勵的寫作清晰易懂的全面觀點。

解題攻略

首先來看看「それ」，也就是「少数者の特権」是什麼。文章中如果出現「そ」開頭的指示詞，指的通常是前不久提到的人事物。「それ」就藏在劃線部分的上一句：「キミたちや私が、その分野をリードする最高峰の学者だったら、どんなに読みづらい論文を書いても、みんな我慢して読んでくれるだろう」(如果你們和我都是引領該領域的頂尖學者，就算寫出來的論文再怎麼難讀，大家都還是會忍耐拜讀吧）。「それ」就是指「読みづらい論文を書く」（寫難讀的論文）這個行為。而「少数者」指的就是「最高峰の学者」（頂尖學者）。

寫難讀論文是頂尖學者的特權，這句話暗示「如果不是頂尖學者，寫出難懂的論文是沒有人要看的」。其實作者是想表示，如果想要大家看自己的論文，就要寫出好懂的論文，也就是架構要分明，不要讓讀者搞不清楚這篇論文的架構。選項３呼應了這點，正確答案是選項３。

這一題考的是劃線部分的內容。劃線部分在文章最後一句：「でも、それは少数者の特権としておこう」（但要把它當成是少數人的特權喔）。不妨從這個段落找出答案。

至於其他選項，作者在文章當中都沒有提到這些論點，所以都是錯的。

題型分析

這個問題屬於「理解推斷題」類型，主要考察讀者對文章中某一段落含義的深入理解和推斷能力。

解題思路

明確問題：理解文章最後部分的含義，尤其是「少數者の特権としておこう」這句話的真正意圖。

分析上下文：文章的這部分討論的是，即便是頂尖學者寫出的難以閱讀的論文，也會有人願意閱讀。但這種情況應僅限於少數頂尖學者。

□ こりゃ 「これは」的口語形式，表驚訝語氣

□ 連発(れんぱつ) 連發，接連發出

□ 出(で)くわす 偶然遇見，碰到

□ 構成(こうせい) 架構

□ 高名(こうめい) 著名

□ 箇所(かしょ) （特定的）地方，部分

□ 叩(たた)く 敲擊；批判

□ 見解(けんかい) 見解，看法

□ 混乱(こんらん) 混亂，雜亂

□ ムキー 擬聲擬態語，表憤怒之意

□ 見通(みとお)す 看透

□ リード【lead】 引領，領導

□ 特権(とっけん) 特權

□ 説(せつ) 學說；說法

重要文法

【動詞意向形】＋ようとする。表示動作主體的意志、意圖。

❶ ようとする 想…、打算…

例句 そのことを忘(わす)れようとしましたが、忘(わす)れられません。

我想把那件事給忘了，但卻無法忘記。

小知識大補帖

▶各種副詞

疑問	いったい（到底）、はたして（究竟）
否定	決して（絕不…）、必ずしも（未必）、とうてい（怎麼也（不）…）
依賴、命令、願望	ぜひ（務必）、なんとか（想辦法）、どうか（設法）、どうぞ（設法）
推測	たぶん（大概）、おそらく（恐怕）、さぞ（想必…）、まず（大體上）、どうも（似乎）、どうやら（彷彿）
傳聞	何でも（據說是…）
比喻	まるで（簡直像是）、あたかも（宛如）
感嘆	なんと（何等）、なんて（多麼）
條件、讓步	もし（如果）、万一（萬一）、かりに（假設）、たとえ（即使）、いくら（即使是…）、いかに（怎麼也）
評價	当然（當然）、あいにく（不湊巧）、さいわい（幸虧）、むろん（當然）、たまたま（碰巧）
發言	実は（其實）、いわば（可以說是…）、例えば（舉例來說）、概して（一般而言）
限定	特に（特別是…）、ことに（格外）、単に（只不過是…）

常用的表達關鍵句

＊{ } 內也可自行帶入其他詞彙喔！

01 表示不明白、不理解關鍵句

- {この文章は} 分かりにくい／ {這篇文章} 很難懂。
- {場所が} 分かりづらい／ {這個地點} 很不清楚。
- {仕上がりに} 納得いかない／ {完成的結果} 令我難以接受。
- {その説明では} 納得できない／ {這樣的說明} 令我難以接受。
- {正確ですが} 理解しがたい／ {雖然是正確的沒錯，但是} 很難理解。
- {この小説は} 理解しにくい／ {這部小說} 讓人難以理解。

02 表示推測、預測關鍵句

- {旅行は無理} でしょう・だろう／ {旅行} 是 {去不成了} 吧。
- {明日はいい天気} だろうと思います／我想 {明天} 大概會是個 {晴朗的好天氣} 吧。
- {適切} と思われる／可以看做是 {妥當的}。
- {本物の花} かと思われる／會讓人覺得是 {真的花}。
- {複雑} ではないかと思われる／有可能會讓人感到 {複雜}。
- {きわめて少ないの} ではないかと想像する／看樣子可能是 {極少的數量}。

03 要求作出判斷關鍵句

- {僕の考え} は正しいだろうか／ {我的想法} 是正確的嗎？
- {そのコメント} は事実だろうか／ {那則評論} 說的是事實嗎？
- 本当に {安全なの} だろうか／真的 {安全} 嗎？
- {そのうわさ} は本当だろうか／ {那個流言} 是真的嗎？

關鍵字記單字

▸關鍵字	▸▸▸單字	
難しい（むずかしい） 困難的	□ 困難（こんなん）	困難，困境；窮困
	□ 険しい（けわしい）	陡峭，險峻；險惡，危險；（表情等）嚴肅，可怕，粗暴
	□ 辛い（つらい）	痛苦的，難受的，吃不消；刻薄的，殘酷的；難…，不便…
	□ 苦しい（くるしい）	艱苦；困難；難過；勉強
	□ どうも	（後接否定詞）怎麼也…；總覺得，似乎；實在是，真是
	□ 何とか（なんとか）	設法，想盡辦法；好不容易，勉強；（不明確的事情、模糊概念）什麼，某事

▸關鍵字	▸▸▸單字	
劣る（おとる） 次等的、遜色的	□ 下（げ）	下等；（書籍的）下卷
	□ 短所（たんしょ）	缺點，短處
	□ 欠点（けってん）	缺點，欠缺，毛病
	□ 欠陥（けっかん）	缺陷，致命的缺點
	□ 襤褸（ぼろ）	破綻，缺點；破布，破爛衣服；破爛的狀態
	□ 不可（ふか）	不可，不行；（成績評定等級）不及格
	□ 馬鹿（ばか）	愚蠢，糊塗
	□ 幼稚（ようち）	年幼的；不成熟的，幼稚的
	□ 下らない（くだらない）	無價值，無聊，不下於…
	□ 次ぐ（つぐ）	緊接著，繼…之後；次於，並於

▸關鍵字	▸▸▸單字	
困る（こまる） 為難、苦惱	□ 不平（ふへい）	不平，不滿意，牢騷
	□ 面倒臭い（めんどうくさい）	非常麻煩，極其費事的
	□ 微妙（びみょう）	微妙的
	□ 苦痛（くつう）	痛苦
	□ 苦しむ（くるしむ）	感到痛苦，感到難受
	□ 仕方がない（しかたがない）	沒有辦法；沒有用處，無濟於事，迫不得已；受不了，…得不得了；不像話
	□ 仕様がない（しようがない）	沒辦法

翻譯與解題 ② 【問題 11 －(2)】

(2)

テレビでよく目撃（注1）する光景ですが、犯罪で捕まった人について、「どんな人でした？」とインタビューすると、必ずといっていいほど、「そんなふうにはみえなかった」とか「よく挨拶してくれて真面目でいい人だった」などといった返事がかえってきますよね。あるいは、「まさか、わが子が……」みたいな話も、よく聞かれるわけです。
└文法詳見 P184

これはまさに、この人間はこういう人なんだゾーというように、**たったひとつの人格で他人のことをとらえている証拠（注2）です。固定化された先入観（注3）です。** 【63 題 關鍵句】

でも、①それはまったくちがうんですよ。

実際には、どんな人間でもたくさんの人格、つまり②「役割」を演じて（注4）いるのです。だから役割理論と呼ぶんです。【64 題 關鍵句】「演じる」というと少し違和感があるかもしれませんが、**だれでもごく自然に、日常生活でいろんな人格を演じています。**【65 題 關鍵句】

たとえば、会社にいきますよね。そうすると、××係長とか○○責任者とかいった肩書きがあって、名刺があります。自分専用の椅子があって、机があって、期待されている役割というものがあります。

社会人として、その肩書きや役割に応じた人格というものがあるわけです。
└文法詳見 P184

だから、どんなに陽気な人でも、会社でいきなり裸踊りをはじめたりはしないですよね。

ところが、その人が自宅に帰って「ただいま」といった瞬間に、子供が「パパお帰りなちゃーい」とくるわけです。

すると今度は、会社における人格とはまったくべつで、パパとしての自分を演じはじめるんです。

(竹内薫『99．9%は仮説　思いこみで判断しないための考え方』光文社新書による)

(注1) 目撃：(その場で) 実際にはっきり見ること
(注2) 証拠：事実はこうだというための理由となるもの
(注3) 先入観：思い込み
(注4) 演じる：劇などの役を務める

(2)

電視上常常可以目睹（注１）這種畫面吧？針對被捕的罪犯，訪問人們「他是怎樣的人呢」的時候，幾乎是每個人都一定會這麼回答：「看不出來他會做這種事」、「他常常跟我們打招呼，是個老實的好人」，或是「我們家的孩子怎麼可能會…」，這樣的發言也經常可以聽到。

這簡直就像是在說「這個人就是這樣的人喔」，是只以一個人格就來評斷他人的證據（注２）。是僵化的先入為主的觀念（注３）。

然而，事情並非①如此。

事實上，不管是什麼樣的人都在扮演（注４）許多的人格，也就是②扮演「角色」。所以我們才稱之為角色理論。用「扮演」這個詞或許會覺得有點怪怪的，不過，不管是誰都非常自然地，在日常生活當中扮演各式各樣的人格。

比如說，我們會去公司上班吧？如此一來，就會有 ×× 股長、〇〇負責人這些頭銜，以及名片。有自己專用的椅子、辦公桌，有被寄予厚望的角色。

做為一個社會人士，當然就有符合該頭銜或角色的人格。

因此，再怎麼開朗的人，也不會在公司突然就脫光光跳起舞來對吧？

不過，這種人回到自家，一說「我回來了」，他的小孩就會回應「爸爸你肥來囉」。

如此一來，這回就和在公司的人格有著天壤之別，開始扮演身為爸爸的自己。

（選自竹內薰『99.9%是假說 不靠固執念頭來下判斷的思考方式』光文社新書）

作者以採訪罪犯周遭的人為例，帶出整篇文章的話題。

承接上段，作者認為單憑一個人格就對整個人下定論，是種僵化的先入為主的觀念。

話題轉折。

作者指出每個人在日常生活中都扮演許多角色。

承接上段，舉例說明。

承接上段，說明社會人士在工作時有其相應的人格。

再度舉例，有孩子的社會人士下班回家後的情形。

承接上段，此人的身分又從社會人士轉換成孩子的父親。

（注 1）目睹：（在現場）實際清楚地看見
（注 2）證據：說明事情就是如此，可以成為理由的東西
（注 3）先入為主的觀念：固執念頭
（注 4）扮演：擔任戲劇等的角色

翻譯與解題 ② 【問題 11 －(2)】

Answer **1**

63 ①それとは何か。

1 ふだん目にしている姿や様子だけが、その人のすべてだと思うこと

2 罪を犯す人は、表面上はみんな真面目に見えること

3 親に信用されている子どもほど、悪いことをしやすいこと

4 犯罪で捕まった人についてインタビューされた人は、必ず驚くこと

---

63 ①如此指的是什麼呢？

1 認為平時看到的姿態或樣子，就是這個人的全貌

2 犯罪的人表面上看起來都是老實人

3 越是被父母信賴的小孩，越容易做壞事

4 針對犯罪被捕的人進行採訪，受訪者都一定會吃驚

選項 1 正確反映了文章的核心觀點，人們往往根據某個人的表面行為或角色來全面判斷其人格，這是一種固定化的先入為主的觀念。正確答案選項 1。

選項 2 描述了人們對犯罪者的一種常見反應，但這並非文章想要強調的「完全錯誤」的觀念。

選項 3 "越是被父母信賴的小孩，越容易做壞事"，提出了一個可能的社會現象，但文章並未涉及這一點。

選項 4 指出了對犯罪者周圍人的驚訝反應，雖然這是文章提到的現象，但不是作者指出的關於固定化先入為主的錯誤認識。

解題攻略

解題關鍵就在第 2 段。這個「それ」指的是「たったひとつの人格で他人のことをとらえている」（只以一個人格就來評斷他人的證據），也就是「固定化された先入観」（僵化的先入為主的觀念）。

正確答案是 1。只看到一個人平時的樣子，就認為這就是他的全部，這個敘述可以對應到「たったひとつの人格で他人のことをとらえている」（只以一個人格就來評斷他人的證據）。

> 這一題問的是劃線部分的內容。劃線部分在第 3 段：「でも、それはまったくちがうんですよ」（然而，事情並非如此）。「そ」開頭的指示詞指的就是不久前提到的人事物，可以回到前文去找出「それ」的實際內容。

題型分析

這個問題屬於「文意理解題」類型，主要考察讀者對文章中特定部分含義的理解能力。

解題思路

明確問題：文章討論的是關於人們，對犯罪嫌疑者的固定化先入為主的觀念，以及人們如何通過單一的角色理解他人。

分析上下文：文章通過實際的例子說明了人們常常基於表面印象或者局限於某一種角色來判斷他人，而這種做法是錯誤的。

解題關鍵

1. 理解作者在批評的是人們根據有限的觀察就全面判斷他人的人格，而忽視了每個人都可能扮演多重角色的事實。
2. 認識到，儘管表面上某些行為或角色可能給人留下深刻印象，但這並不能完全代表一個人的所有面向。

翻譯與解題 ① 【問題 11 ー (2)】

Answer **1**

64 ②「役割」を演じているの例として正しいものはどれか。

1 自分も今日から課長になるのだから、これからはもう少し落ち着いて行動しなければいけないな。

2 自分でできるといって引き受けた仕事だから、絶対に完成させます。

3 はじめて主役を務めるのだから、今度の舞台は必ず成功させたい。

4 ゆうべの飲み会では、だんだん楽しくなってとうとう裸踊りをしてしまった。

---

64 下列哪一個是②扮演「角色」的正確舉例呢？

1 我也是從今天開始當上課長，所以今後必須較為冷靜地採取行動了啊。

2 這是我表示自己可以辦得到而接下的工作，所以一定會完成它。

3 這是我第一次擔任主角，所以一定要讓這次的演出成功。

4 昨晚的飲酒聚會上玩得越來越開心，終於裸體跳舞了。

選項 1 描述了一個人因為職位變動（成為課長），而感到需要改變行為方式，以符合新的角色期望，直接呼應了文章中，關於扮演不同社會角色的論述。正確答案選項 1。

選項 2 雖然表達了責任感，但與扮演特定社會角色的情境關聯不大。

選項 3 提到了在舞台上的角色，這更接近於字面上的「角色扮演」，而非文章討論的社會角色概念。

選項 4 描述了一種社交活動中的行為，但這與扮演特定的社會角色或人格，沒有直接關係。

解題攻略

劃線部分「実際には、どんな人間でもたくさんの人格、つまり『役割』を演じているのです」（事實上，不管是什麼樣的人都在扮演許多的人格，也就是扮演「角色」）。作者提出了「扮演角色」的論點，接著舉例説明。由此可見，「『役割』を演じている」（扮演「角色」）就是指人們會順應不同的時間、場合、對象，去表現出他在當下應該有的樣子。

> 這一題問的是劃線部分。必須先弄清楚劃線部分的意思，才能正確地選出適當的例子。

題型分析

這個問題屬於「理解應用題」類型，主要考察讀者能否從文中理解並應用文章討論的「角色理論」，準確判斷哪些情境是人們在日常生活中扮演不同角色的例子。

解題思路

理解角色理論：文章中提到，人們在日常生活中自然而然地扮演著多種角色，這些角色取決於他們所處的環境和期望。

選項判斷：通過比較每個選項描述的情境，判斷哪些情況是符合文章描述的角色扮演。

解題關鍵

1. 理解文章中「角色理論」的核心概念：人們根據不同的社會環境和期望來調整自己的行為和人格，以適應不同的角色。
2. 識別出哪些描述是關於在特定社會環境中，扮演相應角色的情況，而不僅僅是個人行為或職業活動。

Answer 3

65 この文章で筆者がいちばん言いたいことは何か。

1 犯罪者でもいい人の部分があるのは、驚くべきことではない。
2 私達は、この人はこういう人と思い込みがちだ。
3 人にはたくさんの面があり、その場に応じて使い分けている。
4 他人について、先入観を持つのはいけないことだ。

65 這篇文章當中作者最想表達的是什麼呢？

1 即使是罪犯也有好人的一面，不必驚訝。
2 我們容易有「這個人就是這樣的人」的先入為主的觀念。
3 人有很多面相，且順應場合分別使用。
4 對於他人不應該有著先入為主的觀念。

選項 1 “犯罪者也有好的一面，並不令人驚訝”，這雖然觸及了文章開頭提到的現象，但並非文章的主旨。

選項 2 “提及人們對他人的固定印象”次觀點在文章中，僅作為引入更深層次討論的起點，不是文章的核心主旨。

選項 3 “人們在不同的社會情境下扮演不同的角色”，直接呼應了文章的中心論點。正確答案選項 3。

選項 4 “對他人持有先入為主的觀念是不好的”文章提到先入為主觀念，旨在於勸告人們避免單一視角評判他人，非直接批評先入為主觀念的負面影響。

解題攻略

這篇文章以「役割理論」（角色理論）貫穿全文。開頭提出受訪者對於罪犯的印象，只是一個引言，用來帶出主題「角色理論」而已。所以和「犯罪者」有關的敘述不可能是這篇文章的整體重點，選項 1 是錯的。

選項 2 也是錯的。它對應到「これはまさに、この人間はこういう人なんだゾーというように、たったひとつの人格で他人のことをとらえている証拠です」（這簡直就像是在說「這個人就是這樣的人喔」，是只以一個人格就來評斷他人的證據）。這是作者為了引出本文重點「役割理論」，才提到「固定化された先入観」（僵化的先入為主的觀念），而這並不是全文的重點所在。

選項 4 錯誤的地方在「先入観を持つのはいけない」（不應該有著先入為主的觀念）。作者提到「先入観」的時候並沒有加入個人的是非評論，也沒有要讀者不要抱持這種先入為主的觀念。

這一題問的是作者最想表達的內容，也就是文章的主旨。可以用刪去法來作答。

正確答案是選項 3。這對應「だれでもごく自然に、日常生活でいろんな人格を演じています」（不過，不管是誰都非常自然地，在日常生活當中扮演各式各樣的人格），表示我們會在日常生活中扮演各式各樣的人格。

題型分析

這個問題屬於「主旨理解題」類型，旨在考查讀者能否準確把握文章的核心論點，即筆者想要傳達的最重要的信息。

解題思路

核心論點識別：首先要理解文章的主旨，即筆者想要表達的核心思想。文章討論了人們在不同情境中扮演不同角色的「役割理論」（角色理論）。

解題關鍵

1. 理解文章討論的「役割理論」，即人們根據不同的社會情境表現出不同的角色。
2. 明白文章的主旨是要指出，人們不應被單一的標籤或角色定義，而是應該認識到每個人都有多重面向和角色。

- □ 目撃（もくげき） 目睹
- □ あるいは 或是
- □ まさか 怎能，怎會
- □ まさに 就像是，簡直
- □ 人格（じんかく） 人格；人品
- □ とらえる 抓住，捕捉
- □ 証拠（しょうこ） 證據
- □ 固定化（こていか） 僵化；固定
- □ 先入観（せんにゅうかん） 先入為主的觀念；成見
- □ 役割（やくわり） 角色
- □ 演じる（えんじる） 扮演
- □ 理論（りろん） 理論

翻譯與解題 ② 【問題 11 — (2)】

- □ 違和感（いわかん） 不對勁的感覺
- □ 係長（かかりちょう） 股長
- □ 肩書き（かたがき） 頭銜；地位
- □ 専用（せんよう） 專用，專屬
- □ 陽気（ようき） 活潑；熱鬧
- □ いきなり 突然
- □ 瞬間（しゅんかん） 瞬間，剎那
- □ 落ち着く（おちつく） 冷靜，沉著
- □ 行動（こうどう） 行動；行為
- □ 引き受ける（ひきうける） 接下；承擔
- □ 主役（しゅやく） 主角，中心人物
- □ 思い込む（おもいこむ） 認定，確信
- □ 面（めん） 面相，樣子

重要文法

【形容動詞詞幹な；[形容詞・動詞] 普通形】＋わけだ。表示按事物的發展，事實、狀況合乎邏輯地必然導致這樣的結果。

❶ わけだ 當然…、怪不得…

例句 学生時代（がくせいじだい）にスケート部（ぶ）だったから、スケートが上手（じょうず）なわけだ。

學生時代是溜冰社團團員，難怪溜冰這麼拿手。

【名詞】＋に応じて。表示按照、根據。前項作為依據，後項根據前項的情況而發生變化。

❷ に応（おう）じて／に応（おう）じた

根據…、按照…

例句 選手（せんしゅ）の水準（すいじゅん）に応（おう）じて、トレーニングをやらせる。

根據選手的程度，做適當的訓練。

小知識大補帖

▶ 各種性格的說法

【あ行】		
明（あか）るい（開朗的）	いい加減（かげん）な（隨便的，敷衍的）	落ち着き（おちつき）がない（不穩重的）
温（あたた）かい（溫暖的，熱情的）	怒（おこ）りっぽい（易怒的）	おとなしい（老實的，乖巧的）
甘えん坊（あまえんぼう）（愛撒嬌的）	おしゃべりな（健談的；長舌的；大嘴巴）	
【か行】		
かたくるしい（拘謹的，古板的）	頑固（がんこ）な（頑固的）	きつい（苛薄的；難相處的）

勝ち気な（好強的）	気が強い（好強的）	きまじめな（一本正經的）
変わった（古怪的）	気が弱い（懦弱的）	暗い（陰沉的）
けちな（吝嗇的）		

【さ行】

しつこい（固執煩人的）	親切な（親切的）
小心者（膽小的人）	せっかちな（性急的）

【た行】

頼りない（不可靠的）	単純な（單純的）	でしゃばりな（愛管閒事的；愛出風頭的）
だらしない（散漫的）	調子に乗りやすい（容易得意忘形的）	鈍感な（遲鈍的）
短気な（個性急躁的）	冷たい（冷酷的）	

【な行】

泣き虫（愛哭鬼）	涙もろい（愛哭的）	鈍い（遲鈍的）
生意気な（自大狂妄的）	なれなれしい（愛裝熟的）	のんきな（悠哉的，慢郎中）

【は行】

激しい（情緒激動的）	反抗的な（愛唱反調的）	ぼーっとした（反應慢的，不機伶的）
八方美人（八面玲瓏）	ふざけた（愛開玩笑的，胡鬧的）	

【ま行】

負けず嫌いな（好勝心重的）	無口な（沉默寡言的）	面倒くさがりな（怕事的，怕麻煩的）
真面目な（認真的）	無責任な（沒責任感的）	

【ら行】

ルーズな（不嚴謹的，隨便的）

常用的表達關鍵句

＊｛ ｝內也可自行帶入其他詞彙喔！

01 點出疑問關鍵句

→｛もし万一彼が失敗したら｝どうなるだろうか／｛萬一他失敗了｝會變成怎樣呢？

→｛保守｝とは何だろうか／｛保守的定義｝是什麼呢？

→｛日本海｝はどんな｛海｝だろうか／｛日本海｝是怎麼樣的｛海域｝呢？

→なぜ｛彼｝は｛そこにいたの｝だろうか／為什麼｛他｝會｛在那裡｝呢？

→｛月｝はどのように｛動く｝のだろうか／｛月球｝是怎麼｛轉動｝的呢？

02 表示推測、預測關鍵句

→｛図書館にいる｝かもしれません／有可能｛在圖書館｝。

→あるいは｛2時を過ぎる｝かもしれない／或者也有可能會｛超過兩點｝。

→｛この薬は副作用の｝おそれがある／｛這種藥｝恐怕會有｛副作用｝。

→｛背中に何かついている｝ようです／｛你的背上｝好像｛沾到什麼東西了｝。

→｛リスクが高い｝と考えられる／可以想像｛風險很高｝。

→｛被害を減少させる｝と推察できる／可推知｛人們會試圖降低損失｝。

→｛用途は何だ｝と推測できる／可推測出｛它是何用途｝。

→｛これが一番大きな要因｝ではないかと推測できる／｛這點｝可推測是｛最重要的因素｝。

→｛普通でない程度｝と推し量る／可推想｛那程度並不尋常｝。

→｛渋滞するのではない｝かと推し量ることができる／可預測到應該會｛進展不順｝。

→｛意見が十分に反映されていない｝のではないかと推し量ることができる／可猜想｛意見並沒有完全的被反映出來｝。

→｛最も重要な課題｝ではないかと予測することができる／可預測是｛最重要的課題｝。

關鍵字記單字

▸關鍵字	▸▸▸單字	
演じる（えんじる） 演戲、戲法	□ 場（ば）	場所，地方；座位；（戲劇）場次；場合
	□ 役（やく）	角色；職務，官職；責任，任務，（負責的）職位；使用，作用
	□ 幕（まく）	幕，布幕；（戲劇）幕；場合，場面；螢幕
	□ 能（のう）	（日本古典戲劇）能樂
	□ 劇（げき）	劇，戲劇；引人注意的事件
	□ 脇（わき）	（演員）配角；腋下，夾肢窩；（衣服的）旁側；旁邊，附近，身旁；旁處，別的地方
	□ 主役（しゅやく）	（戲劇）主角；（事件或工作的）中心人物
	□ 悲劇（ひげき）	悲劇
	□ プログラム【program】	節目（單），說明書；計畫（表），程序（表）；編制（電腦）程式
	□ 芸能（げいのう）	（戲劇，電影，音樂，舞蹈等的總稱）演藝，文藝，文娛
	□ 手品（てじな）	戲法，魔術；騙術，奸計

かかわる 有關係、牽連	□ 人事（じんじ）	世間的事，人情世故；人事，人力能做的事；人事（工作）
	□ 係・係り（かかり・かかり）	負責擔任某工作的人；關聯，牽聯
	□ 親類（しんるい）	親戚，親屬；同類，類似
	□ 親戚（しんせき）	親戚，親屬
	□ 人種（じんしゅ）	人種，種族；（某）一類人；（俗）（生活環境、愛好等不同的）階層
	□ 関連（かんれん）	關聯，有關係
	□ 氏（し）	（做代詞用）這位，他；（接人姓名表示敬稱）先生；氏，姓氏；家族，氏族
	□ 係わる（かかわる）	關係到，涉及到；有牽連，有瓜葛；拘泥
	□ 関する（かんする）	關於，與…有關
	□ 巡る（めぐる）	循環，轉回，旋轉；巡遊；環繞，圍繞
	□ 引っ掛かる（ひっかかる）	連累，牽累；受騙，上當；心裡不痛快；掛起來，掛上，卡住

翻譯與解題 ② 【問題 11 — (3)】

(3)

私が小・中学生の頃（三十年ほど前の話です）、理科の授業では、観察ということが特に強調されていたように思います（あるいは今でもそうかも知れません）。事実をありのまま（注１）に見て記述せよ。先入観を捨てて観察すれば、自然の中にひそむ（注２）法則を見出す（注３）事ができるに違いない。観察を強調する背景には、このような思想があったように思われます。観察される出来事は、すべてある特定の時と場所で起こる一回起性（注４）の出来事です。**このような一回起性の出来事をいくつも観察して、そこから共通の事実を見出す事を①「帰納」と呼びます。**また共通の事実は通常、「法則」と呼ばれます。帰納により正しい法則を見出す事こそ、科学者のとるべき方法であると主張する思想的立場が帰納主義です。**これはまた、観察、すなわち経験を重視する立場でもありますから、②そちらにウェートを置く**（注５）**ときは、経験主義とも呼ばれます。**

文法詳見 P196
文法詳見 P196
文法詳見 P196

66 題 關鍵句

67 題 關鍵句

あなたが、ある時、家の前を飛んでいるカラスをみたら黒かった、という経験をしたとします。また別のある時、お寺の屋根にとまっているカラスも黒かった、畑で悪さをしていたカラスも黒かった、というような**いくつもの経験を重ねて、「カラスは黒い」という言明**（注６）**をしたとします。おおげさに言えば、あなたは③帰納主義的方法により法則を見出した事になります。**

68 題 關鍵句

（池田清彦『構造主義科学論の冒険』講談社学術文庫による）

（注１）ありのまま：実際にあるとおり
（注２）ひそむ：隠れている
（注３）見出す：発見する
（注４）一回起性：一回だけ起こること
（注５）ウェートを置く：重視する
（注６）言明：言葉に出してはっきりと言うこと

(3)

還記得在我小學、中學時期（大約是 30 年前的事了），理科課堂上會特別強調觀察這個動作（或許現在也還是這樣）。把事實據實（注 1）地觀看記錄下來！只要拋開成見進行觀察，就一定能將潛藏（注 2）在自然當中的定律給找出來（注 3）。在強調觀察的背後，總覺得似乎存在著這樣的思想。觀察的事件全是在某個特定時間、地點的一次性（注 4）事件。觀察好幾個這樣的一次性事件，從中找出共通的事實，就叫做①「歸納」。此外，共通的事實通常稱為「定律」。主張科學家應該經由歸納找出正確的定律，這種思維的觀點就是歸納主義。由於這也是重視觀察，也就是經驗的觀點，所以，著重（注 5）②這點時，也稱為經驗主義。

歸納主義就是藉由觀察幾個一次性事件，然後從中找出規則定律。

假設你看過飛過家門前的烏鴉是黑色的。此外，你有一次看到停在寺廟屋簷上的烏鴉也是黑色的，而在田裡作亂的烏鴉也是黑色的。像這樣的經驗重複幾次之後，你斷言（注 6）「烏鴉是黑色的」。說得誇張一點，你就是③用歸納主義的方法找出定律。

舉觀察烏鴉顏色的例子解釋歸納主義。

（選自池田清彥『構造主義科學論的冒險』講談社學術文庫）

（注 1）據實：如同實際情況
（注 2）潛藏：隱藏
（注 3）找出來：發現
（注 4）一次性：只發生一次
（注 5）著重：重視
（注 6）斷言：化作言語明確地說出

翻譯與解題 ② 【問題 11 ー (3)】

Answer **2**

66 ①「帰納」の説明として、正しいものはどれか。

1 いくつかの法則を比較して、どれが最も事実に近いかを見出すこと
2 いくつかの出来事を見比べて、どれにも当てはまる事実を見出すこと
3 特定の場所と時間で起こる出来事を一回だけ観察して、法則を見出すこと
4 自分が実際に見た出来事を、そのまま書き記すこと

---

66 關於①「歸納」的說明，下列何者正確？

1 比較幾個定律，找出哪一個是最接近事實的
2 比較幾個事件，找出一個符合全體的事實
3 只觀察一次在特定地點、時間發生的事件，找出定律
4 將自己實際上看到的事件，如實記錄下來

選項１“比較法則，尋找最真實者”這個過程更像是「演繹」，而不是「歸納」。

選項２“觀察比較幾個事件，來發現共通規律”這正是歸納法的過程。正確答案選項２。

選項３“單次觀察尋規律”這描述的是一個單一實例的觀察，而歸納法需要多個實例。

選項４“記錄所見”這更多是描述了觀察的過程，而不是歸納的過程。

解題攻略

這一題考的是劃線部分的意思。劃線部分「このような一回起性の出来事をいくつも観察して、そこから共通の事実を見出す事を『帰納』と呼びます」（觀察好幾個這樣的一次性事件，從中找出共通的事實，就叫做「歸納」），這句話在解釋劃線部分，也就是「帰納」的意思。

題型分析

這個問題屬於「定義理解題」類型，主要考查讀者是否能正確理解並解釋特定術語或概念的定義。

解題思路

定義理解：首先需要明白「歸納」的基本概念。歸納是一種通過觀察和分析具體實例，從中提取出普遍性原則或規律的邏輯方法。

解題關鍵

1. 明白歸納法是基於多個觀察實例提取普遍規律的過程。
2. 識別出描述符合歸納法過程的選項。

- □ 観察（かんさつ） 觀察，仔細查看
- □ 強調（きょうちょう） 強調，極力主張
- □ 事実（じじつ） 事實
- □ ありのまま 據實
- □ 記述（きじゅつ） 記錄，記述
- □ ひそむ 潛藏，隱藏
- □ 法則（ほうそく） 定律，規則
- □ 見出す（みいだす） 發現，找出來
- □ 思想（しそう） 思想，思維
- □ 特定（とくてい） 特定，特別指定
- □ 共通（きょうつう） 共通
- □ 帰納（きのう） 歸納，歸結
- □ 通常（つうじょう） 通常，一般
- □ 主義（しゅぎ） 主義，對事物或原理的基本主張
- □ ウェート【weight】 重點；重量
- □ カラス【Corvus】 烏鴉
- □ 畑（はたけ） 田地，旱田
- □ 悪さ（わるさ） 惡劣行為
- □ 言明（げんめい） 斷言
- □ おおげさ 誇張，誇大

Answer 4

67 ②そちらとは何か。

1 観察した結果から法則を見出すこと
2 科学者のとるべき方法を主張すること
3 科学者がいろいろなことを経験すること
4 繰り返し見たり、聞いたり、やってみたりすること

---

67 ②這點指的是什麼呢？

1 從觀察到的結果找出定律
2 主張科學家應該採取的方法
3 科學家經歷過各式各樣的事物
4 反覆看、反覆聽、反覆做

選項 1“從觀察找規律”這更偏向於描述了「歸納法」的過程，而不是經驗主義的核心概念。

選項 2“主張科學方法”雖然科學家採取的方法可能基於經驗，但這個選項並未直接指向經驗主義的定義。

選項 3“科學家經歷各種事情”雖然提到了「經驗」，但它更強調科學家個人的經歷，而不是經驗主義的科學研究方法。

選項 4“反復看、聽、嘗試做”最直接地反映了經驗主義強調的重複觀察和實踐，以此來獲得科學知識的方法。正確答案選項 4。

解題攻略

劃線部分「これはまた、観察、すなわち経験を重視する立場でもありますから、そちらにウェートを置くときは、経験主義とも呼ばれます」（由於這也是重視觀察，也就是經驗的觀點，所以，著重這點時，也稱為經驗主義）。「これ」指的是上一句句尾提到的歸納主義。而這個「そちら」是什麼呢？「そ」開頭的指示詞指的都是不久前才提到的事物，指的就是「観察、すなわち経験を重視する立場」（重視觀察，也就是經驗的觀點）。

題型分析

這個問題屬於「概念理解題」類型，旨在考查讀者是否能正確理解並區分特定概念或理論的含義。

解題思路

概念理解：首先明確「そちら」指向的概念。在這個上下文中，「そちら」是指通過觀察和經驗重視的科學研究方法，也就是經驗主義（經驗主義）的概念。

解題關鍵

1. 識別出描述經驗主義核心特徵的選項。
2. 理解「經驗主義」強調通過實際的觀察和實驗來獲取知識。

翻譯與解題 ② 【問題 11 ー(3)】

Answer **3**

68 ③帰納主義的方法により法則を見出した例として近いものはどれか。

1 象は陸上で一番大きい動物だと図鑑に書いてあった。だから、今、動物園で見ている象も一番大きいに違いない。

2 日本人の平均寿命は約80歳だから、自分も80歳まで生きられるに違いない。

3 あるレストランについて100人にアンケートしたところ、全員がおいしいと答えたので、その店はおいしいに違いない。

4 「絶対おいしいご飯が炊ける方法」という本に書いてある通りにご飯を炊いてみたから、このご飯はおいしいに違いない。

---

68 最接近③用歸納主義的方法找出定律的例子是什麼呢？

1 圖鑑上寫説大象是陸地上最大的動物。所以現在在動物園看到的大象也一定是最大的。

2 日本人的平均壽命大概是 80 歲，所以自己肯定也能活到 80 歲。

3 針對某間餐廳對 100 人進行問卷調查，結果全部的人都回答「很好吃」，這間店一定很美味。

4 試著按照「絕對能煮出好飯的方法」這本書所寫的方式煮飯，所以煮出來的飯肯定很好吃。

選項 1 “利用圖鑑推斷象”這更接近演繹推理，而不是歸納。

選項 2 “用平均壽命推個體壽命”這是將一般性數據應用於個體的判斷，也不符合歸納主義的典型應用。

選項 3 “問100人評價餐廳，全贊美”完美符合歸納主義的方法：從多個具體實例中尋找普遍規律。正確答案選項 3。

選項 4 “依書預測烹飪美味”，這更偏向於依據已知方法的應用，而非通過多個觀察實例歸納出規律。

解題攻略

選項１、２、４都是錯的。３個選項是由定律「象は陸上で一番大きい動物だ」（大象是陸地上最大的動物）、「日本人の平均寿命は約80歳」（日本人的平均壽命大概是80歲）、「『絶対おいしいご飯が炊ける方法』という本に書いてある通り」（按照「絕對能煮出好飯的方法」這本書所寫的方式）來推估「今、動物園で見ている象も一番大きいに違いない」（現在在動物園看到的大象也一定是最大的）、「自分も80歳まで生きられる」（自己也能活到80歲）、「このご飯はおいしい」(煮出來的飯很好吃）。這個順序和歸納主義所説的「觀察好幾件事情，找出通則得到定律」剛好相反。

正確答案是選項３。透過好幾人的問卷調查，從中得到「おいしい」這個共通的答案，因此可以斷定這家餐廳很好吃。這樣的推論有符合歸納主義。

這一題要用刪去法來作答。

這一題要先知道劃線部分的意思，才能判斷例子是否恰當。劃線部分在最後一句：「おおげさに言えば、あなたは帰納主義的方法により法則を見出した事になります」（説得誇張一點，你就是用歸納主義的方法找出定律）。這句話的作用是總結前面所説的內容，而前面的內容則是「いくつもの経験を重ねて、『カラスは黒い』という言明をしたとします」（像這樣的經驗重複幾次之後，你斷言「烏鴉是黑色的」），這樣的斷定方式，就是「帰納主義的方法により法則を見出した」（用歸納主義的方法找出定律）。

題型分析

這個問題屬於「理解應用題」類型，旨在考查讀者是否能夠理解「歸納主義方法」的概念，並且能夠將這一概念應用於識別實際例子中的應用情況。

解題思路

概念理解：首先要理解「歸納主義方法」的定義，即通過觀察多個具體實例，來尋找普遍規律或法則的科學方法。

選項判斷：分析每個選項是否符合通過觀察多個實例，來推導出一般性結論的歸納過程。

解題關鍵

1. 理解歸納主義方法強調從具體多個實例中，總結出普遍規律或法則。
2. 識別出符合歸納過程的實際應用例子。

重要文法

【名詞の；この／その／あの；形容詞普通形；形容動詞詞幹な；動詞た形；動詞否定形】＋まま。表示原封不動的樣子，或是在某個不變的狀態下進行某件事情。

❶ まま　就這樣…

例句　そのまま、置いといてください。
請這樣放著就可以了。

【名詞；形容動詞詞幹；[形容詞・動詞] 普通形】＋に違いない。表示說話人根據經驗或直覺，做出非常肯定的判斷。常用在自言自語的時候。

❷ に違いない　一定是…、准是…

例句　この写真は、ハワイで撮影されたに違いない。
這張照片，肯定是在夏威夷拍的。

【名詞；動詞て形】＋ こそ。(1) 表示特別強調某事物。(2) 表示強調充分的理由。前面常接「から」或「ば」。

❸ こそ　正是…、正(因為)…才…

例句　誤りを認めてこそ、立派な指導者と言える。
唯有承認自己的錯，才叫了不起的領導者。

小知識大補帖

▶和「看」相關的單字

單字・慣用句等	意　思	例　句
一望 （一望）	一目で見渡すこと （一眼望去）	晴れた日にはここから富士山の全景が一望できる。 （晴天時從這裡可以一望富士山全景。）
眺望 （眺望）	遠くを眺めること （瞭望遠處）	頂上からの眺望がすばらしい。 （從山頂眺望出去的景色很美。）
着目 （著眼）	特に注意して見ること （特別留神去看）	以下の点に着目して調査を進める。 （著眼於以下幾點進行調查。）
目撃 （目擊）	その場にいて、実際に目で見ること （在現場親眼看到）	多くの人がその引き逃げ事件を目撃した。 （很多人目擊到那場肇事逃逸事件。）
見詰める （凝視 盯看）	眼を離さないでじっと見続ける。 （不移開視線，一直盯著。）	そんなに見詰めないでください。 （請不要一直盯著我瞧。）
見とれる （看得入迷）	心を奪われて、じっと見る。 （失了神地一直觀看。）	奇麗な夕日に見とれてバスに乗り遅れた。 （看漂亮的夕陽看得入迷，導致沒趕上公車。）
あおぎ見る （仰望）	顔を上のほうに向けて見る。 （臉朝上而看。）	顔を上げて、空を仰ぎ見る。 （抬起臉來仰望天空。）
垣間見る （窺視）	隙間から、ちょっと見る。物事の様子のわずかな面を知る。 （從縫隙間稍微看到。只知道事物一部分的樣貌。）	絵本を通じて、子どもの心を垣間見る。 （透過繪本，窺見孩子們的心靈。）

翻譯與解題 ②　【問題 11 ー (3)】

睨み付ける （瞪視）	怖い目で、じっと見る。 （用恐怖的眼神一直看著。）	妻は私をじっと睨み付けた。 （太太一直瞪我。）
食い入るよう （緊盯貌）	視線が深く入り込むように、じっと見る様子 （視線彷彿深入望穿一般，一直注視的樣子）	生徒たちは先生の顔を食い入るように見つめていた。 （學生們緊盯著老師的臉看。）
きょろきょろ （睜大雙眼尋視）	落ち着きなく、周りを見る様子 （靜不下心來，環顧四周的樣子）	試験中にきょろきょろするな。 （考試中不要四處張望。）
しげしげ （仔細地）	じっと、よく見る様子 （一直仔細盯視的樣子）	相手の顔をしげしげと見つめる。 （仔細地注視對方的臉。）
目を配る （四處查看）	よく気をつけて、あちこちを見る。 （仔細留意，查看各處。）	細かいところにまで目を配る。 （連小地方都注意到了。）
目を注ぐ （留心注視）	気をつけて、じっと見る。 （小心且不停地觀看。）	全局に目を注ぐ。 （留心注視整個局勢。）
目を光らせる （嚴密監視）	悪いことができないように、厳しく監視する。 （嚴加監視慎防作惡。）	過激派の動きに監視の目を光らせる。 （嚴密監視過激份子的一舉一動。）
目を皿のようにする （睜大雙眼）	目を大きく見開いて、よく見る。 （睜大眼睛好好地看。）	目を皿のようにして探し回る。 （睜大雙眼到處尋找。）
高みの見物 （作壁上觀）	傍観者、あるいは第三者の立場で、ゆとりを持って物事を眺めること （站在旁觀者或是第三者的立場悠哉地遠眺事物）	少年たちのけんかに高みの見物をきめこんでいた。 （對於少年們的打架爭執故意作壁上觀。）

常用的表達關鍵句

＊｛ ｝內也可自行帶入其他詞彙喔！

01 表示肯定、斷言關鍵句

- ｛不可能｝と言い切る／可以斷言｛這是不可能的｝。
- ｛証言を虚偽｝と断定する／可以斷定｛證言是假的｝。
- ｛絶対に失敗はない｝と断言する／可以肯定｛絕對不會失敗｝。
- ｛あなたはそれを正しい｝と判断できる／｛你｝可斷定｛那是對的｝。

02 表示概括性下結論關鍵句

- つまり／就是說、也就是
- すなわち／也就是說、即
- 簡単にいうと／簡而言之
- 一口で言えば／一言以蔽之
- 一言で言うと／一言以蔽之
- 要は／總而言之
- 要するに／簡言之、總而言之
- 結局／其結果、結論是
- 詮ずるところ／歸根結底
- 言い換えれば／換句話說
- 言ってみれば／就是說、換言之、換句話說

03 提示結論關鍵句

- ｛計画｝が明らかになった／｛計畫｝已清楚。
- ｛そしてその理由｝が分かった／｛然後｝了解了｛那個理由｝。
- ｛それが愚策｝と判断できよう／可以斷定｛那就是個愚蠢的計劃｝吧。

關鍵字記單字

▸關鍵字	▸▸▸單字	
調（しら）べる 搜查、調查	□ 分析（ぶんせき）	（化）分解，化驗；分析，解剖
	□ 審判（しんぱん）	審判，審理，判決；（體育比賽等的）裁判；（上帝的）審判
	□ 観察（かんさつ）	觀察
	□ 診察（しんさつ）	（醫）診察，診斷
	□ 診断（しんだん）	（醫）診斷；判斷
	□ 百科辞典（ひゃっかじてん）	百科全書
	□ 探（さぐ）る	（用手腳等）探，摸；探聽，試探，偵查；探索，探求，探訪
まとまる 歸納、統整、統一	□ 合同（ごうどう）	合併，聯合；（數）全等
	□ 共同（きょうどう）	共同
	□ 連合（れんごう）	聯合，團結；（心）聯想
	□ 和（わ）	總和；人和；停止戰爭，和好
	□ 集中（しゅうちゅう）	集中；作品集
	□ 全体（ぜんたい）	全體，總體；全身，整個身體；根本，本來；究竟，到底
	□ 固（かた）まる	集結在一起，成群；（粉末、顆粒、黏液等）變硬，凝固；固定，成形；熱中，篤信（宗教等）
	□ 組（く）む	聯合，組織起來
仕分（しわ）ける 區分、分類	□ 区分（くぶん）	區分，分類
	□ 分類（ぶんるい）	分類，分門別類
	□ 区別（くべつ）	區別，分清
	□ 差別（さべつ）	區別；輕視
	□ 項目（こうもく）	文章項目，財物項目；（字典的）詞條，條目
	□ 学科（がっか）	科系
	□ 植物（しょくぶつ）	植物
	□ 部分（ぶぶん）	部分

▶ 閱讀

この中に読みたい本はありますか。
這些書裡面有沒有你想看的呢？

これが読みたいです。
我想看這一本。

教授が新しい本を出した。
教授的新書出版了。

役に立つことが書いてあるから。
這裡面記載著對你有所助益的內容。

難しくて何回読んでも分からない。
這本書太難了，即使反覆閱讀還是看不懂。

読んだ本をもとの所においた。
把看完的書歸回了原位。

本は買わないでなるべく図書館から借ります。
不要自己掏錢買書，盡量去圖書館借閱。

この間貸してあげた本、読み終わったら返してね。
上次我借你的那本書，看完後要還我哦！

スペイン語の本を探しているんですが、どこで売っていますか。
我正在找西班牙文的書，你知道哪裡有賣嗎？

子どもが寝る前に本を読んであげます。
在孩子睡覺前唸書給他聽。

本屋でいろいろな雑誌が並んでいます。
書店裡陳列著各種類型的雜誌。

この雑誌は毎週月曜日に売り出されます。
這本雜誌每週一上架販售。

電車の中で新聞や雑誌を読んでいる人が多い。
有很多人都會在電車裡看雜誌或報紙。

最近は雑誌ばかり読んで小説はあまり読まなくなった。
最近淨看些雜誌，幾乎沒有看小說了。

漫画ばかり読んでいてはだめだよ。
不要老是看漫畫哦。

毎朝、新聞を読んでから会社へ行きます。
我每天早上都會先看完報紙再去公司。

時間はなくて新聞も読めない。
時間根本不夠，連報紙也沒辦法看。

新聞を読むのは日本語の勉強のためにとてもいいです。
閱讀報紙對於學習日語是很有幫助的。

もんだい

12 綜合理解

在讀完幾段文章（合計 600 字左右）之後，測驗是否能夠將之綜合比較並且理解其內容。

考前要注意的事

作答流程 & 答題技巧

閱讀說明：先仔細閱讀考題說明

閱讀問題與內容：預估有 2 題

1 考試時建議先看提問及選項，再看文章。

2 閱讀 2 、 3 篇約 600 字的文章，測驗能否將文章進行比較整合，並理解內容。主要是以報章雜誌的專欄、投稿、評論等為主題的簡單文章。

3 提問一般是比較兩篇以上文章的「共同點」及「相異點」，例如「～について、A と B の筆者はどのように考えているか」（關於～，作者 A、B 有何意見）。

4 由於考驗的是整合、比較能力，平常可以多看不同報紙，比較相同主題論述的專欄、評論文並理解內容。

答題：選出正確答案

Track 17

次のAとBはそれぞれ、餅について書かれた文章である。二つの文章を読んで、後の問いに対する答えとして最もよいものを、1・2・3・4から一つ選びなさい。

A

親戚から餅つき（注1）の機械をもらいました。私は一人暮らしなので、この機械で1回にできる量を全部食べるのには何日もかかります。お餅は長く置いておくとかびが生えたりひび割れたりしてしまうので、最初はいらないと断りました。でも、その親戚がよいお餅の保存方法を教えてくれました。お餅がつけたら、ビニール袋にすみまできちんと詰めて置いておき、さめたら空気が入らないように閉じてすぐ冷凍すると、長持ち（注2）するそうです。解凍してそのまま食べるか、冷凍のまま焼いて食べればよいということでした。それを聞いて、機械をもらうことにしました。早速、今度の休みにこの機械を使ってお餅をつこうと思います。

B

日本のお正月といえば、お餅ですね。でも、毎日食べていると飽きてくるものです。長く置いておいて、かびが生えたりひび割れたりしてしまわないうちに、工夫して早く食べきってしまいましょう。お餅の食べ方というと、あんこかきなこか、さもなければ（注3）お雑煮ばかりになっていませんか。お餅は、ほかにもいろいろおいしい食べ方があるのです。たとえば、納豆をからめた納豆餅と、枝豆のあんをからめたずんだ餅は、東北地方では一般的なお餅です。お餅にチーズなどピザの具を載せてピザ風にしたり、大根おろしと醤油で食べたりしてもおいしいですよ。それでも食べきれないときは、小さく切ったものを焼いたり揚げたりすれば、おいしいおやつになります。

（注１）餅つき：餅をつくこと。餅をつくとは、炊いたもち米を強く打って押しつぶし、餅にすること

（注２）長持ち：よい状態を長く保つこと

（注３）さもなければ：そうでなければ

69 ＡとＢのどちらの文章にも触れられている点は何か。

1　お餅の食べ方にはどんなものがあるか。

2　お餅を長持ちさせるにはどうすればよいか。

3　多すぎるお餅をどうすればよいか。

4　おいしいお餅を作るにはどうすればよいか。

70 ＡとＢの文章の最大の違いは何か。

1　Ａはお餅の冷凍について述べており、Ｂはお餅の一般的な食べ方を述べている。

2　Ａは餅つきの機械について述べており、Ｂはお餅の変わった食べ方を述べている。

3　Ａはお餅の保存方法について述べており、Ｂはお餅を早く食べ終わる工夫を述べている。

4　Ａは餅つきの機械について述べており、Ｂはお餅の一般的な食べ方を述べている。

翻譯與解題 ①

次のAとBはそれぞれ、餅について書かれた文章である。二つの文章を読んで、後の問いに対する答えとして最も良いものを、1・2・3・4から一つ選びなさい。

A

親戚から餅つき（注1）の機械をもらいました。**私は一人暮らしなので、この機械で1回にできる量を全部食べるのには何日もかかります。お餅は長く置いておくとかびが生えたりひび割れたりしてしまう**ので、最初はいらないと断りました。でも、**その親戚がよいお餅の保存方法を教えてくれました。**お餅がつけたら、ビニール袋にすみまできちんと詰めて置いておき、さめたら空気が入らないように閉じてすぐ冷凍すると、長持ち（注2）するそうです。解凍してそのまま食べるか、冷凍のまま焼いて食べればよいということでした。それを聞いて、機械をもらうことにしました。早速、今度の休みにこの機械を使ってお餅をつこうと思います。

69題關鍵句

70題關鍵句

文法詳見P220

文法詳見P220

文法詳見P220

B

日本のお正月といえば、お餅ですね。でも、毎日食べていると飽きてくるものです。**長く置いておいて、かびが生えたりひび割れたりしてしまわないうちに、工夫して早く食べきってしまいましょう。**お餅の食べ方というと、あんこかきなこか、さもなければ（注3）お雑煮ばかりになっていませんか。お餅は、ほかにもいろいろおいしい食べ方があるのです。たとえば、納豆をからめた納豆餅と、枝豆のあんをからめたずんだ餅は、東北地方では一般的なお餅です。お餅にチーズなどピザの具を載せてピザ風にしたり、大根おろしと醤油で食べたりしてもおいしいですよ。それでも食べきれないときは、小さく切ったものを焼いたり揚げたりすれば、おいしいおやつになります。

69,70題關鍵句

文法詳見P220

文法詳見P221

文法詳見P221

文法詳見P221

（注1）餅つき：餅をつくこと。餅をつくとは、炊いたもち米を強く打って押しつぶし、餅にすること

（注2）長持ち：よい状態を長く保つこと

（注3）さもなければ：そうでなければ

- □ 餅つき　搗年糕
- □ 一人暮らし　一個人住，獨居
- □ かび　（發）霉
- □ ひび　龜裂
- □ 断る　拒絕
- □ さめる　冷卻
- □ 長持ち　保久
- □ 解凍　解凍，退冰
- □ 早速　馬上，立刻
- □ あんこ　紅豆餡；豆沙
- □ きなこ　黃豆粉
- □ さもなければ　不然，否則
- □ 雑煮　年糕什錦湯
- □ 納豆　納豆
- □ からめる　沾附，沾有
- □ 枝豆　毛豆
- □ ピザ【pizza】　披薩
- □ 具　菜餚料理的料
- □ 風　…風（味）
- □ 大根おろし　蘿蔔泥
- □ 触れる　提到，談到

下列的Ａ和Ｂ分別是針對年糕撰寫的文章。請閱讀這兩篇文章並從選項１・２・３・４當中選出一個最恰當的答案。

A

我從親戚那邊拿到搗年糕（注１）的機器。我一個人住，所以要花上好幾天才能把這台機器搗一次的量給吃光。年糕放久了會發霉或是龜裂，起初我本來拒絕對方說我不要，不過那位親戚教我一個保存年糕的好方法。年糕搗好後，確實地塞入塑膠袋的各個角落，等放涼後，再封緊袋子避免空氣跑入，立刻拿去冷凍，聽說這樣一來就能保久（注２）。解凍後就能直接吃，也可以在冰凍的狀態下烤來吃。我聽了之後決定收下這台機器。這次休假我要馬上來用這台機器搗年糕。

B

說到日本的新年，就是年糕了吧？不過每天都吃的話是會膩的。趁著久放還沒發霉或龜裂的時候，花點心思盡早把它吃完吧！說到年糕的吃法，你是否只想到紅豆餡、黃豆粉，不然（注３）就是年糕什錦湯呢？年糕其實還有其他各式各樣的吃法。例如，沾附納豆的納豆年糕，以及沾附毛豆泥的毛豆年糕，在東北地區都是常見的年糕吃法。在年糕上放上乳酪等披薩的料，就能變成披薩風味；或是配著蘿蔔泥和醬油吃，都很美味喔！如果這樣還是吃不完，也可以切成小塊來烤或是炸，就能搖身一變成為好吃的點心。

（注１）搗年糕：舂製年糕。所謂的舂製年糕，就是用力地搥打壓碎煮好的糯米，使之變成年糕

（注２）保久：長時間地保持良好的狀態

（注３）不然：否則

這道題目屬於「綜合理解」類型，旨在考察考生是否能夠理解並比較，２到３篇關於同一主題但持有不同觀點的文章。因此，把握每篇文章的主旨，並識別它們之間的異同成為關鍵。

Ａ文敘述了作者獲得一台製作年糕的機器的經歷。最初，作者由於擔心一個人無法吃完機器一次生產的所有年糕，而猶豫是否接受。但在了解到有效的年糕保存方法後，作者改變了主意。文章中有一半的內容（第５至11行）專門介紹了年糕的保存技巧，這明顯是文章的核心主題。

Ｂ文則著重介紹了多種年糕的食用方法，目的是幫助讀者快速消費掉新年期間製作的年糕。文章的大部分內容（第４至13行）都在講述不同的年糕食用方式，佔據了全文３分之２的篇幅，表明這是其主要主題。

Answer 3

69 AとBのどちらの文章にも触れられている点は何か。

1 お餅の食べ方にはどんなものがあるか。
2 お餅を長持ちさせるにはどうすればよいか。
3 多すぎるお餅をどうすればよいか。
4 おいしいお餅を作るにはどうすればよいか。

69 A和B兩篇文章都有提到的觀點是什麼？

1 年糕的吃法有哪幾種。
2 如何保久年糕。
3 該如何處理過多的年糕。
4 該如何做出好吃的年糕。

選項1 A文未具體談及年糕的吃法，而B文詳述了多種吃法，顯示這不是兩文共同討論的內容。

選項2 A文專注於介紹年糕的保存技巧，與B文聚焦於如何通過不同的食用方法避免年糕過期，故不是共議主題。

選項3 兩篇文章均探討了處理剩餘年糕的方式，A文通過冷凍保存方法延長壽命，B文則提倡利用多樣化食法快速消耗，這成為了一個共同的討論焦點。正確答案選項3。

選項4 兩篇文章都沒有專門討論如何製作美味的年糕，因此這並非共同觸及的內容。

解題攻略

A和B都有提到年糕吃不完，久放會發霉或龜裂的現象，再各自提出解決辦法。A提到：「私は一人暮らしなので、この機械で１回にできる量を全部食べるのには何日もかかります。お餅は長く置いておくとかびが生えたりひび割れたりしてしまう」（我一個人住，所以要花上好幾天才能把這台機器搗一次的量給吃光。年糕放久了會發霉或是龜裂），接著介紹保存年糕的方法。B則說：「長く置いておいて、かびが生えたりひび割れたりしてしまわないうちに、工夫して早く食べきってしまいましょう」（趁著久放還沒發霉或龜裂的時候，花點心思盡早把它吃完吧），然後介紹一些吃法讓大家快快把年糕吃光。所以，A和B基本上都是針對吃不完的年糕想出解決辦法。最符合這點的是選項３。

這一題要問的是兩篇文章都有提到的觀點。從207頁可以得知這兩篇文章的主旨不一樣，既然是針對不同的事物進行敘述，應該沒有共通點才對。所以不妨從主旨以外的地方來找出它們相同的觀點。

題型分析

這個問題屬於「內容比較題」類型，考查讀者是否能夠準確理解和比較兩段文本中共同提及的點。

解題思路

內容比較：仔細閱讀兩段文本，找出兩者共同觸及的主題或觀點。

選項分析：根據文本內容，分析哪一個選項準確地反映了兩段文本共同提到的內容。

解題關鍵

1. 理解兩篇文章的主旨，並識別兩者之間的共同點。
2. 準確判斷兩段文本共同提及的內容，而不是被單個文本的詳細信息所誤導。

Answer 3

70 AとBの文章の最大の違いは何か。

1 Aはお餅の冷凍について述べており、Bはお餅の一般的な食べ方を述べている。

2 Aは餅つきの機械について述べており、Bはお餅の変わった食べ方を述べている。

3 Aはお餅の保存方法について述べており、Bはお餅を早く食べ終わる工夫を述べている。

4 Aは餅つきの機械について述べており、Bはお餅の一般的な食べ方を述べている。

---

70 A和B兩篇文章最大的不同是什麼？

1 A針對年糕的冷凍進行敘述，B是敘述年糕的一般吃法。

2 A針對搗年糕的機器進行敘述，B是敘述年糕的特殊吃法。

3 A針對年糕的保存方法進行敘述，B是敘述盡早吃完年糕的方法。

4 A針對搗年糕的機器進行敘述，B是敘述年糕一般的吃法。

選項１　A文確實提到了冷凍保存年糕的方法，而B文聚焦於年糕的不同食用方式，非一般吃法。這個選項沒有準確指出兩篇文章的核心差異。

選項２　A文提到了搗年糕機器，但主要是講述了年糕的保存方法，而B文確實講述了不同的食用方式。這個選項沒有全面概括A文的主要內容。

選項３　A文主要討論了如何保存年糕，而B文集中講述了如何通過多種方式快速消耗年糕，這是兩篇文章的主要區別。正確答案選項3。

選項４　A文講述了搗年糕機器的使用，但這並不是文章的主要差異點，而B文並沒有專注於講解年糕的一般吃法，而是多樣的吃法。

解題攻略

Ａ從「でも、その親戚がよいお餅の保存方法を教えてくれました」（不過那位親戚教我一個保存年糕的好方法）開始，一直到「解凍してそのまま食べるか、冷凍のまま焼いて食べればよいということでした」（解凍後就能直接吃，也可以在冰凍的狀態下烤來吃），話題都圍繞在年糕保久方法，所以「よいお餅の保存方法」（保存年糕的好方法）就是這篇文章的主旨。

至於Ｂ，從「お餅の食べ方というと」（說到年糕的吃法）開始介紹了各式各樣的年糕吃法。有一般的吃法：「あんこ」（紅豆餡）、「きなこ」（黃豆粉）、「雑煮」（什錦湯），也有特殊的吃法：「納豆餅」（納豆年糕）、「ずんだ餅」（毛豆年糕）、「ピザ風」（披薩風味）、「大根おろしと醤油で食べる」（配著蘿蔔泥和醬油吃）、「小さく切ったものを焼く」（切成小塊來烤）、「小さく切ったものを揚げる」（切成小塊來炸）等等。所以「お餅の食べ方」（年糕的吃法）就是這篇文章的主旨。正確答案是３。

這一題問的是兩篇文章最明顯的相異處。從選項當中可以發現，題目要問的是這兩篇文章的主旨。

雖然４個選項當中Ｂ的部分都有提到年糕的吃法，但是從「工夫して早く食べきってしまいましょう」（花點心思盡早把它吃完吧）這一句可以得知，介紹了這麼多吃法是為了能趕快把年糕吃完。

題型分析

這個問題屬於「文章差異題」類型，要求讀者比較兩篇文章並找出它們之間的最大區別。

解題思路

文章對比： 仔細閱讀兩篇文章的內容，注意它們各自的重點和主題。

選項分析： 比較選項描述與兩篇文章內容的差異，找出最準確的描述兩篇文章區別的選項。

解題關鍵

1. 理解每篇文章的核心內容，識別兩者之間的主要差異點。
2. A文的焦點是年糕的保存方法，而B文的焦點是通過多樣化的食用方式來加速消耗年糕。

Track 18

次のAとBはそれぞれ、中学校の教師が自分のしごとについて書いた文章である。二つの文章を読んで、後の問いに対する答えとして最もよいものを、1・2・3・4から一つ選びなさい。

A

私は子供のときからずっと教師になりたいと思っていました。願いがかなってこの春、中学校教師となり、担任するクラスで自己紹介をしたときのことです。数人の生徒が「うるさいな！」と怒鳴ったり、消しゴムを投げてきたりしたあげく、教室を出て行ってしまいました。それ以降、私は生徒たちが怖くなりました。半年間、何とか頑張りましたが、このままではストレスのあまり、心の病気になってしまいそうです。病気にならないうちにしごとを変えようかとも思いましたが、嫌な生徒がいるからといって辞めてしまったら子供のときからの夢はどうなると考えなおしました。どうせ、あと半年すればあの子たちは卒業するのです。諦めたくありません。

B

私は家の経済状況が悪く、しごとを選ぶ上では何よりも安定を考え、中学校教師になりました。今担任をしているクラスに、態度の悪い生徒が数人います。あんまり嫌なことをするので、何度か教師を辞めたくなったこともありますが、中学生というのは大人に反抗したくなるものだと考えてがまんして、気にしないようにしていました。最近、また腹の立つことを言われ、思わず怒鳴りそうになったとき、別の生徒が態度の悪い生徒を注意してくれました。このとき初めて、中にはわたしのことを気遣ってくれる生徒もいるのだと気付きました。考えてみると、嫌な生徒にも、必ず何らかの事情があるのです。これをきっかけに、教師とは嫌なことばかりではないと思うようになりました。

69 ＡとＢのどちらの文章にも触れられている点は何か。

1 教師というしごとのやりがい

2 嫌な生徒に対処する方法

3 教師というしごとのつらさ

4 嫌なことをされたら怒鳴るとすっきりすること

70 ＡとＢの筆者は、しごとを今後どうしようと考えているか。

1 ＡもＢも、しごとを辞めたい。

2 Ａはしごとを辞めたいが、Ｂは辞めたくない。

3 Ｂはしごとを辞めたいが、Ａは辞めたくない。

4 ＡもＢも、しごとを辞めたくない。

翻譯與解題 ②

次のAとBはそれぞれ、中学校の教師が自分のしごとについて書いた文章である。二つの文章を読んで、後の問いに対する答えとして最もよいものを、1・2・3・4から一つ選びなさい。

A

私は子供のときからずっと教師になりたいと思っていました。願いがかなってこの春、中学校教師となり、**担任するクラスで自己紹介をしたときのことです。数人の生徒が「うるさいな！」と怒鳴ったり、消しゴムを投げてきたりしたあげく、教室を出て行ってしまいました。**（文法詳見 P221）それ以降、私は生徒たちが怖くなりました。半年間、何とか頑張りましたが、このままではストレスのあまり、心の病気になってしまいそうです。病気にならないうちにしごとを変えようかとも思いましたが、**嫌な生徒がいるからといって辞めてしまったら子供のときからの夢はどうなると考えなおしました。**どうせ、あと半年すればあの子たちは卒業するのです。**諦めたくありません。**

（69 題關鍵句）（70 題關鍵句）

B

私は家の経済状況が悪く、しごとを選ぶ上では何よりも安定を考え、中学校教師になりました。（文法詳見 P221）今担任をしているクラスに、態度の悪い生徒が数人います。**あんまり嫌なことをするので、何度か教師を辞めたくなったこともありますが、**中学生というのは大人に反抗したくなるものだと考えてがまんして、気にしないようにしていました。最近、また腹の立つことを言われ、思わず怒鳴りそうになったとき、別の生徒が態度の悪い生徒を注意してくれました。このとき初めて、中にはわたしのことを気遣ってくれる生徒もいるのだと気付きました。考えてみると、嫌な生徒にも、必ず何らかの事情があるのです。これをきっかけに、**教師とは嫌なことばかりではないと思うようになりました。**

（69 題關鍵句）（70 題關鍵句）

□ 願い　願望
□ かなう　實現
□ 担任　擔任；負責
□ 怒鳴る　怒罵；大吼
□ 以降　之後，以後
□ 何とか　想辦法，設法
□ 考えなおす　重新思考，重新考慮
□ 諦める　放棄
□ 安定　安定，穩定
□ 反抗　反抗，抵抗
□ 腹が立つ　生氣，動怒
□ 気遣う　掛念，擔心
□ 何らか　某些，什麼
□ 事情　理由，緣故
□ やりがい　做（某事）的意義
□ 対処　應對

下列的Ａ和Ｂ分別是兩位中學教師針對自己的工作而撰寫的文章。請閱讀這兩篇文章並從選項１・２・３・４當中選出一個最恰當的答案。

Ａ

我從小就一直想當老師。這個春天我如願當上國中老師，在我帶的班上自我介紹時發生了這樣的事情。幾個學生怒罵「吵死人了！」，還朝著我扔橡皮擦，最後離開了教室。之後我對學生們開始感到害怕。這半年來我想辦法撐了過來，但再這樣下去似乎會壓力過大，造成心理的疾病。雖然我也曾想過要趁著還沒生病的時候換工作，但我重新思考過，只因為有討厭的學生就辭職的話，我從小的夢想又該怎麼辦呢？反正再過半年那些孩子就要畢業了。我不想放棄。

Ｂ

我家經濟狀況不好，在選擇工作上我優先考量安定，所以我成為一名國中老師。現在帶的班級，有幾個學生態度很差。他們有時會做些過火的事，所以我有幾次都想辭去教職，但又想說國中生本來就是會想反抗大人，便忍了下來，要自己別去在意。最近，又有人對我說了令人生氣的話，我不禁想要大吼的時候，其他同學替我訓斥了那名態度不佳的學生。這時我才第一次發現，其中也有同學會為我著想。仔細想想，討厭的學生應該也有什麼理由會讓他這樣才對。如此一來，我便覺得當老師所遇到的不全是討厭的事情了。

這一題目屬於"綜合理解"類型，要求考生閱讀兩篇關於同一主題但觀點不同的文章，然後理解、比較和分析這些文章。關鍵在於把握每篇文章的核心思想，並識別出它們之間的相似之處和差異。

Ａ文講述了一個自幼夢想成為教師的人，當他實現夢想成為一名教師後，卻遇到了行為惡劣的學生，這給他帶來了巨大的壓力，甚至讓他考慮過換工作。儘管如此，他並不想僅僅因為這個原因，就放棄自己長久以來的夢想。

Ｂ文則從一個因經濟原因，選擇成為教師的人的角度出發。他在教學過程中遇到了一些態度不佳的學生，這讓他多次考慮過辭職。然而，隨著時間的推移，他發現也有一些學生對他表示關心，這讓他開始認為做教師並非全然是壞事。

3

69 AとBのどちらの文章にも触れられている点は何か。

1 教師というしごとのやりがい
2 嫌な生徒に対処する方法
3 教師というしごとのつらさ
4 嫌なことをされたら怒鳴るとすっきりすること

69 A、B兩篇文章都有提到的點是什麼呢？

1 從事教職的意義
2 應對討厭的學生的方法
3 從事教職的辛苦
4 如果有人冒犯自己就怒吼，這樣心情就會舒暢

選項1“教師這個職業的成就感”，兩篇文章主要講述了面對挑戰的經歷，而不是成就感，所以此選項不符合。

選項2“應對討厭的學生的方法”，雖然兩篇文章都提到了處理困難學生的情境，但重點不在於具體的應對方法。

選項3“從事教職的辛苦”，兩篇文章均提到了教師在處理問題學生時遇到的困難和壓力，反映了從事教職的辛苦，是共通點。正確答案選項3。

選項4“遭受不愉快的事情後，通過怒吼來發洩會感到舒暢”，這一選項在兩篇文章中都沒有被直接提及。

解題攻略

從文章中可知，A和B碰到的問題都是遇到態度惡劣的學生，但是兩個人都決定不要辭職。

4個選項當中，選項3的敘述最符合。「教師というしごとのつらさ」（從事教職的辛苦）正是兩位老師遇到壞學生的寫照。選項1、4在兩篇文章中都沒有被提到，所以都是錯的。至於選項2，雖然兩篇文章都有提到「嫌な生徒」（討厭的學生），但都沒有提到應對這種學生的方式，所以也是錯的。

這一題問的是兩篇文章都有提到的部分。這兩篇文章都有提到「當老師的動機」、「碰到的問題」、「面對問題的心態」、「決定」，其中只有「碰到的問題」和「決定」內容是相同的。

A提到「どうせ、あと半年すればあの子たちは卒業するのです」，這句的「どうせ」（反正）帶有心死、自暴自棄、絕望的語氣。

題型分析

這個問題屬於「共通點識別題」類型，旨在要求讀者識別兩篇文章中共同提到的觀點或情感表達。

解題思路

內容梳理：分別閱讀兩篇文章，理解各自的主題和情感表達。

共通點尋找：在兩篇文章中尋找共同提及的觀點、情感或問題。

選項匹配：根據共通點，從選項中找出最能準確概括兩篇文章共同觸及的內容。

解題關鍵

1. 理解兩篇文章的共同主題是，關於從事教師職業所面臨的挑戰和辛苦，而不是解決方法或其他情感發洩方式。

Answer **4**

70 AとBの筆者は、しごとを今後どうしようと考えているか。

1 AもBも、しごとを辞めたい。
2 Aはしごとを辞めたいが、Bは辞めたくない。
3 Bはしごとを辞めたいが、Aは辞めたくない。
4 AもBも、しごとを辞めたくない。

---

70 A、B兩位作者對於今後的工作有什麼想法呢？

1 A和B都想辭掉工作。
2 A想辭掉工作，但B不想辭掉工作。
3 B想辭掉工作，但A不想辭掉工作。
4 A和B都不想辭掉工作。

選項1“A和B都想辭職”，根據文章內容，兩位作者最終都沒有明確表示想要辭職，因此這個選項不符合。

選項2“A想辭職，B不想”，文章顯示A在經過一番思考後決定不辭職，B也有保持工作的積極態度，所以選項不符合。

選項3“B想辭職，A不想”，文章顯示B選擇繼續堅持自己的教師職業，與文章內容相反，不符合。

選項4“A和B都不想辭職”，根據文章內容，兩位作者儘管遇到了困難，但最終都表示了繼續堅持自己職業的態度，這個選項符合兩篇文章的情感傾向。正確答案選項4。

解題攻略

A表示「病気にならないうちにしごとを変えようかとも思いましたが、嫌な生徒がいるからといって辞めてしまったら子供のときからの夢はどうなると考えなおしました」（雖然我也曾想過要趁著還沒生病的時候換工作，但我重新思考過，只因為有討厭的學生就辭職的話，我從小的夢想又該怎麼辦呢）、「諦めたくありません」（我不想放棄），可知他打消了換工作的念頭。

B表示「教師とは嫌なことばかりではないと思うようになりました」（我便覺得當老師所遇到的不全是討厭的事情了），可知他沒有受不了這份工作，當然也沒有要辭職走人的意思。所以兩人今後都會繼續當老師。正確答案是4。

這一題問的是兩位作者今後的打算，答案就在這兩篇文章的段尾。

題型分析

這個問題屬於「未來打算推斷題」類型，旨在要求讀者根據兩篇文章的內容，推斷兩位作者對於未來工作的態度和打算。

解題思路

內容梳理：仔細閱讀兩篇文章，特別注意文末的部分，因為作者對未來的打算往往在文末進行總結或表達。

態度對比：比較兩位作者對於他們職業未來的態度，是否有留下或離開的跡象。

選項匹配：根據兩位作者的態度和打算，匹配最符合的選項。

解題關鍵

1. 兩篇文章都體現了作者在遇到職業挑戰後的思考和決策過程，最終都表現出了對於繼續從事教師職業的積極態度。

重要文法

【動詞辭書形】＋のに。「のに」除了陳述事物的用途、目的、有效性等的表達方式之外，還可以表示前後的因果關係。

❶ のに 用於…

例句 このナイフは肉(にく)を切(き)るのにいいです。

這個刀子很適合用來切肉。

【簡體句】＋ということだ。表示傳聞，直接引用的語感強。一定要加上「という」。

❷ ということだ 聽說…、據說…

例句 物価(ぶっか)が来月(らいげつ)はさらに上(あ)がるということだ。

據說物價下個月會再往上漲。

【動詞辭書形；動詞否定形】＋ことにする。表示說話人以自己的意志，主觀地對將來的行為做出某種決定、決心。大都用在跟對方報告自己決定的事。

❸ ことにする 決定…；習慣…

例句 警察(けいさつ)に連絡(れんらく)することにしました。

決定要報警了。

【名詞】＋といえば。用在承接某個話題，從這個話題引起自己的聯想，或對這個話題進行說明。

❹ といえば 談到…、提到…就…、說起…

例句 京都(きょうと)の名所(めいしょ)といえば、金閣寺(きんかくじ)と銀閣寺(ぎんかくじ)でしょう。

提到京都名勝，那就非金閣寺跟銀閣寺莫屬了！

5 ものだ …就會…

例句 年(とし)を取(と)ると目(め)が悪(わる)くなるものだ。
年紀大了，視力就變差了。

【形容動詞詞幹な；[形容詞・動詞] 辭書形 】＋ものだ。表示常識性、普遍的事物的必然的結果。

6 ないうちに 在未…之前…、趁沒…

例句 雨(あめ)が降(ふ)らないうちに、帰(かえ)りましょう。
趁還沒有下雨，回家吧！

【動詞否定形 】＋ないうちに。這也是表示在前面的環境、狀態還沒有產生變化的情況下，做後面的動作。

7 きる …完

例句 何時(いつ)の間(ま)にか、お金(かね)を使(つか)いきってしまった。
不知不覺，錢就花光了。

【動詞ます形 】＋切る。有接尾詞作用。接意志動詞的後面，表示行為、動作做到完結、竭盡、堅持到最後。

8 あげく(に) …到最後、…，結果…

例句 あちこちの店(みせ)を探(さが)したあげく、ようやくほしいものを見(み)つけた。
四處找了很多店家，最後終於找到要的東西。

【動詞性名詞の；動詞た形 】＋あげく（に）。表示事物最終的結果。也就是經過前面一番波折等達到的最後結果。

9 上(うえ)で 在…時

例句 レポートを書(か)く上(うえ)で注意(ちゅうい)しなければならないことは何(なん)ですか。
寫報告時需要注意什麼呢？

【動詞辭書形 】＋上で。表示在做某動作時，或做某動作的過程中，該注意的事項或所出現的問題。

小知識大補帖

▶過年相關的動作

過年相關例句	意思、意義
家中をきれいに大掃除する。	把家裡打掃乾淨。
アメ横で正月の食材を購入する。	去「阿美橫町」辦年貨。
お節料理を作る。	準備年菜。
年越し蕎麦を作る。	做跨年蕎麥麵。
門松を立てる。	門口擺放門松。
鏡餅を供える。	將鏡餅供在神前。
歳神様を迎える。	迎接年神。
年賀状を書く。	寫賀年卡。
除夜の鐘をつく。	敲響除夕鐘聲。
初詣に出かける。	元旦參拜。
おみくじを引く。	抽籤。
新年会を開く。	舉辦新年聯歡會。
年越しのカウントダウンをする。	跨年倒數活動。
お正月番組を見る。	看新春電視節目。
紅白を見る。	看紅白歌唱大賽。
お年玉をもらう。	領壓歲錢。
たこ上げをする。	放風箏。
羽根つきをする。	玩羽子板。
お雑煮を食べる。	吃什錦年糕湯。
お屠蘇を飲む。	喝屠蘇酒。
年始挨拶回りに行く	拜訪親朋好友。

▶跟心情有關的成語

成語	例句
以心伝心 （心有靈犀）	あの人とは以心伝心で、お互いに今何を考えているかが手に取るように分かる。 （我和那個人心有靈犀，可以很清楚地知道對方現在在想什麼。）
一喜一憂 （一喜一憂）	野球の試合は接戦で、逆転したりされたりするたびに一喜一憂しながら見ていた。 （棒球比賽勝負難分，我方一下反轉局面，一下又被對方追回比數，一喜一憂地觀看著。）
一心不乱 （專心一致）	入学試験が目前に迫った兄は、苦手な科目を中心に一心不乱に勉強している。 （入學考試迫在眼前，哥哥以他不擅長的科目為主，專心一致地唸書。）
喜怒哀楽 （喜怒哀樂）	彼は、喜怒哀楽をあまり顔に出さない。 （他不太把喜怒哀樂表現在臉上。）
五里霧中 （五里霧中）	捜査は五里霧中の状態のまま、時間だけが過ぎていった。 （偵查陷入了五里霧中的狀態，只有時間不停地流逝著。）
自画自賛 （自賣自誇）	兄は「どうだ、俺の言った通りだろう」と自画自賛している。 （哥哥自賣自誇地說：「怎麼樣？就跟我說的一樣吧」。）
四苦八苦 （千辛萬苦）	算数の問題が難しくて、四苦八苦の末、やっと解くことができた。 （算數問題太難了，我費了千辛萬苦，總算解出來了。）
心機一転 （心念一轉）	先生の言葉に感激して、心機一転して、勉学に励んでいます。 （感激老師的一番話，於是心念一轉，努力向學。）
意気消沈 （意志消沉）	サッカーの試合で大量リードされ、応援団は意気消沈していた。 （足球比賽被敵隊大幅領先，啦啦隊意志消沉。）

常用的表達關鍵句

＊｛ ｝內也可自行帶入其他詞彙喔！

01 下結論的關鍵句

- {その態度は時代遅れだ} と思う／我想｛他那樣的態度早已跟不上時代了｝。
- {安くても買いすぎはよくない} と思う／我認為｛再怎麼便宜也不該買太多｝。
- {若い女性の自殺率も高い} ように思う／｛年輕女性的自殺率｝好像｛也很高｝。
- {必要はない} ように思う／看來｛是沒必要了｝。
- {彼は犯人} ではないかと思う／看來｛犯人｝大概就是｛他｝了吧。
- {火星に生き物はいないの} ではないかと思う／我想｛火星上｝應該｛沒有生物｝吧。
- {彼には荷が重かった} ようだ／｛對他來說｝好像｛負擔太重了｝。

02 基本上可下結論關鍵句

- {それは最高の愛情表現} と思ってよい／可以認定｛那就是愛情的極致表現｝。
- {両者は同じもの} と考えてよい／可認做｛兩者是相同的東西｝。
- {学費も相当かかる} と見てよい／｛學費也｝可看做｛是筆可觀的金額｝。

03 表示再考慮關鍵句

- {他の選択肢} を考えてみよう／考慮一下｛其他選項｝吧。
- {仮説} を検討してみよう／探討看看｛這個假說｝吧。
- {自分} を考察してみよう／探究、了解一下｛自己｝吧。
- {適用} について検討してみよう／就｛適不適合的｝問題來研究一下吧。
- {ストレス} を問題として取り上げてみよう／把｛壓力｝作為問題提出來看看吧。
- {この独自の製法} について明らかにしてみよう／探討一下｛這套獨自研發的製法｝吧。

關鍵字記單字

▸關鍵字	▸▸▸單字	
やめる 停止、取消、放棄	□ 停止（ていし）	禁止，停止；停住，停下；（事物、動作等）停頓
	□ 中退（ちゅうたい）	中途退學
	□ 解散（かいさん）	散開，解散，（集合等）散會
	□ 止す（よす）	停止，做罷；戒掉；辭掉
	□ 絶つ（たつ）	切，斷；絕，斷絕；斷絕，消滅；斷，切斷
	□ 見送る（みおくる）	觀望，擱置，暫緩考慮；目送；送別；（把人）送到（某個地方）；送葬
	□ 切る（きる）	（接助詞運用形）表示達到極限；表示完結

▸關鍵字	▸▸▸單字	
続く（つづく） 繼續、持續	□ 継続（けいぞく）	繼續，繼承
	□ 存続（そんぞく）	繼續存在，永存，長存
	□ 度（たび）	（反覆）每當，每次；次，回，度；（接數詞後）回，次
	□ 毎度（まいど）	曾經，常常，屢次；每次
	□ 始終（しじゅう）	開頭和結尾；自始至終；經常，不斷，總是
	□ 再開（さいかい）	重新進行
	□ 日夜（にちや）	日夜；總是，經常不斷地
	□ 年中（ねんじゅう）	全年，整年；一年到頭，總是，始終
	□ 永い（ながい）	（時間）長，長久
	□ 重なる（かさなる）	重疊，重複；（事情、日子）撞在一起
	□ 続々（ぞくぞく）	連續，紛紛，連續不斷地
	□ 度々（たびたび）	屢次，常常，再三
	□ 常に（つねに）	時常，經常，總是
	□ 頻りに（しきりに）	頻繁地，再三地，屢次；不斷地，一直地
	□ それでも	儘管如此，雖然如此，即使這樣
	□ なお	仍然，還，尚；更，還，再；尚且，而且，再者

▶ 歲末新年

年の瀬が迫ってきました。
歲暮將近。

お世話になっている方々にお歳暮を贈りました。
致贈歲末禮品給曾照顧過我的人們。

商店街はお正月用品の買い出しでにぎわっている。
商店街上擠滿了出來採購新年用品的人們。

もうしめ縄を飾りました。
已經掛好了祈福繩結。

デパートの入り口に門松が飾ってあります。
百貨公司的入口處擺設著門松作為裝飾。

我が家は毎年餅つきをします。
我家每年都會搗麻糬。

商店街で歳末セールが始まったよ。
商店街已經開始進入歲末大拍賣囉！

毎年、紅白歌合戦を見るのが楽しみです。
每年都很期待觀賞紅白歌唱大賽。

大晦日は家族で過ごします。
除夕夜是和家人共度的。

良いお年をお迎えください。
願您有個好年。

新年明けましておめでとうございます。
元旦開春，恭賀新喜。

昨年はいろいろお世話になりました。
去年承蒙您多方照顧。

今年もよろしくお願いします。
今年還請不吝繼續指教。

12月は正月の準備で忙しい。
為了準備過元旦新年，12 月份時忙得團團轉。

お正月に帰省しますか。
你新年會回家探親嗎？

28日ごろから帰省ラッシュが始まります。
從 28 號左右就開始湧現返鄉人潮。

毎年家族そろって除夜の鐘を突きに行きます。
每年除夕夜，全家人都會一起去寺廟撞鐘祈福。

元日は伊勢神宮へ初詣に行くつもりです。
我打算在元旦那天去伊勢神宮開春祈福。

年越しそばを召し上がりましたか。
您已經吃過跨年蕎麥麵了嗎？

おじいちゃんにお年玉もらったよ。
爺爺給了我壓歲錢。

もんだい

13

在讀完論理展開較為明快的評論等，約 900 字左右的文章段落之後，測驗是否能夠掌握全文欲表達的想法或意見。

理解想法／長文

考前要注意的事

作答流程 & 答題技巧

閱讀說明　先仔細閱讀考題説明

閱讀問題與內容

預估有 3 題

1 考試時建議先看提問及選項，再看文章。

2 閱讀一篇約 900 字的長篇文章，測驗能否理解作者的想法、主張等，還有能否知道文章裡的某詞彙某句話的意思。主要以一般常識性的、抽象的社論及評論性文章為主。

3 文章較長，應考時關鍵在快速掌握談論內容的大意。提問一般是用「～とは、どういうことだ」（～是什麼意思？）「筆者は、～についてどのように考えているか」（作者針對～有什麼想法？）、「～のはなぜか」（～是為什麼？）。

4 有時文章中也包含與作者意見相反的主張，要多注意！

答題　選出正確答案

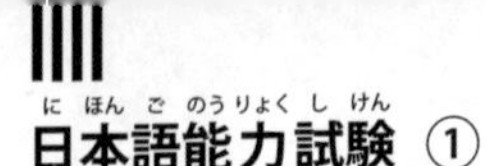

日本語能力試験 ①

Track 19

次の文章を読んで、後の問いに対する答えとして、最も良いものを1・2・3・4から一つ選びなさい。

それから、最も大切な問題は、報道のあり方です。カメラマンは、現場に行けば、いい取材（注1）をしたいと、多少の無理をしてしまいがちですので、私は、毎晩のミーティングでカメラマンに対し、「被災者の方々には、当然撮って欲しくないところ、撮られたくないところがある。相手を尊重して、人間らしい取材をしてほしい。あとで、きっと自分たちの仕事を振り返ることがあると思う。そのとき、一人の人間として、震災にどのように立ち向かい、どんな役割を果たしたのか、後悔することのないよう、①責任と自覚をもって行動して欲しい」と話しました。

実際、カメラマンたちは、ただやみくもに（注2）取材を進めるのではなく、時間さえあれば、被災者の方々と一緒に水や食料を運んだりしているわけです。ですから、「ＮＨＫだったら取材に応じてもいい」とおっしゃる方もいました。とにかく、震災で傷ついた被災者の方々の心に、土足で踏み込む（注3）ようなことだけはしないように心掛け（注4）ました。被災者の方々は、最初のうち、われわれマスコミに対して「とにかく撮ってくれ、伝えてくれ」といっていました。ところが日がたつにつれて、マスコミが殺到する（注5）ようになると、無理な取材も行われるようになり、当然「見せ物じゃない、やめてくれ」という声があがってきました。被災者の方々は、震災に遭われてやり場のない不満を持っていますから、いわば、部外者であるわれわれマスコミに対して、その不満をぶつけるしかない。②その意味もふくめて、私は「相手の気持ちをよく理解して、取材される立場になって取材しよう」といい続けたんです。（中略）

結局、取材というのは、相手の信頼を得られるかどうかにかかっていると思うのです。その信頼を得る努力はもちろん必要ですが、大前提として、日々のＮＨＫのニュースというものが信頼あるものでなければいけません。信頼される情報と信頼される映像です。我々は、この震災でＮＨＫに対する信頼感と期待、公共放送としての重みをあらためて感じました。もちろん頭の中では理解していましたが、実際に被災地域を取材して歩いて、被災者の方々に接して体の芯まで理解できたような気がするのです。

（片山修『ＮＨＫの知力』小学館文庫による）

（注１）取材：ニュースの材料を事件や物事から取って集めること
（注２）やみくもに：先のことをよく考えずに物事を行う様子。やたらに
（注３）土足で踏み込む：強引に入り込む
（注４）心掛ける：気をつける。忘れないようにする
（注５）殺到する：大勢集まる

71 ①責任と自覚をもって行動するとは、どのようにすることか。

1 現場に行ったら、多少無理をしてでも取材をすること
2 一人の人間としてどのように震災に立ち向かったか自身の記録を残すこと
3 取材される側の人を尊重して、人間らしい取材をすること
4 被災者の方と一緒に水や食料を運ぶのを忘れないこと

72 ②その意味もふくめてが意味していることは何か。

1 「ＮＨＫだったら取材に応じてもいい」と言ってくれる被災者がいること
2 震災に遭った人々に協力すること
3 震災に遭った人は、その不満を言う相手が取材に来た人以外にいないこと
4 「とにかく撮ってくれ、伝えてくれ」と思っている被災者のために、撮って伝えること

73 筆者がこの文章で一番言いたいことはどんなことか。

1 日々、信頼される情報と映像を提供することの大切さ

2 震災の被害に遭うことの大変さ

3 取材される側の気持ちを心の芯まで理解することの大切さ

4 公共放送としてのＮＨＫのすばらしさ

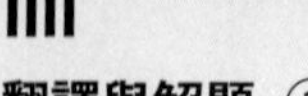

翻譯與解題 ①

次の文章を読んで、後の問いに対する答えとして、最も良いものを1・2・3・4から一つ選びなさい。

それから、最も大切な問題は、報道のあり方です。カメラマンは、現場に行けば、いい取材（注1）をしたいと、多少の無理をしてしまいがちですので、私は、毎晩のミーティングでカメラマンに対し、「被災者の方々には、当然撮って欲しくないところ、撮られたくないところがある。**相手を尊重して、人間らしい取材をしてほしい。**あとで、きっと自分たちの仕事を振り返ることがあると思う。そのとき、一人の人間として、震災にどのように立ち向かい、どんな役割を果たしたのか、後悔することのないよう、①責任と自覚をもって行動して欲しい」と話しました。

文法詳見 P254

71 題 關鍵句

実際、カメラマンたちは、ただやみくもに（注2）取材を進めるのではなく、時間さえあれば、被災者の方々と一緒に水や食料を運んだりしているわけです。ですから、「NHKだったら取材に応じてもいい」とおっしゃる方もいました。とにかく、震災で傷ついた被災者の方々の心に、土足で踏み込む（注3）ようなことだけはしないように心掛け（注4）ました。被災者の方々は、最初のうち、われわれマスコミに対して「とにかく撮ってくれ、伝えてくれ」といっていました。ところが日がたつにつれて、マスコミが殺到する（注5）ようになると、無理な取材も行われるようになり、当然「見せ物じゃない、やめてくれ」という声があがってきました。**被災者の方々は、震災に遭われてやり場のない不満を持っていますから、いわば、部外者であるわれわれマスコミに対して、その不満をぶつけるしかない。**②その意味もふくめて、私は「相手の気持ちをよく理解して、取材される立場になって取材しよう」といい続けたんです。（中略）

文法詳見 P254

文法詳見 P255

文法詳見 P255

72 題 關鍵句

結局、取材というのは、相手の信頼を得られるかどうかにかかっていると思うのです。その信頼を得る努力はもちろん必要ですが、大前提として、日々のNHKのニュースというものが信頼あるものでなければいけません。信頼される情報と信頼される映像です。我々は、この震災でNHKに対する信頼感と期待、公共放送としての重みをあらためて感じました。もちろん頭の中では理解していましたが、実際に被災地域を取材して歩いて、被災者の方々に接して体の芯まで理解できたような気がするのです。

73 題 關鍵句

（片山修『NHKの知力』小学館文庫による）

（注1）取材：ニュースの材料を事件や物事から取って集めること
（注2）やみくもに：先のことをよく考えずに物事を行う様子。やたらに
（注3）土足で踏み込む：強引に入り込む
（注4）心掛ける：気をつける。忘れないようにする
（注5）殺到する：大勢集まる

請閱讀以下的文章，並從選項１・２・３・４當中選出一個下列問題最恰當的答案。

此外，最重要的問題是，報導應有的姿態。攝影師到了現場，都會想要有好的採訪（注１），多少都會強逼對方。因此，每晚的會議我都會對攝影師說：「受災戶們當然有不希望你們拍的東西，或是不想被拍到的地方。我希望你們能尊重對方，做些人性的採訪。我想之後你們一定都會回過頭來看看自己的工作。到時，作為一個人類，希望你們能①秉持責任和自覺採取行動，對於自己面對震災的方式、所扮演的角色，毫無任何後悔」。

在這篇文章中，作者強調了在報導震災新聞時，攝影記者應當尊重受訪者，進行充滿人性關懷的報導。

事實上，攝影師們並沒有胡亂地（注２）只顧著採訪，有時間的話，他們也會和受災戶一起搬運水或食物。所以也有人表示：「如果是ＮＨＫ的話，我可以接受採訪」。總之，我們絕不強行進入（注３）受災戶們因震災而受傷的心靈，這點可是謹記在心（注４）。起初受災戶們對我們媒體說：「總之就是給我們拍、讓大家知道」。但是隨著時間的流逝，媒體蜂擁而至（注５）後，也開始會有些強迫性的採訪行為，想當然爾，「不是給人家參觀的東西，不要拍了」這樣的聲音也跟著出現。受災戶們經歷震災，怨氣無處宣洩，所以只能對所謂的外人，也就是我們這些媒體發洩不滿。②同時包含了這層意義，我才會一直強調：「要充分了解對方的心情，站在被採訪的立場來採訪」。（中略）

文章繼續指出，在災難現場，如果記者不能站在受災者的立場上，考慮他們的感受，很可能會遭到受災者的情緒反彈。因此，建立和維護與受災者之間的信任關係成為新聞採訪的關鍵所在。

到頭來，我認為所謂的採訪，和能否取得對方的信賴很有關聯。得到這份信賴固然需要努力，但大前提是，每天播放的ＮＨＫ新聞必須是要值得信賴的東西。是能被信賴的資訊和被信賴的影像。我們在這次震災當中，重新感受到大眾對ＮＨＫ的信賴感和期待，以及公共傳播的重擔。當然，腦袋雖然早就能理解這點，但我覺得我們是實際走訪災區，和受災戶接觸後才連體內深處都能理解的。

這段落強調了新聞報導中尊重和同理心的重要性，同時也提醒了記者在工作時需要承擔的責任和自覺性。

（選自片山修『ＮＨＫ的智力』小學館文庫）

（注１）採訪：從事件或事物當中擷取收集新聞的素材
（注２）胡亂地：做事不顧後果的樣子。任意地
（注３）強行進入：強硬地踏入
（注４）謹記在心：留意。不遺忘
（注５）蜂擁而至：很多人聚集

Answer **3**

71 ①責任と自覚をもって行動するとは、どのようにすることか。

1 現場に行ったら、多少無理をしてでも取材をすること
2 一人の人間としてどのように震災に立ち向かったか自身の記録を残すこと
3 取材される側の人を尊重して、人間らしい取材をすること
4 被災者の方と一緒に水や食料を運ぶのを忘れないこと

---

71 所謂的①秉持責任和自覺採取行動，是指怎麼做呢？

1 到了現場，就算有點強迫對方也要採訪
2 要留下作為一個人類，自己如何面對震災的記錄
3 尊重被採訪的人，做有人性的採訪
4 不要忘記和受災戶一起搬運水或食物

選項 1 “強調盡量採訪”，與文章的核心理念相違背，文章強調的是尊重被採訪者，避免侵犯他們的隱私和尊嚴。

選項 2 “記錄一個人面對災難的方式”，雖然這是一個積極的行為，但並不是文章強調的「秉持責任感和自覺採取行動」的核心內容。

選項 3 “強調尊重與人性化採訪”，直接對應文章中的核心理念，即強調在採訪中尊重與理解受訪者，避免傷害和侵犯。體現新聞工作者的職業倫理和人性關懷。正確答案選項 3。

選項 4 “描述善行”，這雖是一個積極的社會行為，但它更多是描述攝影師們在具體行動中的善舉，而非解釋「帶著責任感和自覺行動」的含義。

解題攻略

選項 1：「多少無理をしてでも取材をする」，這和原文的用意正好相反。文章是說：「被災者の方々には、当然撮って欲しくないところ、撮られたくないところがある。相手を尊重して、人間らしい取材をしてほしい」（受災戶們當然有不希望你們拍的東西，或是不想被拍到的地方。我希望你們能尊重對方，做些人性的採訪），所以選項 1 是錯的。

選項 2 也是錯的，文章當中作者並沒有要攝影師們留下自己面對震災的記錄。

「被災者の方と一緒に水や食料を運ぶ」出現在文章第 2 段：「被災者の方々と一緒に水や食料を運んだりしているわけです」（他們也會和受災戶一起搬運水或食物）。這句話只是單純陳述事實，作者並沒有要攝影師們別忘了做這件事。所以選項 4 是錯的。

這一題考的是劃線部份的內容。劃線部份是作者對自家攝影師所說的話，解題線索就藏在這個段落。不妨用刪去法，把 4 個選項拿回原文去做對照。

題型分析

這個問題屬於「解釋說明題」類型，要求考生根據文章內容理解並解釋特定表達或概念的含義。

解題思路

理解表達：準確把握文章中提到的「秉持責任和自覺採取行動」的具體含義。

對照選項：將每個選項與文章內容進行對比，找出最符合「秉持責任感和自覺採取行動」的具體行為。

- □ 報道（ほうどう） 報導
- □ あり方（かた） 應有的姿態，應有的樣子
- □ 取材（しゅざい） 取材，收集素材
- □ ミーティング【meeting】 會議
- □ 被災（ひさい） 受災，遇害
- □ 振り返る（ふりかえる） 回過頭看
- □ 震災（しんさい） 震災，地震災害
- □ 立ち向かう（たちむかう） 面對
- □ 役割（やくわり） 角色
- □ 果たす（はたす） 實行，實踐
- □ 後悔（こうかい） 後悔，懊悔
- □ 自覚（じかく） 自覺
- □ やみくもに 胡亂地，任意地
- □ 応じる（おうじる） 應答，回應
- □ 土足（どそく） 赤腳；帶泥的腳
- □ 踏み込む（ふみこむ） 擅自進入，闖入
- □ 心掛ける（こころがける） 留意，謹記在心

Answer 3

72 ②その意味もふくめてが意味していることは何か。

1 「NHKだったら取材に応じてもいい」と言ってくれる被災者がいること
2 震災に遭った人々に協力すること
3 震災に遭った人は、その不満を言う相手が取材に来た人以外にいないこと
4 「とにかく撮ってくれ、伝えてくれ」と思っている被災者のために、撮って伝えること

---

72 ②同時包含了這層意義是什麼意思呢？

1 有受災戶說「如果是ＮＨＫ的話，我可以接受採訪」
2 幫助遭遇震災的人
3 遭遇震災的人，能表達不滿的對象除了前來取材者並無他人
4 為了有「總之就是給我們拍、讓大家知道」這種想法的受災戶，要幫他們拍攝並公諸於世

選項１“受災者願意接受NHK採訪”，這與「その意味もふくめて」直接關聯不大，不是文章強調的主要含義。

選項２“幫助受災者”，雖然與文章的精神有關，但並非是「その意味もふくめて」所特指的含義。

選項３“受災者只能向來採訪的媒體表達不滿”，直接呼應文章核心，即受災者將不滿情緒表達給媒體人員，最符合「その意味もふくめて」的含義。正確答案選項３。

選項４“受災者初期期待媒體傳達訊息”，這個觀點更多反映了受災者最初的期待，而不是「その意味もふくめて」所要表達的核心含義。

解題攻略

這一題考的是劃線部份的內容。劃線部份的原句在第2段：「その意味もふくめて、私は『相手の気持ちをよく理解して、取材される立場になって取材しよう』といい続けたんです」（同時包含了這層意義，我才會一直強調：「要充分了解對方的心情，站在被採訪的立場來採訪」）。如果文章當中出現「そ」開頭的指示詞，指的通常就是前面幾句所提過的人事物。所以要從前面找出「その意味」指的是什麼事情。

受災戶們的心情轉變由一開始看到媒體，受訪態度很積極，到最後被媒體強迫採訪，產生反感，只能把不知道該怎麼宣洩的負面情緒發洩在採訪者這些外人身上。這就是劃線部份「その意味」的具體內容。也正是因為有這樣的情形，作者才要攝影師們在工作時將心比心，體諒受災戶的心情。正確答案是3。

選項3對應文章中「相手を尊重して、人間らしい取材をしてほしい」（我希望你們能尊重對方，做些人性的採訪）。

題型分析

這個問題屬於「內容理解題」類型，考查考生對文章細節的理解能力，尤其是對特定表述或概念含義的理解。

解題思路

理解表達：「その意味もふくめて」（包括這層意義在內）的具體含義需要結合上下文來解析。

對照選項：將每個選項與文章的相關內容進行匹配，找出最符合文章描述的含義。

- □ マスコミ【mass communication之略】媒體
- □ 殺到（さっとう） 蜂擁而至
- □ 見せ物（みせもの） 給人參觀的東西，給人當熱鬧看
- □ いわば 也就是
- □ 部外者（ぶがいしゃ） 外人，局外者
- □ われわれ 我們
- □ 立場（たちば） 立場
- □ 得る（える） 取得，得到
- □ かかる 有關；關係
- □ 前提（ぜんてい） 前提，事物成立條件
- □ 映像（えいぞう） 影像
- □ 公共放送（こうきょうほうそう） 公共媒體，公廣電視集團
- □ 重み（おもみ） 重擔；重要性

Answer 1

[73] 筆者がこの文章で一番言いたいことはどんなことか。

1 日々、信頼される情報と映像を提供することの大切さ
2 震災の被害に遭うことの大変さ
3 取材される側の気持ちを心の芯まで理解することの大切さ
4 公共放送としてのＮＨＫのすばらしさ

---

[73] 作者在這篇文章當中最想表達的是什麼呢？

1 每天提供值得信賴的資訊和影像的重要性
2 遭遇震災的痛苦
3 徹底了解被採訪者的心情的重要性
4 ＮＨＫ作為一個公共傳播媒體的好

選項 1 “每天提供可信資訊與影像的重要”，直接反映文章中，通過提供可信的新聞和影像來建立觀眾信任的觀點，與文章主旨一致。正確答案選項 1。

選項 2 “遭受震災的痛苦”，文章雖然是在討論震災採訪的背景下，但並非文章焦點。

選項 3 雖然文章提到“深入理解受訪者心情的重要性”，但這不是文章最想強調的主旨，而是支持主旨的一個方面。

選項 4 文中的一個內容點“NHK作為公共廣播的角色和其受到的信賴”，但並非文章的中心主旨。

解題攻略

選項 1 是正確的，它呼應到文章的最後一段。表示採訪必須要獲得對方的信賴，而最重要的前提是要從平時就累積這份信賴，提供觀眾值得信賴的資訊和影像。

選項 2 是錯的。文章通篇都沒有提到受到因震災受難的辛苦。

選項 3 對應「相手の気持ちをよく理解して」（要充分了解對方的心情），再加上作者一直強調要採訪者站在受訪者的立場，所以應該有人會覺得這是正確答案吧？不過，就像先前所述，選項 1 因為該段有個「結局」，無視於前面說的內容並帶出整篇文章真正的重點，所以相較之下，選項 3 就沒有選項 1 來得合適。

選項 4 是錯的，關於ＮＨＫ公共傳播媒體，作者只有在最後一段表示作者深感民眾對ＮＨＫ的信賴感、期待，以及身為公共傳播的重擔。並沒有歌頌ＮＨＫ有多美好。

這一題問的是作者在這篇文章裡面最想表達的事物。像這種答案不是很明確的問題，刪去法是最理想的作答方式。

「結局」（到頭來）的副詞用法是做總結，表示上面雖然說了這麼多，但是接下來的才是重點，文章終於要進入尾聲了。而一篇文章最重要的地方通常就是在結論。所以這一段就是這篇文章的主旨所在，也就是作者最想表達的意見。

題型分析

這個問題屬於「主旨理解題」類型，主要考查考生能否準確把握文章整體的中心思想或作者想要傳達的核心信息。

解題思路

核心信息尋找：仔細閱讀文章，尤其是文章的開頭和結尾，這兩個部分往往能提供關於文章主旨的重要線索。

細節歸納：將文章中的關鍵信息、觀點和例證進行歸納，看它們如何支持文章的主旨。

選項對比：比較每個選項與自己歸納的文章主旨的一致性，找出最符合文章中心思想的選項。

□ あらためる　重新

□ 接（せっ）する　接觸

□ 芯（しん）　深處

□ 強引（ごういん）　強硬，強行

□ 入（はい）り込（こ）む　踏入，進入

日本語能力試験 ②

Track 20

次の文章を読んで、後の問いに対する答えとして最もよいものを、1・2・3・4から一つ選びなさい。

昔、アメリカの経営コンサルタント（注1）がトップセールスマン（注2）と呼ばれる人たち三〇〇人の言動をつぶさに（注3）観察し、その共通点を探ったことがありました。その結果、「言葉づかいがていねい」「自己主張をしない（いばらない）」「ユーモアに長けている（注4）」「人を笑わせるのがうまい」など、いろいろな要素を探り当てたのですが、なかでも「①相手を立てるのがうまい」という要素がもっとも重要であることを突き止めました（注5）。

要するに、「人間は、社会生活や人とのつながりにおいて、『自分という人間を認めてもらいたい』『他人から評価してもらいたい』『他人から敬われたい』という欲求に一番の反応を示します。トップセールスマンと呼ばれる人たちは、他人のこの欲求を満たしてあげる術に長けている」というのです。

心理学においても、人間は衣食住や愛情といった基本的な欲求が満たされると、他者から尊敬されたいという「承認の欲求」、つまり「自己重要感の欲求」にかられる（注6）ようになるということが実証されています。

あなたも②この人間心理をうまく活用し、他人の自己重要感の欲求を満たしてあげてはいかがでしょう。相手の価値観・

存在感を認めてあげてはいかがでしょう。そうすれば、相手はこのうえない幸福感に満たされるため、あなたに対して好感と親しみを寄せざるを得なくなります。

この芸当（注7）に長けていたのがヒルトン・ホテルの創立者コンラッド・ヒルトンです。彼はホテルで働く従業員一人ひとりの名前を覚え、顔を合わすたびに声をかけたほか、給料を手渡すときも、「今月もご苦労様」「来月も頑張ってください」といいながら深々と一礼したといいます。社長にこうまでされたらどうなるか。誰だって「ああ、社長はいつも私のことを気にかけてくれているのだ」と感激し、この人にずっとついていこうという気になります。

この例にもあるように、人は皆、自分の存在感、価値というものを認めてもらいたがっているのです。そして、その欲求を満たしてくれた相手には、「この人に協力しよう」「この人を応援しよう」という気持ちを抱くのが人の心理というものなのです。

（植西聰『マーフィー言葉の力で人生は変わる』成美文庫より一部改変）

（注1）コンサルタント：企業経営などについて、指導・助言をする専門家
（注2）セールスマン：販売員
（注3）つぶさに：詳しく
（注4）長けている：優れている
（注5）突き止める：不明な点や疑問点などを、よく調べてはっきりさせる
（注6）かられる：激しい感情に動かされる
（注7）芸当：普通の人にはできない行為

71 ①相手を立てるの意味として正しいのはどれか。

1　相手を起き上がらせる。

2　相手の立場になって考える。

3　相手を尊重し大切に扱う。

4　相手をこのうえない幸福感で満たしてあげる。

72 ②この人間心理とはどのような心理か。

1　他人に自分の価値を認めてもらいたいという心理

2　衣食住のような基本的な要素が何よりも重要だと思う心理

3　相手に親しみを感じたいと思う心理

4　相手の欲求を満たしてあげたいと思う心理

73 この文章全体で、筆者がもっとも言いたいことは何か。

1　人に何かをしてもらうときは、自分が重要な人物だということを相手に分からせると、きちんとやってもらえる。

2　相手に自分のことを好きになってもらうためには、相手の持ち物の価値にお世辞を言うことも必要である。

3　人とうまく付き合うためには、相手のことを大切に思っている気持ちを表現することが重要である。

4　トップセールスマンや大会社の社長は、人に好かれ、親しみを感じてもらうのがうまい。

翻譯與解題 ②

次の文章を読んで、後の問いに対する答えとして最もよいものを、1・2・3・4から一つ選びなさい。

昔、アメリカの経営コンサルタント（注1）がトップセールスマン（注2）と呼ばれる人たち三〇〇人の言動をつぶさに（注3）観察し、その共通点を探ったことがありました。その結果、「言葉づかいがていねい」「自己主張をしない（いばらない）」「ユーモアに長けている（注4）」「人を笑わせるのがうまい」など、いろいろな要素を探り当てたのですが、なかでも「①相手を立てるのがうまい」という要素がもっとも重要であることを突き止めました（注5）。

要するに、「人間は、社会生活や人とのつながりにおいて、『自分という人間を認めてもらいたい』『他人から評価してもらいたい』『他人から敬われたい』という欲求に一番の反応を示します。トップセールスマンと呼ばれる人たちは、他人のこの欲求を満たしてあげる術に長けている」というのです。（71題 關鍵句）

心理学においても、人間は衣食住や愛情といった基本的な欲求が満たされると、他者から尊敬されたいという「承認の欲求」、つまり「自己重要感の欲求」にかられる（注6）ようになるということが実証されています。（72題 關鍵句）

あなたも②この人間心理をうまく活用し、他人の自己重要感の欲求を満たしてあげてはいかがでしょう。**相手の価値観・存在感を認めてあげてはいかがでしょう。そうすれば、相手はこのうえない幸福感に満たされるため、あなたに対して好感と親しみを寄せざるを得なくなります。**（73題 關鍵句）
└文法詳見P255

この芸当（注7）に長けていたのがヒルトン・ホテルの創立者コンラッド・ヒルトンです。彼はホテルで働く従業員一人ひとりの名前を覚え、顔を合わすたびに
└文法詳見P255
声をかけたほか、給料を手渡すときも、「今月もご苦労様」「来月も頑張ってください」といいながら深々と一礼したといいます。社長にこうまでされたらどうなるか。誰だって「ああ、社長はいつも私のことを気にかけてくれているのだ」と感激し、この人にずっとついていこうという気になります。

この例にもあるように、人は皆、自分の存在感、価値というものを認めてもらいたがっているのです。そして、その欲求を満たしてくれた相手には、「この人に協力しよう」「この人を応援しよう」という気持ちを抱くのが人の心理というものなのです。

（植西聰『マーフィー言葉の力で人生は変わる』成美文庫より一部改変）

（注1）コンサルタント：企業経営などについて、指導・助言をする専門家
（注2）セールスマン：販売員
（注3）つぶさに：詳しく
（注4）長けている：優れている
（注5）突き止める：不明な点や疑問点などを、よく調べてはっきりさせる
（注6）かられる：激しい感情に動かされる
（注7）芸当：普通の人にはできない行為

請閱讀以下的文章，並從選項１・２・３・４當中選出一個下列問題最恰當的答案。

過去，美國的經營顧問（注１）曾將 300 位被稱為頂級業務（注２）的人的言行仔細地（注３）進行觀察，並探求其共通點。結果，他們找出了「遣詞用字客氣」、「不主張自我（不自大）」、「擅長（注４）幽默」、「很會逗人笑」等各種要素，其中還查明（注５）「很會①給對方面子」這個要素是最重要的。

> 據調查，頂級業務最重要的特質是「很會給對方面子」。

簡而言之，這就說明了「人類在社會生活與人之間的連繫上，最能反映出『想要別人認同自己』、『想要別人給自己正面評價』、『想要被別人尊敬』這些需求。被稱為頂級業務的人們，很擅長滿足別人的這項需求。」

> 承接上段，說明大家都希望能獲得別人的尊敬，而頂級業務正是擅長此道。

在心理學方面也證實，人類在食衣住或愛情等基本需求獲得滿足後，會受到驅使（注６），產生希望獲得他人尊敬的「認可的需求」，也就是「自我重要感的需求」。

> 佐以心理學為證，說明人類在滿足基本需求後，會希望被滿足「認可的需求」。

您也充分利用②這個人類心理，滿足他人的自我重要感這份需求如何呢？認同對方的價值觀、存在感如何呢？如此一來，對方就會因為充滿著這份至高無上的幸福感，不由得對你產生好感及親和感。

> 承接上段，作者建議讀者給予對方認同，讓對方對自己抱持好感。

擅長這個絕技（注７）的是希爾頓飯店的創始人康拉德・希爾頓。聽說他將每位在飯店工作的工作人員姓名都記下來，除了碰面時會向他們打招呼，連當面發薪水時也是，他會邊說「這個月也辛苦你了」、「下個月也請加油」，邊深深地一鞠躬。如果社長做到這個地步會怎麼樣呢？無論是誰，都會心生感激：「啊，社長一直都有把我放在心上」，然後產生想要一直跟隨這個人的念頭。

> 承上，舉出希爾頓飯店創始人的例子來說明。

就像這個例子一樣，每個人都想要別人認同自己的存在感、價值。而人類的心理就是會對滿足自己這份需求的人抱持著「我來幫這個人忙」、「我要支持這個人」這樣的心情。

> 結論。人類會支持能認同自己的人。

（節選改編自植西聰『莫非語詞的力量能使人生產生改變』成美文庫）

（注１）顧問：針對企業經營等，給予指導、建議的專業人士
（注２）業務：銷售員
（注３）仔細地：詳細地
（注４）擅長：出色
（注５）查明：好好地調查並弄清楚不詳的地方或是疑問點
（注６）受到驅使：被激烈的感情所策動
（注７）絕技：普通人辦不到的行為

3

71 ①相手を立てるの意味として正しいのはどれか。

1 相手を起き上がらせる。
2 相手の立場になって考える。
3 相手を尊重し大切に扱う。
4 相手をこのうえない幸福感で満たしてあげる。

71 ①給對方面子的正確意思為下列何者？

1 讓對方爬起來。
2 站在對方的立場思考。
3 尊重對方並珍視對方。
4 滿足對方至高無上的幸福感。

選項1“讓對方起身”描述了一個具體動作，這與文章討論的社交和職場中的心理技巧不相關，因此不符合「相手を立てる」的實際意義。

選項2“站在對方的立場思考”雖然代表了一種尊重的行為，但並不直接對應文章中「相手を立てる」所強調的尊重和珍視對方的概念。

選項3準確地反映了文章的主要觀點，即通過關鍵行為“尊重並珍視對方”，來滿足他們被認可的需求，和增強他們的自我重要感。這是正確答案。

選項4雖然提到“使對方充滿無上的幸福感”，但它過於具體，且未能準確捕捉到「相手を立てる」在文章中所涵蓋的廣泛含義。

解題攻略

「相手を立てる」從字面上看起來是「把對方立起來」，但如果是這意思，這段話實在是說不通，可見「相手を立てる」另有其意，所以選項１是錯的。

第２段說明頂級業務擅長滿足人類「想要別人認同自己」、「想要別人給自己正面評價」、「想要被別人尊敬」這些需求。換個說法就是頂級業務會認同別人、給別人正面評價、尊敬別人。這也就是「相手を立てる」的內容。

選項中最接近以上幾點的正是選項３，尊重並珍視對方。

這一題考的是劃線部分的意思。不妨從劃線部分的上下文來推敲它的意思。

解題關鍵在第２段。特別是開頭的「要するに」（簡而言之）這個副詞，它的作用是整理前面所說的事物，做個總結。再加上第２段段尾的「のです」，在這邊是解釋說明的用法。所以從這邊可以得知，第２段就是在針對前面所述進行概要的說明，並濃縮成重點。看懂這一段就知道「相手を立てる」是什麼意思了。

題型分析

這個問題屬於「內容理解題」類型，主要考查考生對文章中特定表述或概念含義的理解和解釋能力。本題要求考生理解「相手を立てる」（給對方面子）這一表述在文中的含義。

解題思路

理解表達：「相手を立てる」直譯為「讓對方站起來」，但顯然在這裡有著比字面更深的意義。需要結合文中的上下文來正確理解這一表述的含義。

文中對照：將「相手を立てる」這一行為在文章中的描述和表現與每個選項進行對比，找出最符合的解釋。

選項分析：逐一審視每個選項，分析其是否能準確反映文章中「相手を立てる」的實際含義。

Answer 1

72 ②<u>この人間心理</u>とはどのような心理か。

1 他人に自分の価値を認めてもらいたいという心理

2 衣食住のような基本的な要素が何よりも重要だと思う心理

3 相手に親しみを感じたいと思う心理

4 相手の欲求を満たしてあげたいと思う心理

---

72 ②<u>這個人類心理</u>是什麼樣的心理呢？

1 希望別人認同自己價值的心理

2 認為食衣住這樣的基本要素比什麼都來得重要的心理

3 希望能從對方身上感受到親近的心理

4 想要滿足對方需求的心理

選項 1 直接對應文章提及的，人們在基本需求滿足後，會產生“尋求他人認可的心理”，是文章討論的核心概念。這是正確答案。

選項 2 “認為衣食住基本需求極其重要的心理”與文章探討的進階心理需求不匹配，文章強調在基本生活需求得到滿足後，人們會有更深層次的心理需求。

選項 3 “希望能與他人建立更親密關係的心理”雖為人際互動中常見心理，但並非文章焦點。

選項 4 “想要滿足對方需求的心理”是文中頂級銷售員特質，而非文章主旨所探討的一般人類心理狀態。

解題攻略

最接近這個敘述的是選項１，希望別人能認同自己的價值。

選項２錯在「基本的な要素が何よりも重要だ」（基本要素比什麼都來得重要）。文章中只有提到滿足基本需求後會進一步需要他人認同，並沒有提到食衣住等基本需求是最重要的。

關於「親しみ」，文章中只有提到：「そうすれば、相手はこのうえない幸福感に満たされるため、あなたに対して好感と親しみを寄せざるを得なくなります」（如此一來，對方就會因為充滿著這份至高無上的幸福感，不由得對你產生好感及親和感）。這和選項３的敘述正好相反，所以選項３是錯的。

選項４對應到「他人の自己重要感の欲求を満たしてあげてはいかがでしょう」（滿足他人的自我重要感這份需求如何呢），這是作者在建議讀者滿足他人的自我重要感，而不是在說人類有「想要滿足對方需求的心理」，所以選項４也是錯的。

解題關鍵就在第３段。第３段是在說明心理學上證實人類在滿足基本需求後，會產生「認可的需求」，也就是「自我重要感的需求」。而「この人間心理」指的就是這點，人類需要獲得認同的心理。

題型分析

這個問題屬於「內容理解題」類型，旨在考查考生對文章中所描述的特定人類心理狀態的理解。具體來說，題目要求考生識別文章中提到的人類心理狀態是什麼。

解題思路

理解心理狀態：「この人間心理」（這種人類心理）指的是文章中提及的某種心理狀態，需要結合上下文來正確理解其含義。

文中對照：將「この人間心理」與文章中的描述相對照，找出與之相匹配的心理狀態。

分析選項：逐一審視每個選項，判斷其是否準確反映了文章中討論的心理狀態。

Answer 3

73 この文章全体で、筆者がもっとも言いたいことは何か。

1 人に何かをしてもらうときは、自分が重要な人物だということを相手に分からせると、きちんとやってもらえる。

2 相手に自分のことを好きになってもらうためには、相手の持ち物の価値にお世辞を言うことも必要である。

3 人とうまく付き合うためには、相手のことを大切に思っている気持ちを表現することが重要である。

4 トップセールスマンや大会社の社長は、人に好かれ、親しみを感じてもらうのがうまい。

---

73 這篇文章整體而言作者最想表達的是什麼？

1 要別人幫自己做事時，如果能讓對方明白自己是重要人物，對方就會好好地替自己做事。

2 為了讓對方喜歡自己，也必須針對對方的持有物奉承阿諛。

3 為了和人更融洽地相處，表現出自己很重視對方的感覺是很重要的。

4 頂級業務和大公司社長很討人喜愛，擅長給人親和感。

選項1“表明自己重要可確保他人妥善完成任務”，但這並不完全符合文章強調的，透過滿足他人認可需求來建立良好關係的主題。

選項2“讚美對方物品，有助於獲得喜愛”，這與文章主旨不符，文章並未強調通過虛假讚美建立關係。

選項3“與人建立良好的關係，關鍵是表達對他們的重視”，這直接體現了文章討論的核心——認可對方的價值和存在，是建立良好關係的關鍵。正確選項為3。

選項4“頂級銷售員和大公司總裁擅長讓人喜歡和親近他們”，這一觀點雖然被文章提到，但不是文章的核心訊息。

解題攻略

選項 1 和原文旨意恰恰相反，所以錯誤。文章是說滿足對方的「自己重要感の欲求」，也就是說把對方視為是重要人物，對方就會願意替自己做事。

選項 2 也是錯的。作者只有提到要認同對方的價值，而不是要奉承對方持有物品的價值。所以「相手の持ち物の価値にお世辞を言うことも必要である」（也必須針對對方的持有物奉承阿諛）這個敘述是不對的。

選項 3 是正確答案。選項 3 對應文章中「あなたに対して好感と親しみを寄せざるを得なくなります」（不由得對你產生好感及親和感）和「相手の価値観・存在感を認めてあげてはいかがでしょう」（認同對方的價值觀、存在感如何呢）。

雖然文章中有提到頂級業務和希爾頓飯店的創始人都懂得尊重他人，來獲得對方的好感及親和感，不過這只是舉例而已。作者最想表達的還是這些例子背後的道理：滿足對方希望獲得認同的需求，就能讓別人甘願為自己做事。所以選項 4 也是錯的。

這篇文章的主旨非常明確，作者以「人類想獲得他人尊敬、認同的一種心理」來貫穿全文，並提及滿足對方這種心理，就能得到對方的好感。這一題可以用刪去法來作答。

題型分析

這個問題屬於「主旨理解題」類型，旨在考查考生對文章整體內容和中心思想的理解能力。

解題思路

整體理解：先整體閱讀文章，把握作者的主要論點和論述邏輯。

選項分析：將每個選項與文章的中心思想進行對比，判斷哪個選項最能概括文章的主旨。

逐一排除：通過對選項內容的具體分析，排除與文章中心思想不相符的選項，找到最佳答案。

□ セールスマン【salesman】 業務，銷售員

□ 探る 探求

□ 主張 主張

□ いばる 自大；吹牛

□ ユーモア【humor】 幽默

□ 突き止める 查明

□ 要するに 簡而言之

□ つながり 連繫

□ 敬う 尊敬

□ 術 手段，方法

□ 衣食住 食衣住

□ 満たす 滿足

□ 承認 承認，認可

□ このうえない 至高無上

□ 手渡す 親手交付

□ 深々と 深深地

□ 一礼 鞠躬，行禮

□ 気にかける 放在心上，掛念

□ 抱く 抱持

重要文法

【名詞；動詞ます形】＋がちだ。表示即使是無意的，也容易出現某種傾向，或是常會這樣做。一般多用在負面評價的動作。

❶ がちだ 容易…、往往會…

例句 おまえは、いつも病気がちだなあ。

你還真容易生病呀。

【名詞】＋さえ＋【［形容詞・形容動詞・動詞］假定形】＋ば。表示只要某事能夠實現就足夠了。其他的都是小問題。強調只需要某個最低，或唯一的條件，後項就可以成立了。

❷ さえ…ば 只要…（就）…

例句 道が込みさえしなければ、空港まで30分で着きます。

只要不塞車，30 分就能到機場了。

❸ に対して 向…、對（於）…

例句 この問題に対して、意見を述べてください。

請針對這問題提出意見。

【名詞】＋に対して。表示動作、感情施予的對象。可以置換成「に」。

❹ につれて 伴隨…、隨著…、越…越…

例句 物価の上昇につれて、国民の生活は苦しくなりました。

隨著物價的上揚，國民的生活就越來越困苦了。

【名詞；動詞辭書形】＋につれ（て）。表示隨著前項的進展，同時後項也隨之發生相應的進展。

❺ ざるをえない 不得不…、被迫…

例句 これだけ証拠があっては、罪を認めざるをえません。

都有這麼多證據了，就只能認罪了。

【動詞否定形（去ない）】＋ざるを得ない。表示除此之外，沒有其他的選擇。有時也表示迫於某壓力或情況，而違背良心地做某事。

❻ たびに 每次…、每當…就…

例句 あいつは、会うたびに皮肉を言う。

每次跟那傢伙碰面，他就冷嘲熱諷的。

【名詞の；動詞辭書形】＋たびに。表示前項的動作、行為都伴隨後項。相當於「するときはいつも」。

小知識大補帖

▶和「走路」相關的單字

單　詞	意　思
足が棒になる （腳痠）	長い間立っていたり歩いたりして、足がひどく疲れる。 （由於長時間站著或走路，使得腳極度疲乏。）
足並み （步伐）	複数の人が一緒に歩くときの、足のそろい具合 （複數的人一起走路時，邁步的方式）
さまよう （徘徊）	目的もなく歩き回る。 （無目的的走來走去。）
散歩 （散步）	気晴らしや健康のために、気のままに歩くこと （為了散心或健康信步而行）
忍び足 （輕聲走路）	人に気づかれないように、足音を立てずに歩くこと （為了不讓別人發現，輕聲走路）
ずかずか （毫不客氣）	遠慮なく、勢いに任せて歩く様子 （毫不客氣，盛氣凌人般地走路的樣子）
すたすた （急步走）	わき目もふらず、さっさと歩く様子 （不分心，快步走的樣子）
すり足 （躡手躡腳）	足の裏を地面や床にするようにして歩く様子 （腳掌貼著地面或地板，放輕腳步走路的樣子）
そぞろ歩き （信步而行）	目的もなく、ぶらぶらと歩き回ること （沒有目的，漫步走動）
千鳥足 （搖搖晃晃）	酒に酔って、よろよろと歩く様子 （喝酒醉，走路歪歪斜斜，搖搖晃晃的樣子）
つかつか （大模大樣）	ためらいなく進み出る様子 （隨隨便便，毫不客氣走路的樣子）
踏破 （踏破，走過）	長く困難な道を歩き通すこと （走過漫長艱苦的路程）
とぼとぼ （沉重）	元気なく歩く様子 （走路步伐沒有精神的樣子）

練り歩く（緩步前行）	行列がゆっくり歩き回る。（結隊漫步行走。）
のっしのっし（慢吞吞地走）	体が大きくて重い物が、ゆっくりと歩く様子（身體龐大的重物，慢騰騰走路的樣子）
ぶらつく（搖晃）	目的もなく、ゆっくりと歩き回る。（沒有目的，漫步溜達。）
よたよた（步履蹣跚）	足の動きがしっかりしていない様子（腳步不穩，走路踉踉蹌蹌的樣子）

▶ **和臉有關的慣用句**

單字・慣用句等	中譯
顔を合わす	見面
顔が広い	交友廣闊
顔が利く	有勢力，吃得開
顔をつぶす	丟臉；名譽受損
顔を出す	現身，露面；參加（聚會）
顔が売れる	有名望，出名
顔から火が出る	羞紅了臉
顔に泥を塗る	損害聲譽，丟臉
顔が立つ	有面子
目が高い	眼光高，有慧眼
目が利く	眼尖；有鑑賞力
目がない	著迷；沒眼光

目(め)が回(まわ)る	頭暈目眩；喻非常忙碌
目(め)に余(あま)る	看不下去，忍無可忍
目(め)もくれない	無視，不理會
目(め)と鼻(はな)の先(さき)	近在咫尺
目(め)に入(い)れても痛(いた)くない	（兒孫）可愛得不得了，溺愛（兒孫）
目(め)をつぶる	閉上眼睛；假裝沒看見；過世
目(め)を丸(まる)くする	瞪大眼睛，吃驚
鼻(はな)が高(たか)い	洋洋得意
鼻(はな)にかける	炫耀，驕傲自滿
鼻(はな)につく	膩煩，討厭
耳(みみ)が痛(いた)い	對批評或忠告感到刺耳，不中聽
耳(みみ)にたこができる	同樣的事聽太多次而感到厭煩
耳(みみ)が早(はや)い	消息靈通
耳(みみ)を疑(うたが)う	懷疑是否聽錯
口(くち)が軽(かる)い	說話輕率，口風不緊
口(くち)がすべる	說溜嘴
口(くち)を割(わ)る	招供，坦白
口(くち)が減(へ)らない	話多；強詞奪理
口(くち)を切(き)る	先開口說話；打開瓶蓋或封蓋

常用的表達關鍵句

＊{ }內也可自行帶入其他詞彙喔！

01 表示要求、期待、希望關鍵句

- 私としては{そうしたくない}／對我而言{我不想那麼做}。
- 私は、次を希望する／我的希望如下。
- 私の要求は、次の通りである／我的要求如下。
- {支払い}を期待する／我很期待{付款}。
- {成功}を望む／我期望能{成功}。
- {世界が平和になっ}てほしい／我希望{世界和平}。
- {私はあなたに会うこと}を切望する／但願{我能與你相會}。
- {調べる}べきである／應當{調查清楚}。
- {スマホで大声で話をする}べきではない／不應{大聲講手機}。
- {手続き}する必要がある／有必要{辦理手續}。
- {無駄づかいをする}ものではない／不應該{浪費}。
- {周囲にこう反応してほしい}という要求を持っている／我有這樣一個要求，{希望你能如此回應周圍的人}。
- {誰もが彼女がその続きを書くこと}を切に望む／{許多人都}由衷希望{她能繼續寫那個故事}。
- {組織における人間関係は、ぜひ}こうありたいものである／希望{團體中的人際關係}能夠如此。

02 表示必要性關鍵句

- {相手の協力}が不可欠である／{對方的協助}是不可或缺的。
- {免許}が必要である／必須要有{執照}才行。
- {彼は介護}を必要とする／{他}必須要{有人看護}。
- {子どもには母親}が必要になる／{孩子}是需要{母親}的。

關鍵字記單字

▸關鍵字	▸▸▸單字	
信(しん)じる 相信、信仰	□ 迷信(めいしん)	迷信
	□ 信用(しんよう)	堅信，確信；信任，相信；信用，信譽；信用交易，非現款交易
	□ 信頼(しんらい)	信賴，相信
	□ 信仰(しんこう)	信仰，信奉

▸關鍵字	▸▸▸單字	
感(かん)じる 感覺、感想	□ 実感(じっかん)	真實感，確實感覺到；真實的感情
	□ 感激(かんげき)	感激，感動
	□ 感(かん)じ	知覺，感覺；印象
	□ 感覚(かんかく)	感覺
	□ 感情(かんじょう)	感情，情緒
	□ 感(かん)	感覺，感動；…感
	□ 勘(かん)	直覺，第六感；領悟力
	□ 気味(きみ)	感觸，感受，心情；有一點兒，稍稍
	□ 機嫌(きげん)	心情，情緒
	□ 憎(にく)い	可憎，可惡；（說反話）漂亮，令人佩服
	□ 苦(くる)しい	艱苦；困難；難過；勉強
	□ 堪(たま)らない	難堪，忍受不了；難以形容，…的不得了；按耐不住
	□ 爽(さわ)やか	（心情、天氣）爽朗的，清爽的；（聲音、口齒）鮮明的，清楚的
	□ 響(ひび)く	影響，波及；響，發出聲音；發出回音，震響；傳播震動；出名
	□ しみじみ	痛切，深切地；親密，懇切；仔細，認真的
	□ ぽい	（前接名詞、動詞連用形，構成形容詞）表示有某種成分或傾向
	□ 気(き)の所為(せい)	神經過敏；心理作用；錯覺
	□ 気(き)がする	好像，感覺
	□ 悔(く)やむ	懊悔的，後悔的

▶ 天災人禍

地震で多くの家が壊れた。
許多房屋在地震中倒塌。

地震で30人が死んだ。
這場地震奪走了 30 條人命。

昨日は大変な雪で、電車もバスも動かなかった。
昨天那場暴雪，導致電車和巴士都動彈不得。

テレビが台風のニュースを伝えている。
電視正在播報颱風動態的新聞。

隣のうちが火事になった。
隔壁鄰居家發生了火災。

隣から火が出て、うちも燃えてしまった。
隔壁失火，連我們家也被火燒了。

火事で何もかも焼けてしまった。
所有的家當都被那把火燒成灰燼了。

カーテンにストーブの火がついて火事になった。
火爐裡的火苗竄上窗簾，因而引發火災。

事故のニュースを今朝の新聞で知った。
我從今天早上的晨間新聞聽到了事故的消息。

自動車が増えて交通事故が多くなりました。
由於汽車數量增多，交通事故也跟著與日俱增。

交通事故で毎年１万人以上の人が死んでいます。
交通事故每年會奪走超過一萬條人命。

交通事故に遭ったら、すぐ交番に連絡しなくてはならない。
假如發生了交通事故，一定要立刻聯絡派出所。

事故を起こさないようにゆっくり走りましょう。
我們開慢一點，以免發生交通意外。

夜は明るい道を通ります。
我晚上會挑燈光明亮的道路行走。

戦争で５万人も死にました。
多達 5 萬人死於這場戰爭之中。

戦争をしたい国はない。
沒有國家會希望發生戰爭。

危ないからこの川で泳ぐな。
不要在這條河裡游泳，太危險了！

泥棒に入られたら大変です。
要是遭小偷就糟糕了。

財布を盗まれました。
錢包被偷了。

泥棒が交番に連れて行かれた。
小偷被帶去派出所了。

もんだい

14 釐整資訊

測驗是否能夠從廣告、傳單、手冊、提供訊息的各類雜誌、商業文書等資訊題材（700字左右）中，找出所需的訊息。

考前要注意的事

作答流程 & 答題技巧

閱讀說明

先仔細閱讀考題說明

閱讀問題與內容

預估有 2 題

1 考試時建議先看提問及選項，再看文章。

2 主要以報章雜誌、商業文書等文章為主。

3 表格等文章一看很難，但只要掌握原則就容易了。首先看清提問的條件，接下來快速找出符合該條件的內容在哪裡。最後，注意有無提示「例外」的地方。不需要每個細項都閱讀。

4 平常可以多看日本報章雜誌上的廣告、傳單及手冊，進行模擬練習。

答題

選出正確答案

日本語能力試験 ①

Track 21

次は２つのスピーチコンテストの募集要項である。下の問いに対する答えとして最も良いものを、１・２・３・４から一つ選びなさい。

74 中国人の楊さんとアメリカ人のロビンソンさんは、○○県の同じアパートに住んでいる。楊さんは半年前に日本に来て、○○県にある日本語学校で日本語を学んでいる。一方、ロビンソンさんは３年前に来日し、今は○○県立大学に通っている。二人ともスピーチコンテストに出場したいと思っているが、二人が応募できるのは、AとBのどちらのコンテストか。

1　楊さんは両方のコンテストに応募できるが、ロビンソンさんはコンテストBにだけ応募できる。

2　楊さんはコンテストAにだけ応募でき、ロビンソンさんは両方とも応募できない。

3　ロビンソンさんは両方のコンテストに応募できるが、楊さんはコンテストBにだけ応募できる。

4　二人とも両方のコンテストに応募できる。

75 韓国人のキムさんは、５年前に来日して、今は××県立大学の大学院でアジア事情を研究している。日本と韓国の文化交流の歴史をテーマにコンテストＢに参加したいと思い、今回新たに自分で書いた原稿と自分のスピーチの録音、パスポートのコピーをＥメールに付けて、必要事項を書いて６月30日に送ったが、出場者に選ばれなかった。その理由はなぜだと考えられるか。

1 送った書類に足りないものがあった。
2 スピーチのテーマがコンテストのテーマに合わなかった。
3 キムさんの条件が応募資格に合わなかった。
4 書類の送り方を間違えていた。

コンテストA

○○県主催　外国人による日本語スピーチコンテスト

当県では、下記の通り「外国人による日本語スピーチコンテスト」を開催いたします。

テーマ	「日本に住む外国人として思うこと」 ※日本での日常生活で日頃感じていること、母国との生活習慣の違いなどのテーマで述べていただきます。
日程	応募締切：８月31日 予選：10月１日午前10時から（予選通過者10名が本選に出場できます） 本選：10月２日午後２時から
会場	予選と本選ともに県庁の講堂。参観はどなたでも可。
応募資格	○○県内在住または県内の学校に通学している日本国籍以外の方で、日本での在住期間が１年以内の方。
応募方法	スピーチ内容を日本語で400字以内にまとめたものに、住所・氏名・年齢・国籍・学校名・電話番号を記載の上、下記の応募先へ郵送、ファックス、またはEメールにてお送りください。
応募先	〒・・・　○○県××市１-２-３ ○○県庁　「外国人による日本語スピーチコンテスト」開催事務局 TEL：000-000-0000　FAX：000-000-1111　E-mail：aaa@bbb.jp
応募の決まり	・スピーチは一人３分以内で日本語によること。 ・内容はオリジナルで未発表のものであること。 ・コンテスト当日はパスポートを持参してください。
賞	大賞　１名：賞金１万円 優秀賞　数名：賞金５千円 参加賞　予選通過者で大賞・優秀賞受賞の方以外全員に、記念品をお贈りします。
審査方法	○○県立大学の日本語教師３名が、内容と日本語の正確さに基づいて審査します。
主催	○○県

コンテストB

○○アジア留学生協会主催　日本語スピーチコンテスト

当協会では、アジアの視点から見た日本とアジア諸国との関係について述べてもらい、今後の国際交流、相互理解を深めるために、日本以外のアジア国籍の方による日本語スピーチコンテストを開催いたします。

テーマ	「日本とほかのアジア諸国との関係」 ※商業的、政治的、宗教的な宣伝内容を含まないものに限る
日程	応募締切：７月１日必着 コンテスト：８月１日14：00（会場：当協会ホール）
応募資格	日本在住の日本以外のアジア国籍の方で、日本の大学または大学院に在学中の方
応募方法	応募用紙に必要事項を記入の上、スピーチ内容全文の原稿及び応募者本人がスピーチしたものを録音したカセットテープまたはＣＤと、パスポートのコピーを添えて当協会に郵送してください。応募用紙は当協会窓口または、当協会のホームページからもダウンロードできます。ファックスまたはＥメールでの応募は受付けておりませんので、ご注意ください。
問い合わせ先	〒・・・　△△県☆☆市０-０-1　○○アジア留学生協会 TEL：000-111-1111　FAX：000-111-2222 ホームページ：http://www.cccddd.jp E-mail：ccc@ddd.jp
出場者の決定	当協会において、応募者の中から10名をスピーチ原稿及び録音内容により選考します。選考結果は７月10日までに全応募者に通知します。
応募規定	・スピーチは一人５分以内。超過は減点します。 ・内容は自作で、公表したことのないものに限る。
賞	金賞　１名：賞金50万円 銀賞　１名：賞金10万円 銅賞　１名：賞金１万円
審査員	当協会の役員５名

次は2つのスピーチコンテストの募集要項である。下の問いに対する答えとして最も良いものを、1・2・3・4から一つ選びなさい。

コンテストA

○○県主催　外国人による日本語スピーチコンテスト

当県では、下記の通り「外国人による日本語スピーチコンテスト」を開催いたします。

テーマ	「日本に住む外国人として思うこと」 ※日本での日常生活で日頃感じていること、母国との生活習慣の違いなどのテーマで述べていただきます。
日程	応募締切：８月31日 予選：10月１日午前10時から（予選通過者10名が本選に出場できます） 本選：10月２日午後２時から
会場	予選と本選ともに県庁の講堂。参観はどなたでも可。
応募資格	○○県内在住または県内の学校に通学している日本国籍以外の方で、日本での在住期間が１年以内の方。
応募方法	スピーチ内容を日本語で400字以内にまとめたものに、住所・氏名・年齢・国籍・学校名・電話番号を記載の上、下記の応募先へ郵送、ファックス、またはEメールにてお送りください。
応募先	〒・・・　○○県××市１-２-３ ○○県庁　「外国人による日本語スピーチコンテスト」開催事務局 TEL：000-000-0000　FAX：000-000-1111　E-mail：aaa@bbb.jp
応募の決まり	・スピーチは一人３分以内で日本語によること。 ・内容はオリジナルで未発表のものであること。 ・コンテスト当日はパスポートを持参してください。
賞	大賞　１名：賞金１万円 優秀賞　数名：賞金５千円 参加賞　予選通過者で大賞・優秀賞受賞の方以外全員に、記念品をお贈りします。
審査方法	○○県立大学の日本語教師３名が、内容と日本語の正確さに基づいて審査します。文法詳見P284
主催	○○県

74題 關鍵句

下面是兩則演講比賽的報名辦法。請從選項1・2・3・4當中選出一個下列問題最恰當的答案。

A比賽

〇〇縣主辦　外籍人士日語演講比賽

本縣依照以下辦法，舉行「外籍人士日語演講比賽」。

主題	「在日外國人所想的事情」 ※請各位以在日本的日常生活平日的感觸，或是和自己國家不同的生活習慣等等為題發表。
日程	報名截止日：8月31日 預賽：10月1日上午10時開始（10位通過預賽者可以晉級決賽） 決賽：10月2日下午2時開始
會場	預賽和決賽均在縣政府講堂。開放自由參觀。
報名資格	住在〇〇縣內或是在縣內學校上課，非日本國籍，且在日期間為1年以下。
報名方法	將演講內容整理成日語400字以內的文章，並寫下住址、姓名、年齡、國籍、學校名、電話號碼，郵寄到下列的報名地址，或是以傳真或e-mail傳送。
報名地址	〒・・・　〇〇縣××市1-2-3 〇〇縣政府　「外籍人士日語演講比賽」舉辦事務處 TEL：000-000-0000　FAX：000-000-1111　E-mail：aaa@bbb.jp
報名規則	・演講是使用日語，一人限時3分鐘。 ・內容須為原創且未經發表的東西。 ・比賽當天請攜帶護照。
獎項	大獎　1名：獎金1萬圓 優秀獎　數名：獎金5千圓 參加獎　通過預賽者，除大獎、優秀獎獲獎者之外，將致贈全員紀念品。
評選方法	〇〇縣立大學的3位日語教師，將根據內容及日語的正確性來進行評選。
主辦	〇〇縣

コンテストB

○○アジア留学生協会主催　日本語スピーチコンテスト

当協会では、アジアの視点から見た日本とアジア諸国との関係について述べてもらい、今後の国際交流、相互理解を深めるために、日本以外のアジア国籍の方による日本語スピーチコンテストを開催いたします。

テーマ	「日本とほかのアジア諸国との関係」 ※商業的、政治的、宗教的な宣伝内容を含まないものに限る
日程	応募締切：７月１日必着 コンテスト：８月１日14：00（会場：当協会ホール）
応募資格	日本在住の日本以外のアジア国籍の方で、日本の大学または大学院に在学中の方（74 題 關鍵句）
応募方法	応募用紙に必要事項を記入の上、スピーチ内容全文の原稿及び応募者本人がスピーチしたものを録音したカセットテープまたはＣＤと、パスポートのコピーを添えて当協会に郵送してください。応募用紙は当協会窓口または、当協会のホームページからもダウンロードできます。ファックスまたはＥメールでの応募は受付けておりませんので、ご注意ください。（75 題 關鍵句）
問い合わせ先	〒・・・　△△県☆☆市０-０-１　○○アジア留学生協会 TEL：000-111-1111　　FAX：000-111-2222 ホームページ：http://www.cccddd.jp E-mail：ccc@ddd.jp
出場者の決定	当協会において、応募者の中から10名をスピーチ原稿及び録音内容により選考します。選考結果は７月10日までに全応募者に通知します。
応募規定	・スピーチは一人５分以内。超過は減点します。 ・内容は自作で、公表したことのないものに限る。
賞	金賞　１名：賞金50万円 銀賞　１名：賞金10万円 銅賞　１名：賞金１万円
審査員	当協会の役員５名

B比賽

〇〇亞洲留學生協會主辦　日語演講比賽

本協會希望各位能站在亞洲的角度來看日本及其他亞洲各國的關係發表意見。為了加深今後的國際交流及相互理解，將舉辦亞洲籍人士的日語演講比賽。

主題	「日本與其他亞洲各國的關係」 ※僅限不含商業、政治、宗教性質宣傳內容的主題
日程	報名截止日：７月１日必須送達 比賽：８月１日14：00（會場：本協會大廳）
報名資格	住在日本，非日本籍的亞洲國籍人士，正就讀日本的大學或是研究所
報名方法	請在報名表內填入必填項目，並將演講內容全文的原稿以及錄有演講者本人演講內容的錄音帶或ＣＤ光碟，附上護照影本郵寄到本協會。報名表可在本協會櫃台領取，或是官網下載。恕不接受傳真或e-mail報名，敬請注意。
聯絡方式	〒・・・　△△縣☆☆市０-０-１ 〇〇亞洲留學生協會 TEL：000-111-1111　FAX：000-111-2222 官網：http://www.cccddd.jp E-mail：ccc@ddd.jp
參賽者選拔	本協會將依據演講原稿以及錄音內容，從報名參賽者當中挑選出10位。選拔結果在７月10日之前會通知所有報名參賽者。
報名規定	・演講一人限時５分鐘，超時將扣分。 ・內容限為自己的作品，且未經公開發表。
獎項	金牌　１名：獎金50萬圓 銀牌　１名：獎金10萬圓 銅牌　１名：獎金１萬圓
評審	５位本協會成員

Answer 2

74 中国人の楊さんとアメリカ人のロビンソンさんは、○○県の同じアパートに住んでいる。楊さんは半年前に日本に来て、○○県にある日本語学校で日本語を学んでいる。一方、ロビンソンさんは３年前に来日し、今は○○県立大学に通っている。二人ともスピーチコンテストに出場したいと思っているが、二人が応募できるのは、ＡとＢのどちらのコンテストか。

1 楊さんは両方のコンテストに応募できるが、ロビンソンさんはコンテストＢにだけ応募できる。

2 楊さんはコンテストＡにだけ応募でき、ロビンソンさんは両方とも応募できない。

3 ロビンソンさんは両方のコンテストに応募できるが、楊さんはコンテストＢにだけ応募できる。

4 二人とも両方のコンテストに応募できる。

---

74 中國人楊同學和美國人羅賓森同學住在○○縣的同一間公寓。楊同學半年前來到日本，在○○縣的日本語學校學習日語。另一方面，羅賓森同學３年前來到日本，現在就讀於○○縣立大學。兩人都想參加演講比賽，他們能報名的是Ａ比賽還是Ｂ比賽呢？

1 楊同學兩場比賽都能報名，羅賓森同學只能報名Ｂ比賽。

2 楊同學只能報名Ａ比賽，羅賓森同學兩場比賽都不能報名。

3 羅賓森同學兩場比賽都能報名，楊同學只能報名Ｂ比賽。

4 兩人兩場比賽都能報名。

選項１“楊同學可報名兩比賽，而羅賓森只能報名Ｂ”，不符報名條件分析。

選項２“楊同學只能報名Ａ，而羅賓森兩都不能”，這是正確答案。

選項３“羅賓森可報兩，楊同學只能Ｂ”，與實際條件不符。

選項４“兩可報兩”，同樣不符報名條件。

解題攻略

對於比賽A，參加者必須符合以下條件：

1. 必須是住在○○縣內或者在○○縣內的學校就讀的人。
2. 必須是非日本國籍。
3. 在日本的居住期間不能超過一年。

因此，

1. 楊同學符合比賽A的參加資格，因為他住在該縣內，且在日本的居住期間不超過一年。
2. 羅賓森同學則不符合比賽A的參加資格，因為他在日本已經居住了3年。

對於比賽B，參加者必須符合以下條件：

1. 必須住在日本。
2. 必須是非日本亞洲國籍。
3. 必須是正式在日本大學或研究所就讀的學生。

因此，

1. 楊同學住在日本，雖他是亞洲國籍，但是在語言學校學習，所以不符合比賽B的參加資格。
2. 羅賓森同學雖然住在日本，也是在日本的大學或研究所就讀的學生，但他不是亞洲國籍，因此也不符合比賽B的參加資格。

這一題的問的是可以報名的比賽，所以必須先看海報的「応募資格」（報名資格），再檢查兩人符不符合A和B的參加條件。

題型分析

這個問題屬於"內容理解題"類型，主要考查考生對比賽報名條件的理解與分析能力。考生需要仔細閱讀兩個比賽的報名要求，並結合兩位居住者的背景信息，判斷他們各自能參加哪些比賽。

解題思路

1. 仔細閱讀：首先，仔細閱讀兩個比賽的報名條件，注意各自的要求差異。

2. 分析條件：對照楊同學和羅賓森先生的具體情況（居住時間、國籍、學校情況等），分析他們符合哪個比賽的報名資格。

3. 選項判斷：根據分析結果，從給出的選項中選擇最符合的答案。

Answer **4**

75 韓国人のキムさんは、5年前に来日して、今は××県立大学の大学院でアジア事情を研究している。日本と韓国の文化交流の歴史をテーマにコンテストBに参加したいと思い、今回新たに自分で書いた原稿と自分のスピーチの録音、パスポートのコピーをEメールに付けて、必要事項を書いて6月30日に送ったが、出場者に選ばれなかった。その理由はなぜだと考えられるか。

1 送った書類に足りないものがあった。
2 スピーチのテーマがコンテストのテーマに合わなかった。
3 キムさんの条件が応募資格に合わなかった。
4 書類の送り方を間違えていた。

75 金同學是韓國人，5年前來到日本，現在在××縣立大學研究所研究亞洲情勢。他想以日韓文化交流史為題參加B比賽。他在6月30日把這次自己新撰寫的原稿和自己的演講錄音檔連同護照影本附加在e-mail裡，並填寫必填項目寄出，不過沒入選為參賽者。我們可以推測理由為何呢？

1 他寄送的資料有缺。
2 演講題目不符合比賽主題。
3 金同學的條件不符合報名資格。
4 弄錯了資料的寄送方式。

選項1 題目未提供具體信息，不是直接原因。

選項2 題目指出演講主題實際上與比賽主題相符，排除。

選項3 題目顯示金同學符合比賽B的報名資格，排除。

選項4 題目指出金同學用電子郵件提交報名材料，但比賽不接受電子郵件或傳真報名，所以金同學沒被選為參賽者。正確答案選項4。

解題攻略

☑ 金同學是韓國人，目前正在某某縣立大學的研究所研究亞洲事務，符合參賽資格。

☑ 他計劃參加的題目是「日本和韓國的文化交流歷史」，符合比賽主題要求。

☒ 根據海報，報名材料必須通過郵寄提交，且最後特別提醒不接受傳真或電子郵件報名。

題目問的是金同學沒獲選出賽的原因。建議從題目敘述找出關鍵，再對照海報中的項目，檢查哪個環節出錯。

題型分析

這個問題屬於「推理判斷題」類型，考查考生通過給定信息推理出正確答案的能力。特別是需要根據題目中提供的情景，結合比賽的具體要求，來判斷為什麼某個行動未能達到預期的結果。

解題思路

細讀題目：注意題目中提到的關鍵信息，包括金同學的行動、背景以及他所採取的具體步驟。

對照比賽要求：回顧比賽B的報名要求，尤其是報名資格、主題要求和提交方式。

逐一排除： 根據比賽要求，逐一排除不符合實際情況的選項，找出最可能的原因。

- □ スピーチコンテスト【speech contest】 演講比賽
- □ 主催（しゅさい） 主辦
- □ 当（とう） 本，這個
- □ 母国（ぼこく） 自己的國家，祖國
- □ 応募（おうぼ） 報名
- □ 締切（しめきり） 截止日，截止時間
- □ 予選（よせん） 預賽
- □ 本選（ほんせん） 決賽
- □ 県庁（けんちょう） 縣政府
- □ 在住（ざいじゅう） 住在…，居住
- □ オリジナル【original】 原創
- □ 未発表（みはっぴょう） 未經發表
- □ 持参（じさん） 帶（來）
- □ ～名（めい） （人數）…名
- □ 数～（すう） 數（個），幾(個)
- □ 諸国（しょこく） 各國
- □ 必着（ひっちゃく） 必須到達
- □ 大学院（だいがくいん） 研究所
- □ 公表（こうひょう） 公開發表
- □ 役員（やくいん） 幹部

Track 22

次は、ある大学で開かれる公開講座のリストである。下の問いに対する答えとして最もよいものを、1・2・3・4から一つ選びなさい。

74 山本さんは外国語かパソコンが習いたい。外国語はこれまで英語しか勉強したことがなく、今度は何か日本の近くの国の言葉をやってみたい。パソコンに関しては、自分のブログはすでに持っているので、次は会社の仕事で使えるようにホームページの作成の仕方を勉強したいと思っている。土日のうち１日は家族と過ごしたい。水曜日は仕事が遅くなることがあるので都合が悪い。リストの中に、山本さんの条件に合う講座はいくつあるか。

1　１つ　　2　２つ　　3　３つ　　4　４つ

75 ミードさんはアメリカ人留学生で、いろは市にある国際学生会館に住んでいる。日本語は日常会話に全く困らない程度できるようになった。月曜日の夜は、アルバイトで英語を教えている。週末は家にいることが多い。デジタルカメラでたくさんの写真を撮ったので、絵はがきにしてアメリカにいる家族に送りたいと思っている。リストの中に、ミードさんが取るとよい講座はいくつあるか。

1　２つあるが、１つは都合が悪い
2　２つあるが、２つとも都合が悪い
3　１つあって、都合もよい
4　１つもない

いろは大学　夏休み公開講座

7/17～8/21（毎週火曜日）19:00-20:30　全6回

【初心者のための中国語】9,000円

中国語のおもしろさは、目で字を見るとなんとなく内容が想像できるのに、耳で聞くと全く分からないところにあります。まずは発音から！

7/11～8/15（毎週水曜日）19:00-20:30　全6回

【韓国語入門】9,000円

韓国語は、文字が規則正しいのみならず、文法も日本語とよく似ており、学びやすいことばです。初めての方、大歓迎！

7/9～8/17（毎週月・金曜日）19:00-20:30　全12回

【はじめてのにほんご】6,000円

「五十音」とふだんよく使うあいさつから始め、買い物のときなどに役立つ表現を学んでいきます。

＊　ご家庭の状況次第で無料となる場合があります。

＊　いろは市にお住まいの外国人の方が対象です。

7/19～8/23（毎週木曜日）19:00-20:30　全6回

【初心者のパソコン】9,000円

ワープロの打てない方、インターネットには興味あるけれど難しそう……という方、初めはみんな未経験者です。勇気を出して、レッツトライ！

7/8～8/12（毎週日曜日）10:30-12:00　全6回

【情報処理講座】12,000円

ワープロ、Eメール、ネットサーフィン以外でパソコンを使ったことがない方、ビジネスですぐに役立つ表計算を中心に学びます。

7/7～8/11（毎週土曜日）10:30-12:00　全6回

【やさしい画像編集】9,000円

デジタルカメラで撮った写真の管理、編集を学びます。オリジナルアルバムや写真入り年賀状を作ってみませんか。

7/22～8/26（毎週日曜日）18:00-21:00　全6回

【ブログを書こう】24,000円

ワープロが打ててデジタルカメラを持っている方なら誰でもブログを開設できます。あなたもインターネットに日記を書いてみませんか。

翻譯與解題 ②

次は、ある大学で開かれる公開講座のリストである。下の問いに対する答えとして最もよいものを、1・2・3・4から一つ選びなさい。

いろは大学　夏休み公開講座

7/17～8/21（毎週火曜日）19:00-20:30　全6回

【初心者のための中国語】9,000円

中国語のおもしろさは、目で字を見るとなんとなく内容が想像できるのに、耳で聞くと全く分からないところにあります。まずは発音から！

7/11～8/15（毎週水曜日）19:00-20:30　全6回

【韓国語入門】9,000円

文法詳見 P284

韓国語は、文字が規則正しいのみならず、文法も日本語とよく似ており、学びやすいことばです。初めての方、大歓迎！

7/9～8/17（毎週月・金曜日）19:00-20:30　全12回

【はじめてのにほんご】6,000円

「五十音」とふだんよく使うあいさつから始め、買い物のときなどに役立つ表現を学んでいきます。

＊　ご家庭の状況次第で無料となる場合があります。

文法 P284

＊　いろは市にお住まいの外国人の方が対象です。

7/19～8/23（毎週木曜日）19:00-20:30　全6回

【初心者のパソコン】9,000円

ワープロの打てない方、インターネットには興味あるけれど難しそう……という方、初めはみんな未経験者です。勇気を出して、レッツトライ！

7/8～8/12（毎週日曜日）10:30-12:00　全6回

【情報処理講座】12,000円

ワープロ、Eメール、ネットサーフィン以外でパソコンを使ったことがない方、ビジネスですぐに役立つ表計算を中心に学びます。

7/7～8/11（毎週土曜日）10:30-12:00　全6回

【やさしい画像編集】9,000円

デジタルカメラで撮った写真の管理、編集を学びます。オリジナルアルバムや写真入り年賀状を作ってみませんか。

7/22～8/26（毎週日曜日）18:00-21:00　全6回

【ブログを書こう】24,000円

ワープロが打ててデジタルカメラを持っている方なら誰でもブログを開設できます。あなたもインターネットに日記を書いてみませんか。

下面是在某大學舉行的公開講座的列表。請從選項1・2・3・4當中選出一個最恰當的答案。

伊呂波大學　暑期公開講座

7/17～8/21（每週二）19:00-20:30　共6回

【初級中文】9,000圓

中文有趣的地方就在於用眼睛看字多少能想像其內容，但是用耳朵聽的話就完全不知道在說什麼。首先從發音著手！

7/11～8/15（每週三）19:00-20:30　共6回

【韓語入門】9,000圓

韓語不僅是文字規則方正，連文法也和日文極為相似，是很容易學的一種語言。我們十分歡迎初學者！

7/9～8/17（每週一、五）19:00-20:30　共12回

【初級日語】6,000圓

從「五十音」和平時常用的招呼用語開始，學習在購物等場合能派得上用場的說法。

＊　依照家庭經濟狀況可以免除學費。

＊　對象是住在伊呂波市的外國人。

7/19～8/23（每週四）19:00-20:30　共6回

【基礎電腦】9,000圓

不會使用文書處理的人，或是對網路有興趣但覺得似乎很難的人，大家一開始都是沒有經驗的。請拿出勇氣，Let's try！

7/8～8/12（每週日）10:30-12:00　共6回

【資訊處理講座】12,000圓

若您沒有使用過文書處理、e-mail、上網以外的電腦功能，我們將主要學習對商務馬上有幫助的試算表。

7/7～8/11（每週六）10:30-12:00　共6回

【簡易圖像處理】9,000圓

學習數位相機所拍攝的照片的管理、處理。要不要做做看原創的相簿或照片賀年卡呢？

7/22～8/26（每週日）18:00-21:00　共6回

【來寫部落格吧】24,000圓

只要會打字又有數位相機，不管是誰都能開設部落格。你要不要也試試看在網路上寫日記呢？

Answer 1

74 山本さんは外国語かパソコンが習いたい。外国語はこれまで英語しか勉強したことがなく、今度は何か日本の近くの国の言葉をやってみたい。パソコンに関しては、自分のブログはすでに持っているので、次は会社の仕事で使えるようにホームページの作成の仕方を勉強したいと思っている。土日のうち1日は家族と過ごしたい。水曜日は仕事が遅くなることがあるので都合が悪い。リストの中に、山本さんの条件に合う講座はいくつあるか。

1 1つ　　2 2つ
3 3つ　　4 4つ

74 山本先生想學外語或是電腦。外語的話他至今只學過英語而已，這回想試試看日本鄰近國家的語言。關於電腦，他已經有自己的部落格了，所以接下來想學網站架設方法，好用在公司的工作上。禮拜六、日的其中一天他想和家人一起度過。有時週三會晚下班，所以不太方便。列表當中，符合山本先生條件的講座一共有幾個呢？

1 1個　　**2** 2個
3 3個　　**4** 4個

選項1 "1個"，符合山本先生要求的課程只有一個。根據題目描述，他對外語的興趣是學習鄰近國家的語言，對電腦的需求是學習與工作相關的技能，而時間上，週三不方便，且希望保留週末一天家庭時間。僅有的符合這些條件的課程是【初心者のための中国語】。正確答案選項1。

選項2 "2個"，根據條件篩選，只有一個課程完全符合山本先生的需求，因此這個選項不正確。

選項3 "3個"，同樣，根據條件篩選，找不到3個完全符合需求的課程，所以這個選項也不正確。

選項4 "4個"，題目中提供的信息，並沒有表明有4個課程同時符合山本先生的所有條件，因此這個選項同樣不正確。

解題攻略

山本先生想學外語或電腦，題目提到「今度は何か日本の近くの国の言葉をやってみたい」（這回想試試看日本鄰近國家的語言），再從他的姓氏「山本」推測他是日本人，所以日語課程不適合他。

題目提到山本先生已經有自己的部落格了，所以可以剔除「ブログを書こう」（來寫部落格吧）。接著題目提到他想學網站架設方法，但「初心者のパソコン」（基礎電腦），「情報処理講座」（資訊處理講座），「やさしい画像編集」（簡易圖像處理）這三門課程都和網站架設無關，因此都不適合他。只剩「初心者のための中国語」（初級中文）和「韓国語入門」（韓語入門）這２門課程。

題目又提到「土日のうち１日は家族と過ごしたい」（禮拜六、日的其中一天他想和家人一起度過），暗示不能選週六和週日都需要上課的課程。此外，題目又說「水曜日は仕事が遅くなることがあるので都合が悪い」（有時週三會晚下班，所以不太方便），因此「韓国語入門」不適合他。

所以山本先生只剩下週二的「初心者のための中国語」可以參加。正確答案是１。

題型分析

這個問題屬於「邏輯判斷題」類型，特別是需要根據給定的條件和限制，從提供的選項中，選擇符合特定要求的課程數量。

解題思路

理解山本先生的需求：注意山本先生對課程的特定要求，包括對外語的偏好、對電腦技能的特定需求，以及可參加課程的時間限制。

篩選合適的課程：根據山本先生的需求，逐一檢查每個公開課程的內容、時間安排，以及是否滿足他的興趣和時間安排。

計算符合條件的課程數量：統計所有符合山本先生條件的課程數量。

- □ 公開（こうかい） 公開
- □ リスト【list】 列表，清單
- □ 初心者（しょしんしゃ） 初學者
- □ なんとなく （不知為何）總覺得
- □ 無料（むりょう） 免費
- □ お住まい（す） 住所，住處
- □ 未経験者（みけいけんしゃ） 沒有經驗的人
- □ 情報（じょうほう） 資訊

Answer 3

75 ミードさんはアメリカ人留学生で、いろは市にある国際学生会館に住んでいる。日本語は日常会話に全く困らない程度できるようになった。月曜日の夜は、アルバイトで英語を教えている。週末は家にいることが多い。デジタルカメラでたくさんの写真を撮ったので、絵はがきにしてアメリカにいる家族に送りたいと思っている。リストの中に、ミードさんが取るとよい講座はいくつあるか。

1 2つあるが、1つは都合が悪い
2 2つあるが、2つとも都合が悪い
3 1つあって、都合もよい
4 1つもない

---

75 密德同學是美國的留學生，他住在伊呂波市的國際學生會館。他的日語已經到達日常會話完全不會感到困擾的程度。星期一晚上他要打工教英文。週末他經常待在家。因為他用數位相機拍了很多照片，所以想把照片製作成明信片寄給在美國的家人。列表當中，適合密德同學的講座有幾個呢？

1 有2個，但其中一個時間不方便
2 有2個，但這兩個時間都不方便
3 有1個，時間上也方便
4 1個也沒有

選項1 “有兩，但一個不方便”，根據題目描述，有一個課程符合密德同學的需求，因此這個選項不正確。

選項2 “兩個都不方便”，同樣，題目中只提及一個符合需求的課程，這個選項也不適用。

選項3 “一個方便”，正確反映了密德同學情況，即有一個符合他需求的課程，而且安排在他有空的週末，不與其他活動衝突。正確答案選項3。

選項4 “一個都沒有”，根據題目信息，至少有一個課程是符合密德同學的需求和時間安排的，所以這個選項不正確。

解題攻略

從「デジタルカメラでたくさんの写真を撮ったので、絵はがきにしてアメリカにいる家族に送りたいと思っている」（因為他用數位相機拍了很多照片，所以想把照片製作成明信片寄給在美國的家人）可知密德同學想學習把數位照片製作成明信片的方法，這跟電腦課程的「やさしい画像編集」（簡易圖像處理）有關。課程介紹提到這門課學的是數位照片的管理，還可以把照片製作成相簿或賀年卡，所以推測也可以製作成明信片。所有課程中只有這項符合他的需求。

接著看其他條件限制。從「月曜日の夜は、アルバイトで英語を教えている」（星期一晚上他要打工教英文）可知密德同學週一晚上沒空。不過「やさしい画像編集」的上課時間是星期六，題目也有提到「週末は家にいることが多い」（週末他經常待在家），表示他週末有空，所以密德同學週六可以去上「やさしい画像編集」這門課。由於密德同學只能報名「やさしい画像編集」、時間也可以配合，所以正確答案是３。

這一題要先掌握密德同學希望參與的課程，然後依照題目給的條件篩選。

題型分析

這個問題屬於「個別條件符合題」類型，考查考生根據給定條件篩選適合的課程。

解題思路

識別需求：理解密德同學的特定需求，即使用數位相機拍攝的照片製作成明信片的技能。

核對課程內容：從提供的課程列表中，找到與需求相匹配的課程。在這個案例中，【やさしい画像編集】課程與密德同學的需求相符，因為課程內容包括數位照片的管理和編輯，適合用來製作明信片。

考慮時間安排：核實密德同學的時間安排，確保選定的課程不與他的其他活動（如兼職工作）衝突，並且在他通常有空的時間進行。

- □ ネットサーフィン【net surfing】 上網
- □ 表計算（ひょうけいさん） 試算表
- □ 編集（へんしゅう） 編輯，處理
- □ 開設（かいせつ） 開設，開辦
- □ ブログ【blog】 部落格
- □ デジタルカメラ【digital camera】 數位相機
- □ 絵（え）はがき （印有圖樣或照片的）明信片

重要文法

【名詞】＋に基づいて。表示以某事物為根據或基礎。相當於「をもとにして」。

❶ に基づいて　根據…、按照…、基於…

例句 学生から寄せられたコメントに基づいて授業改善の試みが始まった。
依照從學生收集來的建議，開始嘗試了教學改進。

【名詞；形容動詞詞幹である；［形容詞・動詞］普通形】＋のみならず。表示添加。用在不僅限於前接詞的範圍，還有後項進一層的情況。

❷ のみならず　不僅…，也…

例句 この薬は、風邪のみならず、肩こりにも効力がある。
這個藥不僅對感冒有效，對肩膀酸痛也很有效。

【名詞】＋次第で。表示行為動作要實現，全憑「次第で」前面的名詞的情況而定。

❸ 次第で　全憑…

例句 気温次第で、作物の生長は全然違う。
在不同的氣溫環境下，作物的生長情況完全不同。

小知識大補帖

▶「週末」所指的範圍

「週末」指的是星期五，還是六、日呢？我們來看看幾本辭典中的意思：

- 「一週間の末。土曜日、また土曜日から日曜日へかけていう。近年は金曜日を含めてもいう。」
（一星期的尾聲。星期六，或指星期六到星期天的期間。近年來也含星期五在內。）（国語辞書）
- 「一週間の末。土曜日から日曜日にかけてをいう。ウイークエンド。」
（一星期的尾聲。指星期六到星期天的期間。Weekend。）（『広辞苑』岩波書店）

- 「金曜日を含めていうこともある」
  （有時也指含星期五在內）（『大辞林』三省堂）
- 「一週間の末。一週間の終わり頃。金曜から土曜日、また土曜の午後から日曜日にかけてをいう。…」
  （一星期的尾聲。一星期將要結束的時候。指從星期五到星期六，或稱星期六下午到星期天這段期間。…）（『日本国語大辞典』小学館）

另外，再查一下英文辭典的「weekend」：

- 「（特に金曜［土曜］日の夜から月曜日の朝までの）週末」
  （「特別指星期五或六晚上直到星期一早上的」週末」）（『小学館ランダムハウス英和大辞典』）
- 「週末《土曜日の午後または金曜日の夜から月曜日の朝まで》」
  （週末《星期六下午或星期五晚上到星期一早上為止》）（『研究社新英和大辞典』）

從以上幾本辭典的解釋、說明來看，「週末」所指的範圍，如下：

（1）土曜日（星期六）
（2）金曜日と土曜日（星期五和星期六）
（3）土曜日と日曜日（星期六和星期天）
（4）金曜日の夜から日曜日の夜（または月曜日の朝）まで（從星期五晚上到星期天晚上（或星期一早上）為止）

據 NHK 在 1999 年的調查顯示，日本全國有過半數以上的人認為「週末」指的是「土曜日と日曜日」。而答（1）（2）（4）的人各占一成多。也因此，為了正確傳遞訊息，許多新聞媒體都盡可能具體的加上「星期或日期」。例如「這個週末的星期六」或是「下個星期六、25 日」等等。

常用的表達關鍵句

＊{ } 內也可自行帶入其他詞彙喔！

01 表示希望、要求關鍵句

- {ぜひお話(はな)しさせ} ていただきたい／請您 { 讓我說兩句話 }。
- {あなたに確認(かくにん)} してもらいたい／想請你 { 確認 }。
- {給料(きゅうりょう)がもっと多(おお)けれ} ばいいのになあ／要是 { 薪水能再高一點 } 該有多好。
- {全(すべ)て 80 点以上(てんいじょう)} を望(のぞ)む／希望 { 全科都有 80 分以上 }。
- {最後(さいご)にひとつだけお願(ねが)いし} てもよろしいでしょうか／ { 最後再拜託您一件事 } 可以嗎？

02 表示提議、建議關鍵句

- ましょう・よう／…吧！
- ましょうか／…吧？
- ませんか／不…嗎？不一起…嗎？…吧？
- ～は～より／…比…更…
- た方(ほう)がいい・ない方(ほう)がいい／最好…、最好不要…
- たらいいですか／可以…嗎？
- たらどうですか／如果…怎麼樣？
- ばいいですか／如果…的話可以嗎？
- るといいです／…就好、…就可以
- {自首(じしゅ)} を勧(すす)める／勸（某人）去 { 自首 }。

03 訂正、補充關鍵句

- {大切(たいせつ)なのはことば} ではなくて {心(こころ)だ} ／{ 重要的 } 不是 { 言語而是心意 }。
- ただし／當然…，但是…
- もっとも／不過…，但是…

關鍵字記單字

▸關鍵字	▸▸▸單字	
催す（もよおす） 舉行、舉辦	□ 行事（ぎょうじ）	（按慣例舉行的）儀式，活動
	□ 式（しき）	儀式，典禮，（特指）婚禮；方式；樣式，類型，風格；做法；算式，公式
	□ 儀式（ぎしき）	儀式，典禮
	□ 会合（かいごう）	聚會，聚餐
	□ 集会（しゅうかい）	集會
	□ 大会（たいかい）	大會；全體會議
	□ 飲み会（のみかい）	喝酒的聚會
	□ 展示会（てんじかい）	展示會

▸關鍵字	▸▸▸單字	
競う（きそう） 競爭、比賽	□ 競技（きょうぎ）	競賽，體育比賽
	□ コンクール【concours】	競賽會，競演會，會演
	□ シリーズ【series】	（棒球）聯賽；（書籍等的）彙編，叢書，套；（影片、電影等）系列
	□ マラソン【marathon】	馬拉松長跑
	□ ゴール【goal】	（體）決勝點，終點；球門；跑進決勝點，射進球門；奮鬥的目標
	□ グラウンド【ground】	運動場，球場，廣場，操場
	□ トラック【track】	（操場、運動場、賽馬場的）跑道
	□ 競馬（けいば）	賽馬
	□ 零点（れいてん）	零分；毫無價值，不夠格；零度，冰點
	□ 優勝（ゆうしょう）	優勝，取得冠軍
	□ 勝負（しょうぶ）	勝敗，輸贏；比賽，競賽
	□ 勝敗（しょうはい）	勝負，勝敗
	□ 逃げ切る（にげきる）	（成功地）甩開對手；逃跑
	□ 参る（まいる）	認輸；受不了，吃不消；（敬）去，來；參拜（神佛）；（俗）死；（文）（從前婦女寫信，在收件人的名字右下方寫的敬語）鈞啟；（古）獻上；吃，喝；做

▶ 電腦網路

パソコンについて詳しいです。
我很懂電腦。

パソコンのことはほとんどわかりません。
我對電腦幾乎一竅不通。

文字入力しかできません。
我只會鍵入文字。

Eメールのやりとりとインターネットはできます。
我會發電子郵件和上網。

ノートパソコンとデスクトップ、どっちですか。
你想買筆記型電腦還是桌上型電腦呢？

ウィンドウズですか。マックですか。
你用的是 Windows 系統還是 Mac 系統？

このコンピューターの使い方を知っていますか。
你知道這種電腦的操作方式嗎？

ファイルが開けないんです。
我打不開這個檔案。

パソコンは正しく使わないと動かない。
假如不以正確的方式操作電腦，就無法啟動運轉。

このデータ、CDに焼いてくれませんか。
你可以幫我把這份資料燒錄到光碟片上嗎？

メールはパソコンと携帯、どっちに送ったらいい。
你希望我把電子郵件發送到你的電腦還是手機裡呢？

手で書くよりパソコンを打つ方が速い。
比起用手寫，以電腦輸入比較快。

仕事にコンピューターを使わない会社は少ないです。
現在已經鮮少有公司不用電腦工作了。

ブログってやってますか。
你有在寫部落格嗎？

ネットはつながってますか。
網路有連線嗎？

新しく買ったばかりのパソコンが動かないんですけど。
我剛買的電腦當機了。

私のパソコン、古くてすぐフリーズしちゃうんです。
我的電腦太舊了，動不動就會當機。

すみません。このコンピューター、最近調子が悪くて。
不好意思，這台電腦最近怪怪的。

1 關係

◆ **にかかわって、にかかわり、にかかわる** 關於…、涉及…

- 私は将来、貿易に関わる仕事をしたい。

我以後想從事貿易相關行業。

◆ **につけ(て)、につけても** (1)不管…或是…；(2)一…就…、每當…就…

- 嬉しいにつけ悲しいにつけ、音楽は心の友となる。

不管是高興的時候，或是悲傷的時候，音樂永遠是我們的心靈之友。

◆ **をきっかけに(して)、をきっかけとして** 以…為契機、自從…之後、以…為開端

- 母親の入院をきっかけにして、料理をするようになりました。

自從家母住院之後，我才開始下廚。

◆ **をけいきとして、をけいきに(して)** 趁著…、自從…之後、以…為動機

- 定年退職を契機に、残りの人生を考え始めた。

以這次退休為契機的這個時點上，開始思考該如何安排餘生。

◆ **にかかわらず** 無論…與否…、不管…都…、儘管…也…

- 送料は大きさに関わらず、全国どこでも1000円です。

商品尺寸不分大小，寄至全國各地的運費均為一千圓。

◆ **にしろ** 無論…都…、就算…，也…、即使…，也…

- 洗濯機にしろ冷蔵庫にしろ、日本製が高いことに変わりない。

不論是洗衣機還是冰箱，凡是日本製造的產品都同樣昂貴。

◆ **にせよ、にもせよ** 無論…都…、就算…，也…、即使…，也…、…也好…也好

- いくら眠かったにせよ、先生の前で寝るのはよくない。

即使睏意襲人，當著老師的面睡著還是很不禮貌。

◆ **にもかかわらず** 雖然…，但是…、儘管…，卻…、雖然…，卻…

- お正月にも関わらず、アルバイトをしていた。

雖是新年假期，我還是得照常出門打工。

◆ **もかまわず** （連…都）不顧…、不理睬…、不介意…

- 雨に濡れるのもかまわず、ペットの犬を探した。

當時不顧渾身淋得濕透，仍然在雨中不停尋找走失的寵物犬。

◆ **をとわず、はとわず**　無論…都…、不分…、不管…，都…

- あの工場では、昼夜を問わず誰かが働いている。

那家工廠不分日夜，二十四小時都有員工輪班工作。

◆ **はともかく（として）**　姑且不管…、…先不管它

- 留学中の2年でN1はともかく、N2には合格したい。

在留學的這兩年期間不求通過N1級測驗，至少希望N2能夠合格。

◆ **にさきだち、にさきだつ、にさきだって**　在…之前，先…、預先…、事先…

- 増税に先立つ政府の会見が、今週末に開かれる予定です。

政府於施行增稅政策前的記者說明會，預定於本週末舉行。

2　時間

◆ **おり（に・は・には・から）**　…的時候；正值…之際

- 先日お会いした折はお元気だった先生が、ご入院されたと知って大変驚きました。

聽說上次見面時還很硬朗的老師住院了，這個消息太令人訝異了。

◆ **にあたって、にあたり**　在…的時候、當…之時、當…之際、在…之前

- 新規店のオープンにあたり、一言お祝いをのべさせていただきます。

此次適逢新店開幕，容小弟敬致恭賀之意。

◆ **にさいし（て・ては・ての）**　在…之際、當…的時候

- 契約に際して、いくつか注意点がございます。

簽約時，有幾項需要留意之處。

◆ **にて、でもって**　(1) 在…；於…；(2) 以…、用…；(3) 用…

- スピーチ大会は、市民センターの大ホールにて行います。

演講比賽將於市民活動中心的大禮堂舉行。

◆ **か～ないかのうちに**　剛剛…就…、一…（馬上）就…

- 子供は、「おやすみ」と言うか言わないかのうちに、寝てしまった。

孩子一聲「晚安」的話音剛落，就馬上呼呼大睡了。

◆ **しだい**　馬上…、一…立即、…後立即…

- 定員になり次第、締め切らせていただきます。

一達到人數限額，就停止招募。

◆ **いっぽう(で)**

(1) 在…的同時，還…、一方面…，一方面…、另一方面…；(2) 一方面…而另一方面卻…

- 彼は仕事ができる一方、人との付き合いも大切にしている。

他不但工作能力強，也很重視經營人際關係。

◆ **かとおもうと、かとおもったら**　剛一…就…、剛…馬上就…

- 弟は、帰ってきたかと思うとすぐ遊びに行った。

弟弟才剛回來就跑去玩了。

◆ **ないうちに**　在未…之前，…、趁沒…

- 赤ちゃんが起きないうちに、買い物へ行ってきます。

趁著小寶寶還在睡的時候出去買個菜！

◆ **かぎり**　(1) 以…為限、到…為止；(2) 盡…、竭盡…；耗盡、費盡

- 今年限りで、あの番組は終了してしまう。

那個電視節目將於今年收播。

3 原因、結果

◆ **あまり(に)**　由於太…才…；由於過度…、因過於…、過度…

- 山から見える湖のあまりの美しさに言葉を失った。

從山上俯瞰的湖景實在太美了，令人一時說不出話來。

◆ **いじょう(は)**　既然…、既然…，就…、正因為…

- ペットを飼う以上は、最後まで責任をもつべきだ。

既然養了寵物，就有責任照顧牠到臨終的那一刻。

◆ **からこそ**　正因為…、就是因為…

- 田舎だからこそできる遊びがある。

某些遊戲要在鄉間才能玩。

◆ **からといって**　(1)（某某人）說是…（於是就）；(2)（不能）僅因…就…、即使…，也不能…

- 彼が好きだからといって、彼女は親の反対を押し切って結婚した。

她說喜歡他，於是就不顧父母反對結了婚。

◆ **しだいです** 由於…、才…、所以…

- 今日は、先日お渡しできなかった資料を全部お持ちした次第です。

日前沒能交給您的資料，今天全部備齊帶過來了。

◆ **だけに** (1) 到底是…、正因為…，所以更加…、由於…，所以特別…；(2) 正因為…反倒…

- 母は花が好きなだけに、花の名前をよく知っている。

由於媽媽喜歡花，所以對花的名稱知之甚詳。

◆ **ばかりに** (1) 就是因為想…；(2) 就因為…、都是因為…，結果…

- 海外の彼女に会いたいばかりに、一週間も会社を休んでしまった。

只因為太思念國外的女友而向公司請了整整一星期的假。

◆ **ことから** (1) 從…來看、因為…；(2)…是由於…；(3) 根據…來看

- 妻とは同じ町の出身ということから、交際が始まった。

我和太太當初是基於同鄉之緣才開始交往的。

◆ **あげく(に・の)** …到最後、…，結果…

- その客は一時間以上迷ったあげく、何も買わず帰っていった。

那位顧客猶豫了不止一個鐘頭，結果什麼都沒買就離開了。

◆ **すえ(に・の)** 經過…最後、結果…、結局最後…

- これは、数年間話し合った末の結論です。

這是幾年來多次商談之後得出的結論。

4 條件、逆說、例示、並列

◆ **ないことには** 要是不…、如果不…的話，就…

- お金がないことには、何もできない。

沒有金錢，萬事不能。

◆ **を～として、を～とする、を～とした** 把…視為…（的）、把…當做…（的）

- 今回の国際会議では、環境問題を中心とした議論が続いた。

在本屆國際會議中，進行了一連串以環境議題為主旨的論壇。

◆ **も～なら～も** …不…，…也不…、…有…的不對，…有…的不是

- 隣のご夫婦、毎日喧嘩ばかりしているね。ご主人もご主人なら、奥さんも奥さんだ。

隔壁那對夫婦天天吵架。先生有不對之處，太太也有該檢討的地方。

◆ **ものなら**　如果能…的話；要是能…就…

- 彼女のことを、忘れられるものなら忘れたいよ。
  如果能夠，真希望徹底忘了她。

◆ **ながら(も)**　很…的是、雖然…，但是…、儘管…、明明…卻…

- 貯金しなければと思いながらも、ついつい使ってしまう。
  心裡分明知道非存錢不可，還是不由自主花錢如水。

◆ **ものの**　雖然…但是…

- この会社は給料が高いものの、人間関係はあまりよくない。
  這家公司雖然薪資很高，內部的人際關係卻不太融洽。

◆ **やら～やら**　…啦…啦、又…又…

- 花粉症で、鼻水がでるやら目が痒いやら、もう我慢できない。
  由於花粉熱發作，又是流鼻水又是眼睛癢的，都快崩潰啦！

◆ **も～ば～も、も～なら～も**　既…又…、也…也…

- お正月は、病院も休みなら銀行も休みですよ。気をつけて。
  元旦假期不僅醫院休診，銀行也暫停營業，要留意喔！

5　附帶、附加、變化

◆ **こと(も)なく**　不…、不…（就）…、不…地…

- 週末は体調が悪かったので、外出することもなくずっと家にいました。
  由於身體狀況不佳，週末一直待在家裡沒出門。

◆ **をぬきにして(は・も)、はぬきにして**

(1) 去掉…、停止…；(2) 沒有…就（不能）…

- 冗談を抜きにして、本当のことを言ってください。
  請不要開玩笑，告訴我實情！

◆ **ぬきで、ぬきに、ぬきの、ぬきには、ぬきでは**　省去…、沒有…

- 今日は忙しくて、昼食抜きで働いていた。
  今天忙得團團轉，從早工作到晚，連午餐都沒空吃。

◆ **うえ(に)**　…而且…、不僅…，而且…、在…之上，又…

- 朝から頭が痛い上に、少し熱があるので、早く帰りたい。
  一早就開始頭痛，還有點發燒，所以想快點回家休息。

◆ **のみならず**　不僅…，也…、不僅…，而且…、非但…，尚且…

- 都心のみならず、地方でも少子高齢化が問題になっている。

不光是都市精華地段，包括村鎮地區同樣面臨了少子化與高齡化的考驗。

◆ **きり**　…之後，再也沒有…、…之後就…

- 寝たきりのお年寄りが多くなってきた。

據說臥病在床的銀髮族有增多的趨勢。

◆ **ないかぎり**　除非…，否則就…、只要不…，就…

- 主人が謝ってこない限り、私からは何も話さない。

除非丈夫向我道歉，否則我沒什麼話要對他說的！

◆ **つつある**　正在…

- インフルエンザは全国で流行しつつある。

全國各地正在發生流行性感冒的大規模傳染。

6　程度、強調、相同

◆ **だけましだ**　幸好、還好、好在…

- 仕事は大変だけど、この不景気にボーナスが出るだけましだよ。

工作雖然辛苦，幸好公司在這景氣蕭條的時代還願意提供員工分紅。

◆ **ほど（だ・の）**　幾乎…、簡直…

- 朝の電車は息ができないほど混んでいる。

晨間時段的電車擠得讓人幾乎無法呼吸。

◆ **ほど～はない**　(1)沒有比…更；(2)用不著…

- 今月ほど忙しかった月はない。

一年之中沒有比這個月更忙的月份了。

◆ **どころか**　(1)哪裡還…相反…；(2)哪裡還…、非但…、簡直…

- 雪は止むどころか、ますます降り積もる一方だ。

雪非但沒歇，還愈積愈深了。

◆ **て・でかなわない**　…得受不了、…死了

- 蚊に刺されて、痒くてかなわない。

被蚊子咬出腫包，快癢死我啦！

◆ **てこそ** 只有…才（能）、正因為…才…

- 留学できたのは、両親の協力があってこそです。

多虧爸媽出資贊助，我才得以出國讀書。

◆ **て・でしかたがない、て・でしょうがない、て・でしようがない** …得不得了

- 今日は社長から呼ばれている。なんの話か気になってしようがない。

今天被總經理約談，很想快點知道找我過去到底要談什麼事。

◆ **てまで、までして** 到…的地步、甚至…、不惜…；不惜…來

- 自然を壊してまで、便利な世の中が必要なのか。

人類真的有必要為了增進生活的便利而破壞大自然嗎？

◆ **もどうぜんだ** …沒兩樣、就像是…

- 今夜、薬を飲めば治ったも同然です。

今晚只要吃了藥，明天就會好了。

7 觀點、前提、根據、基準

◆ **じょう（は・では・の・も）** 從…來看、出於…、鑑於…上

- この機械は、理論上は問題なく動くはずだが、使いにくい。

理論上這部機器沒有任何問題，應該可以正常運作，然而使用起來卻很不順手。

◆ **にしたら、にすれば、にしてみたら、にしてみれば** 對…來說、對…而言

- 娘の結婚は嬉しいことだが、父親にしてみれば複雑な気持ちだ。

身為一位父親，看著女兒即將步入禮堂，可謂喜憂參半。

◆ **うえで（の）** (1) 在…時、情況下、方面…；(2) 在…之後、…以後…、之後（再）…

- 日本語能力試験は就職する上で必要な資格だ。

日語能力測驗的成績是求職時的必備條件。

◆ **のもとで、のもとに** (1) 在…指導下；(2) 在…之下

- 恩師のもとで研究者として仕事をしたい。

我希望繼續在恩師的門下從事研究工作。

◆ **からして** 從…來看…

- 面接の話し方からして、鈴木さんは気が弱そうだ。

單從面試時的談吐表現來看，鈴木小姐似乎有些內向。

◆ **からすれば、からすると**　(1) 按…標準來看；(2) 從…立場來看；(3) 根據…來考慮

- 江戸時代の絵からすると、この絵はかなり高価だ。
按江戶時代畫的標準來看，這幅畫是相當昂貴的。

◆ **からみると、からみれば、からみて(も)**
(1) 根據…來看…的話；(2) 從…來看、從…來說

- 今日の夜空から見ると、明日も天気がいいだろうなあ。
從今晚的天空看來，明日應該是好天氣。

◆ **ことだから**　(1) 因為是…，所以…；(2) 由於

- あの人のことだから、今もきっと元気に暮らしているでしょう。
憑他的本事，想必現在一定過得很好吧！

◆ **のうえでは**　…上

- 計算の上では黒字なのに、なぜか現実は毎月赤字だ。
就帳目而言應有結餘，奇怪的是實際上每個月都是入不敷出。

◆ **をもとに(して・した)**　以…為根據、以…為參考、在…基礎上

- この映画は小説をもとにして作品化された。
這部電影是根據小說改編而成的作品。

◆ **をたよりに、をたよりとして、をたよりにして**　靠著…、憑藉…

- 目が見えない彼女は、頭のいい犬を頼りにして生活している。
眼睛看不見的她仰賴一隻聰明的導盲犬過著如同常人的生活。

◆ **にそって、にそい、にそう、にそった**　(1) 按照…；(2) 沿著…、順著…

- 道に沿って、桜並木が続いている。
櫻樹夾道，綿延不絕。

◆ **にしたがって、にしたがい**　(1) 依照…、按照…、隨著…；(2) 隨著…，逐漸…

- 上司の指示にしたがい、計画書を変更してください。
請遵照主管的指示更改計畫書。

8　意志、義務、禁止、忠告、強制

◆ **か～まいか**　要不要…、還是…

- ダイエット中なので、このケーキを食べようか食べまいか悩んでいます。
由於正在減重期間，所以在煩惱該不該吃下這塊蛋糕。

◆ **まい** (1) 不是…嗎；(2) 不會…吧；(3) 不打算…

- 彼女は私との結婚を迷っているのではあるまいか。

莫非她還在猶豫該不該和我結婚吧？

◆ **まま(に)** (1) 隨意、隨心所欲；(2) 任人擺佈、唯命是從

- 思いつくまま、詩を書いてみた。

嘗試將心頭浮現的意象寫成了一首詩。

◆ **うではないか、ようではないか** 讓…吧、我們(一起)…吧

- 問題を解決するために、話し合おうではありませんか。

為解決這個問題，我們來談一談吧！

◆ **ぬく** (1) 穿越、超越；(2)…做到底

- 小さい部屋がたくさんあり、使いにくいので、壁をぶち抜いて大広間にした。

室內隔成好幾個小房間不方便使用，於是把隔間牆打掉，合併成為一個大客廳。

◆ **うえは** 既然…、既然…就…

- 契約書にサインをした上は、規則を守っていただきます。

既然簽了合約，就請依照相關條文執行。

◆ **ねばならない、ねばならぬ** 必須…、不能不…

- あなたの態度は誤解をされやすいので、改めねばならないよ。

你的態度容易造成別人誤會，要改過來才行喔！

◆ **てはならない** 不能…、不要…、不許、不應該

- 今聞いたことを誰にも話してはなりません。

剛剛聽到的事絕不許告訴任何人！

◆ **べきではない** 不應該…

- お金の貸し借りは絶対にするべきではない。

絕對不可以與他人有金錢上的借貸。

◆ **ざるをえない** 不得不…、只好…、被迫…、不…也不行

- 消費税が上がったら、うちの商品の値段も上げざるを得ない。

假如消費稅提高，本店的商品價格也得被迫調漲。

◆ **ずにはいられない** 不得不…、不由得…、禁不住…

- あの映画を見たら、誰でも泣かずにはいられません。

看了那部電影，沒有一個觀眾能夠忍住淚水的。

◆ **て(は)いられない、てられない、てらんない** 不能再…、哪還能…

- 外は立っていられないほどの強風が吹いている。

門外，幾乎無法站直身軀的強風不停呼嘯。

◆ **てばかりはいられない、てばかりもいられない** 不能一直…、不能老是…

- 料理は苦手だけど、毎日外食してばかりもいられない。

儘管廚藝不佳，也不能老是在外面吃飯。

◆ **ないではいられない** 不能不…、忍不住要…、不禁要…、不…不行、不由自主地…

- お酒を1週間やめたが、結局飲まないではいられなくなった。

雖然已經戒酒一個星期了，結果還是禁不住破了戒。

9 推論、預料、可能、困難

◆ **のももっともだ、のはもっともだ** 也是應該的、也不是沒有道理的

- 子供たちが面白くて親切な佐藤先生を好きになるのは、もっともだと思う。

親切又風趣的佐藤老師會受到學童們的喜歡，是再自然不過的事。

◆ **にそういない** 一定是…、肯定是…

- 彼の表情からみると、嘘をついているに相違ない。

從他的表情判斷，一定是在說謊！

◆ **つつ(も)** 儘管…、雖然…

- 悪いと知りつつも、カンニングをしてしまった。

明知道這樣做是不對的，還是忍不住作弊了。

◆ **とおもうと、とおもったら** (1) 覺得是…結果果然…；(2) 原以為…，誰知是…

- 英語が上手だなあと思ったら、王さんはやはりアメリカ生まれだった。

我暗自佩服王小姐的英文真流利，後來得知她果然是在美國出生的！

◆ **くせして** 只不過是…、明明只是…、卻…

- 彼は歌が下手なくせして、いつもカラオケに行きたがる。

他歌喉那麼糟，卻三天兩頭就往卡拉OK店跑。

◆ **かねない** 很可能…、也許會…、說不定將會…

- 飲酒運転は、事故につながりかねない。

酒駕很可能會造成車禍。

◆ **そうにない、そうもない** 不可能…、根本不會…

- 仕事はまだまだ残っている。今日中に終わりそうもない。
  還剩下好多工作，看來今天是做不完了。

◆ **っこない** 不可能…、決不…

- 今の私の実力では、試験に受かりっこない。
  以我目前的實力，根本無法通過測驗！

◆ **うる、える、えない** (1) 可能、能、會；(2) 難以…

- 30 年以内に大地震が起こり得る。
  在三十年之內恐將發生大地震。

◆ **がたい** 難以…、很難…、不能…

- 新製品のコーヒーは、とてもおいしいとは言いがたい。
  新生產的咖啡實在算不上好喝。

◆ **かねる** 難以…、不能…、不便…

- 条件が合わないので、この仕事は引き受けかねます。
  由於條件談不攏，請恕無法接下這份工作。

10 様子、比喩、限定、回想

◆ **げ** …的感覺、好像…的樣子

- 公園で、子供達が楽しげに遊んでいる。
  公園裡，一群孩童玩得正開心。

◆ **ぶり、っぷり** (1) 相隔…；(2)…的樣子、…的狀態、…的情況

- 2年ぶりに帰国したら、母親が痩せて小さくなった気がした。
  闊別兩年回鄉一看，媽媽彷彿比以前更瘦小了。

◆ **まま** (1) 就這樣…、保持原樣；(2) 就那樣…、依舊

- 課長に言われたまま、部下に言った。
  將課長的訓示一字不漏地轉述給下屬聽。

◆ **かのようだ** 像…一樣的、似乎…

- 彼女は怖いものでも見たかのように、泣いている。
  她彷彿看見了可怕的東西，哭個不停。

◆ **かぎり（は・では）** （1）既然…就算；（2）據…而言；（3）只要…就…、除非…否則…

- 行くと言った限りは、たとえ雨でも行くつもりだ。
  既然說了要去，就算下雨也會按照原訂計畫成行。

◆ **にかぎって、にかぎり** 只有…、唯獨…是…的、獨獨…

- 勉強しようと思っているときに限って、母親に「勉強しなさい」と言われる。
  每當我打算念書的時候，好巧不巧媽媽總會催我「快去用功！」。

◆ **ばかりだ** （1）只等…、只剩下…就好了；（2）一直…下去、越來越…

- 誕生日のパーティーの準備はできている。あとは主役を待つばかりだ。
  慶生會已經一切準備就緒，接下來只等壽星出場囉！

◆ **ものだ** （1）以前…、實在是…啊；（2）就是…、本來就該…、應該…

- 若いころは夫婦で色々な場所へ旅行をしたものだ。
  我們夫妻年輕時去過了形形色色的地方旅遊。

11 期待、願望、當然、主張

◆ **たところが** 可是…、然而…、沒想到…

- 彼女と結婚すれば幸せになると思ったところが、そうではなかった。
  當初以為和她結婚就是幸福的起點，誰能想到竟是事與願違呢。

◆ **だけあって** 不愧是…、也難怪…

- このホテルは高いだけあって、サービスも一流だ。
  這家旅館的服務一流，果然貴得有價值！

◆ **だけのことはある、だけある** 到底沒白白…、值得…、不愧是…、也難怪…

- 料理もサービスも素晴らしい。一流レストランだけのことはある。
  餐點和服務都無可挑剔，到底是頂級餐廳！

◆ **どうにか・なんとか・もうすこし～ないもの（だろう）か**
是不是…、能不能…

- 別れた恋人と、なんとかもう一度会えないものだろうか。
  能不能想個辦法讓我和已經分手的情人再見上一面呢？

◆ **てとうぜんだ、てあたりまえだ** 難怪…、本來就…、…也是理所當然的

- 夏だから、暑くて当たり前だ。
  畢竟是夏天，當然天氣炎熱。

◆ **にすぎない**　只是…、只不過…、不過是…而已、僅僅是…

- ボーナスが出たと言っても、２万円にすぎない。

雖說給了獎金，也不過區區兩萬圓而已。

◆ **にほかならない**　完全是…、不外乎是…、其實是…、無非是…

- 親が子供に厳しくいうのは、子供のためにほかならない。

父母之所以嚴格要求兒女，無非是為了他們著想。

◆ **というものだ**　也就是…、就是…

- 女性ばかり家事をするのは、不公平というものです。

把家事統統推給女人一手包辦，實在太不公平了！

12 肯定、否定、對象、對應

◆ **ものがある**　有…的價值、確實有…的一面、非常…

- 昨日までできなかったことが今日できる。子供の成長は目をみはるものがある。

昨天還不會的事今天就辦到了。孩子的成長真是令人嘖嘖稱奇！

◆ **どころではない**　(1) 何止…、哪裡是…根本是…；(2) 哪裡還能…、不是…的時候

- 今日の授業は簡単どころではなく、わかる問題が一つもなかった。

今天老師教的部分一點也不容易，我沒有任何一題聽得懂的。

◆ **というものではない、というものでもない**　…可不是…、並不是…、並非…

- 日本人だからといって日本語を教えられるというものではない。

即便是日本人，並不等於就會教日文。

◆ **とはかぎらない**　也不一定…、未必…

- 日本人だからといって、みんな寿司が好きとは限らない。

即使是日本人，也未必人人都喜歡吃壽司。

◆ **にこたえて、にこたえ、にこたえる**　應…、響應…、回答、回應

- お客様の意見にこたえて、日曜日もお店を開けることにした。

為回應顧客的建議，星期日也改為照常營業了。

◆ **をめぐって（は）、をめぐる**　圍繞著…、環繞著…

- 消費税増税の問題をめぐって、国会で議論されている。

國會議員針對增加消費稅的議題展開了辯論。

◆ **におうじて**　根據…、按照…、隨著…

- 学生のレベルに応じて、クラスを決める。
  依照學生的程度分班。

◆ **しだいだ、しだいで（は）**　全憑…、要看…而定、決定於…

- 試合は天気次第で、中止になる場合もあります。
  倘若天候不佳，比賽亦可能取消。

13 值得、話題、感想、埋怨

◆ **がい**　有意義的…、值得的…、…有回報的

- 子供がよく食べると、母にとっては作りがいがある。
  看著孩子吃得那麼香，就是媽媽最感欣慰的回報。

◆ **かいがある、かいがあって**　總算值得、有了代價、不枉…

- 努力のかいがあって、希望の大学に合格した。
  不枉過去的辛苦，總算考上了心目中的大學。

◆ **といえば、といったら**　到…、提到…就…、說起…、（或不翻譯）

- 日本の山といったら、富士山でしょう。
  提到日本的山，首先想到的就是富士山吧。

◆ **というと、っていうと**　(1) 提到…、要說…、說到…；(2) 你說…

- 経理の田中さんというと、来月結婚するらしいよ。
  說到會計部的田中先生好像下個月要結婚囉！

◆ **にかけては**　在…方面、關於…、在…這一點上

- 勉強はできないが、泳ぎにかけては田中君がこの学校で一番だ。
  田中同學雖然課業表現差強人意，但在游泳方面堪稱全校第一泳將！

◆ **ことに（は）**　令人感到…的是…

- 悲しいことに、子供の頃から飼っていた犬が死んでしまった。
  令人傷心的是，從小養到現在的狗死了。

◆ **はまだしも、ならまだしも**　若是…還說得過去、（可是）…、若是…還算可以…

- 漢字はまだしも片仮名ぐらい間違えずに書きなさい。
  漢字也就罷了，至少片假名不可以寫錯。

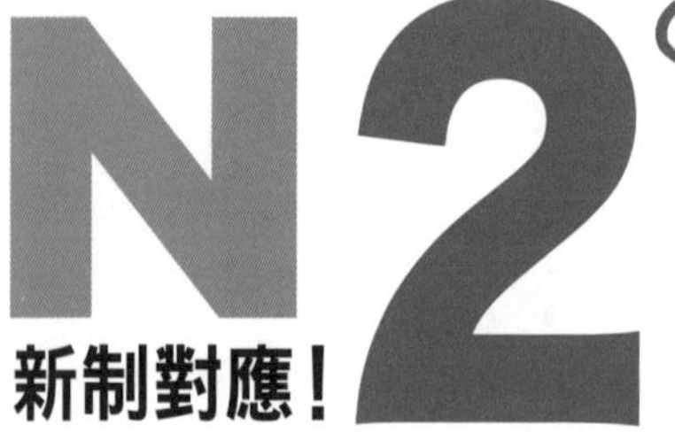

沈浸式 聽讀 雙冠王！

線上音檔 QR Code

精修 關鍵句版

絕對合格 日檢必背閱讀

[25K＋QR碼線上音檔]

【自學制霸 14】

■ 發行人　林德勝

■ 著者　吉松由美、田中陽子、大山和佳子、林勝田、山田社日檢題庫小組著

■ 出版發行　山田社文化事業有限公司
臺北市大安區安和路一段112巷17號7樓
電話　02-2755-7622
傳真　02-2700-1887

■ 郵政劃撥　19867160號　大原文化事業有限公司

■ 總經銷　聯合發行股份有限公司
新北市新店區寶橋路235巷6弄6號2樓
電話　02-2917-8022
傳真　02-2915-6275

■ 印刷　上鎰數位科技印刷有限公司

■ 法律顧問　林長振法律事務所　林長振律師

■ 書＋QR碼　定價　新台幣 425 元

■ 初版　2024年4月

© ISBN：978-986-246-821-0